ars vivendi

Klaus Schamberger
Früher war alles früher

Neue Nürnberg (und Fürth fei auch)
Geschichten

ars vivendi

Die Beiträge in diesem Band sind in *Buchform* bisher überwiegend unveröffentlicht; einige davon sind bisher gänzlich unveröffentlicht, einige bereits in Zeitungen, Magazinen oder anderen Medien erschienen (s. Quellenverzeichnis S. 264).

Originalausgabe
2. Auflage März 2020
1. Auflage Februar 2020
© 2020 by ars vivendi verlag
GmbH & Co. KG, Cadolzburg
Alle Rechte vorbehalten
www.arsvivendi.com

Umschlaggestaltung: Karin Roth,
nach Motiven von Toni Burghart
Typografie und Ausstattung: ars vivendi
Druck: CPI books GmbH, Leck
Gedruckt auf holzfreiem Werkdruckpapier
der Papierfabrik Arctic Paper

Printed in Germany

ISBN 978-3-7472-0122-0

Früher war alles früher

Inhalt

Unser Kulturhauptstädtlein

Nürnberg und drumrum

Nur noch zwölf Glühwein bis zur Bescherung

Früher war alles früher

Vorläufige Memoiren, oder: Was bisher geschah

Das ist ja wohl das Allerdoofste: Vor einem extrem leeren Blatt Papier kauern, das es gar nicht gibt, sondern bloß virtuell, und befehlsgemäß über sich selber fein ziselierte Memoiren schreiben. Der Sigi Sommer, den ich nach wie vor für ein größtes Licht im schwarzen Gewerbe halte, hat seinerzeit die Leser sinngemäß Folgendes wissen lassen: Wenn wer, der früher die Tinte nicht halten hat können, anfängt, von leeren weißen, momentan zu füllenden Blättern zu faseln und auch noch schriftlich, dem seine Sonne geht demnächst ziemlich unter. Und mit dieser nicht sehr verheißungsvollen Damoklesweisheit vom Blasius im Gnack hock ich jetzt da und warte, bis sich mein Zweifingersystem einschaltet.

Was soll ich denn auf das weiße virtuelle Blatt draufblödeln? Dass ich beim 8-Uhr-Blatt als wandelnder Aprilscherz eingestellt worden bin? Weil mich der Herr Verlagsleiter Hermann Scherdel am 1. April 1969 in die Winklerstraße als Volontär einbestellt hat? Ein Volontär ist, wenn man sich zwei Jahre lang die Finger wund schreibt über Sachen, von denen man keine Ahnung hat. Anschließend ist man Redakteur. Als Redakteur schreibt man dann ebenfalls über Sachen, von denen man keine Ahung hat, allerdings mit nicht mehr so ganz wunden Fingern und mit dem gravierenden Unterschied, dass man wesentlich mehr Geld verdient. Damals 900 Mark, was heute 450 Euro sind. Nicht in der Stunde, sondern monatlich. Man darf jedoch nicht verschweigen, dass 1969 ein Bier ein Fuchzgerla (50 D-Pfennig) gekostet hat und ein Flachmann Chantré, welchen der Redaktionsbote Dr. Mabuse nach Einbruch des Nachmittags in großen, undurchsichtigen Packpapiertüten vom Käse-Waltl herantransportiert hat, zur Inspiration, zwei D-Mark. Dass früher ein Redakteur nach Feierabend gegen 22 Uhr nüchtern das Anwesen an der Winklerstraße verlassen hat, ist meines Wissens nicht vorgekommen. Ähnliches könnte auch für Volontäre gelten.

Was soll ich jetzt noch auf das Blatt Papier schreiben, welches Gott sei Dank nicht mehr gänzlich leer ist? Wie ich Filmkritiker war? Oder Lokalreporter? Oder Gerichtsreporter? Oder Nordbayernreporter? Oder Clubreporter? Ungefähr in der Reihenfolge. Oder wie ich meine Sonntage in wunderbar nach Grüner-Bier, Stumpen und Salem No. 6 duftenden Vereinsheimen der C-Klasse verbracht und zum Beispiel beim SV Unterreichenbach ein lebenslängliches Stadionverbot erhalten habe, weil in meinem hervorragend darniedergeschriebenem Spielbericht gestanden ist, dass in Unterreichenbach immer die Gäns auf den Platz scheißen, sodass der Mittelstürmer auf der Gänsescheiße ständig beziehungsweise unständig ausrutscht und niemals ein Tor erzielt.

Oder muss in meinen trüben Erinnerungen drinstehen, wie ich einmal einen Club-Präsidenten grob verunglimpft habe? Dass er ein inhumaner Hoiloidl ist, weil er seine Spieler und Trainer so ähnlich behandelt wie die in seinem Konzern hergestellten Produkte, nämlich wie Fußabstreifer. Daraufhin hat der neben Fußabstreifern auch Teppiche webende Präsident einen Anzeigendauerauftrag in Höhe von 250.000 Mark gestrichen, und der bereits erwähnte Verlagsleiter Hermann Scherdel hat mich in sein Büro zitiert und gefragt, ob das mit den Fußabstreifern notwendig war. Ich habe wahrheitsgemäß geantwortet: »Ja.« Und der Verlagsleiter hat gesagt: »Dann is die Sache erledigt.«

Es waren teilweise sehr schöne Zeiten. Mit dem Roth habe ich mich schon nach ein paar Wochen irgendwie wieder arrangiert, und auch das Stadionverbot in Unterreichenbach ist eines Tages aufgehoben worden. Einmal habe ich den damals schon längst in Bangkok weilenden Ex-Club-Mittelstürmer Günther Glomb nach sorgfältigen Recherchen sterben lassen. Er ist in seinem Restaurant in Thailand nämlich erstochen worden. Gott sei Dank lebt er heute noch und hat es mir damals nicht besonders übel genommen.

Mein Zweifinger-Handwerk, das nur zu einem kleinen Teil ein Kopfwerk ist, hab ich mir, wie schon angedeutet, beim Sigi Sommer in München abgeschaut. Der Rest ist mir von folgenden Kollegen beigebracht worden (vermutlich unvollständig): Fritz Huck, Fritz Schleicher, Wulf Weidner, Norbert Neudecker, Wolfgang Hahl, Werner Behringer, Rudolf Schwinn, Rainer Faupel, Uwe Zimmer, Inge Fleischmann. Die gute Ausbildung hat dazu geführt, dass ich jetzt Großvater und Rentner bin und einige leere virtuelle Blatt Papier lang immer noch Nebenerwerbsrandsteindichter bei unserer Heimatzeitung.

Jetzt auf einmal würde mir noch viel einfallen. Wie wir einmal unsere Schreibmaschinen in die Pegnitz geschmissen haben, oder wie der Leo Loy und ich einmal den Mehrbereichs-Promi Josef G. Mudlagk erfunden und ihn hin und wieder in die Zeitung hineingeschrieben haben. Obwohl es ihn, außer in unseren Köpfen, gar nicht gegeben hat. Manchmal benützen wir, außer unseren zwei Fingern, halt doch auch den Kopf. Und jetzt ist das Blatt Papier bereits voll.

Bresssagg-Eis mit Husdnbombomgschmagg

Infolge der Erderwärmung, die ja laut dem Kaiser von America analog zu ihm selber eine ins Hirn implantierte Fata Morgana ist – also infolge dieser nicht existierenden Erderwärmung kocht uns momentan, wie der Nürnberg-Fürther Ein- bis Zweiheimische zu sagen pflegt, das Oorschwasser. Jenes Gewässer also, welches durch die Sonnenbescheinung auf unserem Gniedleinskopf entsteht, sich seinen Weg über Hals, Buckel, Hüfte bahnt und im Sammelbecken des erwähnten Oorsch zu einem derartigen Strom anschwillt, dass man meint, man sitzt irrtümlich im Schweinauer Kuhweiher oder in der Fürther Gaggalas-Quelle. In beide Feuchtgebiete soll man sich aber nicht hineinsetzen, denn das eine, den Schweinauer Kuhweiher, gibt es nicht mehr, und das andere, die Gaggalasquelle, riecht gottserbärmlich.

Vielmehr soll man sich, kurz bevor das Oorschwasser kocht, in eine Eisdiele hineinsetzen. Sie bietet nicht nur eine relative Coolness, sondern auch sehr interessante Dialoge zwischen Eis-Dealer und einem nach Abkühlung lechzenden Kunden. Die Ausschweifungen solcher Dialoge haben ihre wesentliche Ursache in der neuen Angebotsvielfalt im Fruchteiswesen.

Zum besseren Verständnis der Angebotsvielfalt g'schwind eine kurze Retrospektive in die Anfänge der hiesigen Eiszeit: Etwa in den Fünfzigerjahren des vergangenen Jahrhunderts hat man für ein sogenanntes Zehnerla (= 0,05 Euro) ein Häuflein halbgefrorenes Elend auf einem Babberdeggl erhalten, das nach nix geschmeckt hat. Im Abgang einigermaßen kalt. Einige Jahre später hat uns das während der langen Winterabende in der Nürnberger Nordstadt in Heimarbeit hergestellte Schdeggerlas-Eis der Firma Jopa des Sommers mehr oder weniger erfrischt. Die Produktionsstätte der Gebrüder Schöller hat dann mehrfach gewechselt, auch ihren Inhaber, und befindet sich heute teils an der Kreuzung Bucher Straße/Nordring zu Nürnberg, teils in Auflösung. Ob sich die gewissen Konzernherrschaften innewohnende Seelenkälte in einem Zusammenhang mit dem auch ziemlich kalten Eis befindet, weiß man nicht. Manchmal sind diese Chef-Verscherbler ja zusätzlich sehr unverfroren, eine Eigenschaft also, die sich mit Eis überhaupt nicht verträgt.

Und jetzt also die Eisvielfalt. Während die weitgehend großkonzernunabhängigen Eisdielen noch vor einigen Jahren von einer ziemlichen Überschaubarkeit ihres Angebots geprägt waren (Vanille, Zitrone, Erdbeer, Nuss, Schoggolood), greift jetzt auch da Gott sei Dank ein Angebot Raum, dessen Ende noch lange nicht abzusehen ist.

Stellen wir uns also zur besseren Anschaulichkeit dieser Entwicklung einen Herrn mittleren Alters vor, hellbraune Plastiksandalen, dampfende Perlonsocken, wohlgeformte, aus dem kurzen Hosenbein sich herauskringelnde Krampfadern, T-Hemdlein mit der Aufschrift »University Sports Club Memphis Tennessee«, am Kochkopf eine auch Baseball-Cap genannte, zitronengelbe Kühlerhaube. Dieses mittelfränkische Gesamtkunstwerk federt eines schönen, knapp plus vierziggradigen Sommertages wippender Wampe und kochenden Oorschwassers in eine Eisdiele hinein, deutet auf ein kleines, mit irgendwas Grünem angefülltes Edelstahlwännlein und fragt den diensttuenden Eiskratzer: »Wos issn des dou??« Und erhält sodann die Antwort: »Kaktusfeige, Kürbis,

Kiwi! Wievill Kugln? Becher odder Waffl?« Der Kurzho-
sentrapper weiter: »Und des dorddn?« »Büfflmozzarella-
Basilikum!« Der Schnellkochkopf: »Ich will ka Worschd-
weggla, ich will a Eis! Wos issn des dorddn in der driddn
Reihe es fümbfde vo links? A Bresssagg-Eis, odder
wos?!« Der Eisverkäufer: »Butterkeks mit Brombeere und
Husdnbombomgschmagg.« Um sogleich auf ca. fünfzig
weitere Eissorten verweisend fortzufahren: »Schlumbf-
Eis, Schbaggeddi, Ingwer. Dou driimer Donauwelle,
Käskoung-Eis, Flummi, Maracuja-Stechapfl-Rhabarber,
und dou vorna hommer unsern Renner momendan –
Drüffl-Ingwer-Zimtbflaume-Nougat-Cola. Odder wolln
S' läiber ein Umbalumba-Eis mit Käskoung-Odeur, im
Abgang Tutti-Frutti und Red Bull und leichte Tannine
vo After Eight?« Auf After Eight antwortet der von der
Vielfalt angenehm überraschte Kunde: »Du miich aa!«
und entschwindet, nicht ohne einen leichten Überdruck
aus seinem prall gefüllten Dampfhöslein abzulassen.

Infolge der Flucht aus der sehr gut sortierten Eisdiele
kommt er nicht mehr in den Genuss weiterer Kreatio-
nen, die hierorts allen Ernstes ersonnen worden sind:
Gurken-, Schnittlauch- oder Rote-Rüben-Eis, gefrorene
Leckerbissen mit Bratwurst- oder Biergeschmack. Der
Tag wird aber hoffentlich nicht fern sein, an dem sich die
Offerten der unermüdlichen Eisgeschmackskreateure ins
Uferlose ausweiten – von A wie Armleuchtereis über B
wie Baggschdaakees bis zu Z wie Zirbelholz-Gefrorenes,
auf Wunsch auch als Furnier mit frischer Sägspänfüllung.
Wenn das der Theo Schöller noch erlebt hätte! Der tät'
wahrscheinlich so weit ausschbodzn, dass er ins Guin-
ness-Buch der Rekorde neikommt. Und wenn jetzt immer
noch wer schwitzt: Ich empfehle zum einen die sich mit
blöden Eiserfindungen Gott sei Dank in angenehmen

Grenzen haltende Eisdiele *Val Gardena* in der Äußeren Bayreuther Straße Nummer 103 in Nürnberg, zum anderen ein Schdamberla Schlehengeist on the Rocks. Rocks sind in dem Fall keine Felsen, sondern Eisbröggala, die man ohne Weiteres in Richtung Oorschwasserbach einleiten kann. Genau dort könnte sich der Trump, sollte es ihm wider Erwarten doch zu heiß werden, dann seine Zunge kühlen. Noch einen schönen Summer in der Ziddy!

Schreib halt über irgendwas!

An Geschichten aller Art, von blöd bis bedenklich das ganze Programm, hab ich seit Jahrzehnten nie einen Mangel. Einziges Problem: Wenn ich sie, die Geschichten, hinschreiben soll. Es verläuft dann ungefähr so: Jemand ruft an oder schickt einen Drohbrief oder eine Luftpost des Inhalts »Schreib halt was über Bier!« Oder über Frühlingsgefühle oder über Weihnachten oder über den Club oder über das Glück oder über das Pech. Irgendwas halt, möglichst 150 Zeilen lang, Abgabetermin vorvorgestern. Dieser Tage hat mir die meiner Seele nicht sehr fernstehende Frau Ilse Weiß nicht direkt drohend, aber dennoch hinsichtlich irgendwelcher bereits in Fäulnis übergehender Ausreden gnadenlos mitgeteilt, es möge gefälligst was sein übers Fliegen und den Nürnberger Airport, ich könne mir schon denken wie geartet, eventuell sogar leicht tendenziös, aber in Teilen auch graziös, fein ziseliert; ich könne mir im Grunde genommen alles erlauben, bloß keinen Zeitverzug. Also Thema: Fliegen.

Geflogen bin ich schon oft. Zweimal von der Schule und mit dem Segelflieger am Stöckelsberg mehrfach auf die Schnauze. Dann noch nach Brighton, Moskau, Leningrad, Pearth, Auckland, Bangkok, Buenos Aires, Berlin, Calgary, New York, Amsterdam, Singapur, Hamburg, Addis Abeba, Menorca, Hierro, Keflavik, Wien, Sydney, Shannon und Los Angeles. Und in allen genannten Fällen Gott sei Dank auch wieder zurück.

Mit dieser Liste will ich natürlich 1. mit meiner Weltläufigkeit gehörig auf den Putz hauen und 2. kundtun, dass ich inzwischen einen ökologischen Fußabdruck wie ein Elefant im Porzellanladen hinterlassen sowie die bereits erwähnte Schnauze vom Fliegen voll hab. Darf aber zu meiner Entlastung anfügen: Mein persönlicher Kerosin-Missbrauch hat in jenen Zeiten stattgefunden, von denen wir heute behaupten, wir hätten noch nicht gewusst, dass wir sehr emsig mit dem Absägen jenes Astes beschäftigt sind, auf dem wir (momentan noch) sitzen. Wie auf Kohlen.

Auch hätten wir angeblich wenig bis nix davon gewusst, dass wir eines Tages Kinder in die Welt setzen werden, gefolgt von Enkelkindern und so weiter, und dass diese über lang, schlimmstenfalls über kurz, auswandern möchten, aber nicht mehr wissen wohin, weil wir genialen Erfinder des immerwährenden, also unendlichen Wachstums auf einer dem Vernehmen nach endlichen Weltkugel inzwischen bereits den Mars für unsere Heimsuchungen ins Visier genommen haben, dieser Mars aber aus keinem Wasser, keiner Luft und keinem Leben besteht und auch keine verbrauchte Energie sofort zurückbringt. Wahrscheinlich sind ganz früher schon einmal Menschen auf ihm tätig gewesen. Allerdings ist der Mars, je nachdem, wo er gerade rumfliegt, zwischen

56 und 346 Millionen Kilometer vom Albrecht-Dürer-Airport Nuremberg entfernt, sodass wir beim dringlich ersehnten Flug nach Mars-City einen ansehnlichen Batzen Kilometergeld einsacken können. Und Geld, noch besser – gemäß dem Wachstumsgesetz – immer mehr Geld, brauchen wir ja so dringend wie Stickoxide zum Schnaufen und Äste zum Absägen.

Aber wieder zurück zum Albrecht-Dürer-Airport Nuremberg-Ziegelstone. Ob unsere Attrappe von Verkehrsminister, ein gewisser Herr Scheuer, in möglichst baldiger Bälde von dort aus auch die von ihm bereits stolz präsentierten, ebenfalls unbedingt notwendigen, allerdings noch nicht gänzlich abflatterfähigen Flugtaxis starten und landen lässt, steht momentan noch dort, wo wir ja alle – worschd, ob mit oder ohne Geld – einmal hinfliegen werden, nämlich in den Sternen.

So, und jetzt muss ich mich entschuldigen, weil ich nämlich ziemlich weit abgeschweift bin. Denn eigentlich wollte ich keinesfalls, wie bestellt, einen ziemlich erregten 150-Zeiler übers Fliegen verfassen, sondern was ganz anderes, und zwar zum Thema: Früher war alles früher. Das zugrundeliegende Ereignis liegt fast auf den Tag genau 62 Jahre zurück, als ich in meiner Eigenschaft als 15-jähriger Flugschüler (jetzt können Sie mittels der Additionsmethode ohne Weiteres mein derzeitiges Alter wissenschaftlich errechnen) in den Entschluss eingetreten bin, zusammen mit elf anderen Romantikern und dem leider auch schon hoch oben in den Sternen weilenden Heinrich Hitzler, dem damaligen halbwegs erwachsenen Direktor der Adolf-Reichwein-Schule (ein schönes Institut zur Förderung vorläufig gescheiterter Gymnasiasten), nach Griechenland zu fahren.

Ob Sie es glauben oder nicht, ich schwör's: Ein Vierteljahr lang, ausgerüstet mit Zelt, Massenkochtopf und großer Vorfreude, teils per Anhalter, teils zu Fuß. Dass mir meine Eltern damals die große Griechenland-Reise erlaubt haben, ist mir bis heute ein Rätsel. Aber das ist jetzt schon wieder nicht das Thema. Sondern vielmehr: Keinen Tag in den Kaffeehäusern und Weinbeizen in Saloniki, keine Nacht in den Klöstern von Meteora, keine Stunde in der Mittagshitze von Litochoron, keinen Sonnenuntergang am Meer am Fuß des Olymp habe ich bis heute vergessen. Dagegen weiß ich von den erwähnten Flügen nur noch, dass es dauernd gebrummt hat und wir die Erde nachhaltig mit Kohlendioxid gedüngt haben. Das wollte ich eigentlich schreiben, und damit ist das Maß der 150 Zeilen voll.

Stadtgrenzenlos

Es gibt ja in unserer hiesigen Sprache, soweit sie noch gesprochen wird, schöne, geschmeidige, nicht selten anheimelnde, andererseits aber auch verhältnismäßig blöde Wörter. Ein selten doofes Wort bildet das Substantiv »Grenze«. Jedenfalls empfinde ich das so, weil ich meistens nicht genau weiß, was sich hinter einer Grenze befindet. Klar hingegen ist auch mir, was man unter »grenzüberschreitend« versteht. Wenn zum Beispiel, wie neulich, zwei leibhaftige Staatspräsidenten, der Emir von Ankara und der Schlemihl von Waschingdon, als grenzdebile Vollpfosten bezeichnet worden sind. Und zwar von mir, aber

Gott sei Dank nur in Gedanken. Hätte ich es laut gesagt, meinetwegen am Nürnberger Plärrer, säße ich jetzt wegen vorsätzlicher Missachtung des Majestätsbeleidigungsparagraphen Nummer 103 unweit des erwähnten Plärrers in der Mannertstraße ein. Das aber nur nebenbei.

Zurück zur Grenze: Was ist jetzt grenzdebil? Haben der Emir und der Schlemihl die Komplettverblödung schon erreicht, sind sie knapp drunter und infolgedessen nur ganz normal brunsdumm, oder befinden sie sich bereits im Stadium der akuten Abwesenheit ihrer jeweiligen Köpfe samt Inhalt? Falls ein Inhalt drin ist.

Oder andere Beispiele: Weiß wer genau, was sich hinter der längsten bisher bekannten Grenze, der Kranken- und Pflegeversicherungsbeitragsbemessungsgrenze verbirgt? Was ist mit der Lärmgrenze in der Fürther Gustavstraße? Und ein ganz schwieriges Wesen, die Altersgrenze. Dann die Promillegrenze. Und das hierorts schwierigste Phänomen überhaupt – die Stadtgrenze?

Bei ihr, der Nürnberg-Fürther Stadtgrenze kommen mir zwei Menschen in den Sinn, beziehungsweise ein Mensch und eine Menschin. Bei dem Menschen handelt es sich um einen guten Freund, dessen Häuschen sich links und rechts jener Stadtgrenze befindet. Ungefähr dergestalt, dass Küche, Abort und Bad in Nürnberg wohnen, hingegen Schlaf-, Wohn- und Esszimmer in Fürth. Die Grenze sieht man nicht genau, verläuft aber nach neuesten geodätischen Erhebungen mitten durch den Abort. Wobei sich sofort die Frage erhebt: Thront jetzt mein Freund im Fall des Falles mit einer Arschbacke in Fürth, mit der anderen in Nürnberg und welcher Körperteil genau bildet jetzt die Stadtgrenze? Ein schwerwiegendes Problem, über das man sich in den jeweiligen Unrathäusern einmal Gedanken machen sollte. Ähnlich wie bei der Schall- oder Lärmgrenze in der Gustavstraße.

Jetzt aber zum zweiten Grenzproblem: Meine Großmutter mütterlicherseits. Es reicht weit in meine sowieso schon ziemlich weite, mindestens zweite Vergangenheit zurück. Da hat damals die Oma einmal im Monat wie folgt befohlen: »Zäich der wos Saubers oo, wasch dei Gsicht, kämm der die Hoor, mir foohrn nach Färdd.« Etwas Sauberes anziehen, Gesicht waschen und Haare kämmen hat nicht zu meinen Lieblingsbeschäftigungen gehört. Also hat auch die Ankündigung, dass wir jetzt gleich nach Färdd foohrn, zum Kaffeegränzla der Oma im Stadtpark, wenig Frohlockungen in mir erzeugt. Von der Aussicht auf die Prinzregententorte und den Wasserkakao im Stadtpark-Café einmal abgesehen war mir das Hinübergleiten über die Stadtgrenze mit der Aanerzwanzger immer ein rechter Graus. Und da fällt mir jetzt Gott sei Dank ein weiterer Mensch ein, nämlich einer meiner wenigen ziemlich besten Lebensbegleiter, der Konrad oder auch Conny Wagner.

Immer wenn es in und außerhalb von uns Herbst geworden ist und wenn sich auf das Jahr schon langsam die Dämmerung herniedergesenkt hat, ist aus dem Nebel der Conny aufgetaucht, ungefähr mit diesen Worten: »Morng Oomd Färdder Kärwa. Bassds ba Eich?« Ohne opernballpflichtigen Smoking, ohne Gesicht waschen, ohne Kämmen. Und jahrzehntelang hat es immer gepasst, ungefähr in der Reihenfolge: Karpfen mit Ingraisch, Kartoffel- und Endiviensalat, mit Federweißen, zwei oder fünf Schdamberla Birnengeist und viel Vergnügen beim Walter Stoll und seiner Christa in der Walhalla, dann Kettenkarussell, bis der im Birnengeist schwimmende Karpfen fast von der Fliehkraft heimgesucht worden ist, dann gebrannte Mandeln bei der Ströbels Gisl, dann Hauptgewinn in der Tombola in Gestalt eines 1,80 Meter großen Teddybären, dann rohe Baggers, dann zwei bis fünf Stehbier, dann ein sehr schönes Gwaaf beim Billigen Jakob mit anschließendem Kauf dringend notwendiger Gegenstände wie Sockenhalter, Bierwärmer, Einmachgummi, Ärmelschoner, Wäschezwicker, Lockenwickler; zu guter Letzt stille Einkehr in der Gustavstraße, damals noch im *Dukla*, Besprechung der Welt teils mit dem Conny, teils mit dem Leo, teils mit unseren Ehefrauen und vor allem mit dem gleichberechtigt am Tisch sitzenden Teddybär.

Friedlicher und losgelöster und grenzenloser wie wir damals hat man die Promillegrenze nicht überschreiten können. Und damit man es nachfühlen kann, muss man vielleicht noch wissen, dass der Conny meistens seine Trompete im Anschlag gehabt und beim Heimgrabbeln schöne Lieder geblasen und außerdem zwei Grenzen immer in sich vereinigt hat – in Fürth geboren und aufgewachsen, in Nürnberg gelebt und vor einem Jahr ganz bestimmt in den Musikerhimmel übergesiedelt. Zwei Stadtgrenzen auf einmal – die heben sich gegenseitig auf, oder? So oder so ähnlich kommt es einem in den Sinn, wenn man die Altersgrenze schon lang überschritten hat.

Ich wünsch Ihnen auch so schöne Kärwa-Erinnerungen, weil nämlich der Jean Paul, sagen wir vor ungefähr 250 Jahren, in sein Aphorismen-Büchla geschrieben hat: »Die Erinnerung ist das einzige Paradies, aus dem wir nicht vertrieben werden können.«

Versteckerlens und Schussern

Im Fall, dass Sie ungefähr aa in mein Alter sin (also Spät-
mittelalter, zwischer Tanzcafé *Rennbahn*, *Wastl* und West-
friedhuuf) – nou schauer S' ba Gelegenheit amol oomer aff
Ihrn Kubf naaf: Ob mer dou nu Spuren der Vergangenheit
sichd. Also nedd inner drinner, dou is scho lang nix mehr.
Obber äußerlich, suu Abdrücke vom Köpfn seinerzeit.

Wall mir hom ja damals bam Foußballn ba uns hind
aff der Wiesn, dou hom mir ja nu kann adidas Euro 2008,
original made in China, g'habd. Sondern wenn ibberhabbs an Balln, dann eine sogenannte Hiidschn. Also ka
Luft drinner. Obber wehe, wenner alle vier Wochn amol
aafbumbd woor! Und dann aa nu a Reeng derzou kummer is plus Lebberi! Dou bisd du bam Köpfn braggdisch
bewusstlos worn. Und wennsd widder aafgwachd bisd
ausn Kennemann-Koma, nou hosd du aff der Stirn in
Abdruck vo dera bigglharddn Lederschnur g'habd, mit
dera wou der Ball zammg'haldn worn is. Masdns hodd
aa nu aweng der Schnerbfl rausgschaud. Naa! Nedd wos
Sie edzer maaner. Der Schnerbfl, des is es Ventil vo dera
Foußballblousn gween. Masdns aa nu a Stöpsl drinner.
Also des woorn Schmerzn, odder? Nach einen Kopfball-
tor hosd du damals mindesdens drei Dooch pausiern
mäin.

Obber nedd dassd maansd, dass uns in däi drei Dooch
Fußballpause, dass uns dou langweilich worn wär. Dou
hom mir ja ein Pensum zum Bewäldichn g'habd – des
konnsder haid goornimmer vuurschdelln. Mir woorn
außer unsern Hauptberuf als Morlock woorn mir ja aa
nu Stammesangehöriche der Apachen, Barferslaafer –
Dreegverkaafer, Schdrasserboo-Artisten (vorna in der
Kurvn bam Doggdershuuf aafgschbrunger und korzz

bevuur mer vom Schaffner Drimmer Schelln gräichd hom, widder abgschbrunger an der Lechnerschdrass), dann woor mer nu Karussellschieber an der Mögldorfer Kärwa, aweng Maadlersgockerer odder sugoor Modorradrennfahrer. Und zwar middn Fahrrad vom Vadder, mid an Baa under der Stanger durch, mid die Händ grood nu an Lenker hiikummer, und dann fünf Rundn ummern Schduug rum. An Motor hommer auch an unsern Fahrrad droog'habd. Und zwar a Spielkartn vom Sechsersechzg middern Wäschezwicker an die Gabl hiiglemmd, a Schniirla zum Lenker naaf – und je ärcher dassd an den Gaszuuch-Schniirla oozuung hosd, desdo lauter hodds nou an die Speing gnadderd. Wenn der Vadder oomds Sechsersechzg schbilln hodd wolln, und es hodd scho widder a Karddn gfehld – dou hodds dann numol gnadderd. Obber durch unser bengerzwassergehärtete Lederhuusn hosd die allabendlichen pädagogischen Maßnahmen middn Debbichglobfer fast ibberhabbs nedd gschbürd.

Mid wos hommern unser glanne Welt zwischer Bengerz und Schmausnbuck, zwischer Glaishammer und Shell-Brüggn nu erschüttert? Zum Beispiel mid wunderbare Sinngedichte vuurn Versteckerlens. Ein Sinngedicht konn i haid nu auswendich. Des hassd (obacht, is aweng unappetittlich): »Eene, meene, mubbel, wer frissd Bubbel? Süß und safdich, für eine Mark und achtzig, für eine Mark und zehn – und du kannst gehen.«

Odder mir hom in städtischen Laternanzünder, wou oomds immer mid anner Laddern im Beiwoong durch unser Strass brettert is, hommer a weng zu anner Zusatz-Ärwerd verholfn. Wall die Mutter gsachd hodd: »Dass mer uns verschdenger – wenn die Latern oogänger, bist dahamm. Sunsd setzt's wos, gell!« Und walls ja häufig vom Vadder scho wos gsetzt hodd weecher die fehlenden Sechsersechzg-Karddln, simmer hald dann – wenn die Latern scho brennd hom – simmer naafgrabbld und hom an den glann Heberla zuung, und nou sins widder ausganger. Odder mir homs glei an Schdaa ins Glas neigschmissn, nou sins aa ausganger.

Odder auch indressand: Die Vuurstadt-Masterschaft im Medzlsubbnschwinger. Des wern Sie edzer nedd wissen: Die Dunnerschdooch hodd der Memmert im Volksgarten vorna immer gschlachd. Und dou hommer in der Milchkanner fiir die Großmutter a Medzlsubbn hulln mäin. Wall, däi hodd nix kost. Und am Hammweech hommer dann in Deckl roo und die Milchkanner windmühlnartig im Kreis gschwunger. Physikalischer Versuch mid der Zentrifugalkraft. Gwunner hodd der g'habd, ba dem wous die Zentrifugalkraft am längsten ausg'haltn hodd und den wou die haaße Medzlsubbn sturzbachartig als ledzdn iibern Kubf driberglofn is. Mid der Quäkerspeis im Blechdöbfla, wenn's den nicht essbaren weißn Gipsbrei mid Weinbeerla drinner geem hodd, hodds auch funktioniert.

Dann hommer Kartoffelkäfer am Acker hinter die ledzdn Haiser gsammld und aff die Äcker vo den Bauer, wou mer nedd leidn hom kenner, widder ausgsedzd. Maierkäfer dauschd, zwaa Müller geecher an Schlotfeecher, Kaulquappen noogschluckt fiir a Fimbferla Kotzprämie pro Stück, Frösch middern Strohhalm im Oorsch aafblousn, Farbnsammeln mid Fingerbidzln hommer gschbilld, odder auch indressand, in der Schul – dou hobbi amol einen Direktoratsverweis gräichd, dou is draff gschdandn: »Der Schüler wirft Geld an die Wand und rennt ihm nach.« Damals hodd mer Webbln derzou gsachd. Des is, glaab i, es aanziche Schbill, wos si bis in die haidiche Zeit erhaldn hodd. Geld an die Wand werfn und ihm nachrennen – haid hassds blouß anders: Börse odder Shareholder's Value. Und mer gräichd kann Direktoratsverweis mehr derfiir, sondern es Bundesverdienstkreuz. Betonung auf Verdienst.

Ja, und wall mer grood derbei sin: Vo unserer glann Welt damals zwischer Bengerz und Schmausnbuck, zwischer Glaishammer und Shell-Brüggn – wos issn dou die Kinder vo haid nu bliem? Des konn i Ihner zimmli genau soong: nemli nix. Beziehungsweise vierspurige Autorennstreckn, Business-Tower, viereckerde Beddong-Käsdn, Gewerbegebiete, a Architektur mit S vuurn CH. Und wer mid den ganzn Dreeg unsern Spielplatz, in schennsdn der Welt, zoubflasderd hodd – des wass i aa: Des woorn mir. Woohrscheins wall mer damals aff der Wiesn mid den hardn Balln zu oft köbfd hom. Endweder du häldsders nedd aus, odder du gräigsd mid der Zeit einen Beddong-Kubf dervoo.

Kriegsende

Am 7. Mai 1945 um 2.41 Uhr unterschreibt Generaloberst Alfred Jodl in Eisenhowers Hauptquartier im französischen Reims die Gesamtkapitulation Deutschlands. Am 9. Mai 1945, 0.16 Uhr, bestätigen Generalfeldmarschall Wilhelm Keitel, Chef des Oberkommandos der Wehrmacht, Admiral von Friedeburg, Oberbefehlshaber der Kriegsmarine, und Generaloberst Hans-Jürgen Stumpff, stellvertretender Oberbefehlshaber der Luftwaffe, im sowjetischen Hauptquartier in Berlin-Scharnhorst mit ihrer Unterschrift das Ende des sogenannten Dritten Reichs, das Ende des Zweiten Weltkriegs. Seit Mitternacht am 8. Mai sind, so heißt es im Soldaten-Deutsch, alle Kampfhandlungen eingestellt.

Im »Großen Ploetz«, dem deutschen Standardwerk für Geschichtsbuchhaltung, findet man auf Seite 802 unter der Rubrik »Menschenverluste« in einem fünf Millimeter hohen Kästchen die Bilanz der »Kampfhandlungen«: »Rund 55 Millionen Tote«. Auf Seite 773 die Bilanz der moralischen Katastrophe: »Der ›Endlösung‹ fallen insgesamt 4,2 bis 5,7 Millionen Juden zum Opfer«, bis zur Befreiung der Konzentrationslager durch die alliierten Streitkräfte zwischen Mitte April und Anfang Mai.

In der Nacht vom 7. auf den 8. Mai 1945 bereitet sich auf der dänischen Ostsee-Insel Bornholm der Nürnberger Leutnant Kurt S. auf den Frieden vor. Er befiehlt den Soldaten seiner Kompanie, die Waffen wegzuschmeißen, organisiert Fahrräder, lässt die drei Kompaniezüge im Morgengrauen in den Hafen radeln. Dort stehen angeblich drei Schiffe der deutschen Kriegsmarine, Kurs Heimat. Von deutschen Schiffen aber war keine Spur zu sehen, nicht einmal eine Kiellinie. Am Abend vorher, am 7. Mai 1945, war auf der Insel ein Fieseler Storch gelandet, der brachte unter anderem den Regimentskommandeur L. gerade noch rechtzeitig nach Deutschland. Für den Leutnant Kurt S. hätte man in dem kleinen Flieger auch noch Platz gehabt. »Ich habe abgelehnt«, sagt er heute, nach 60 Jahren, »Ich wollte bei meinen Leuten bleiben. Außerdem war ich überzeugt – es kann uns nichts mehr passieren. Von der Kapitulation wussten wir ja. Und wir wussten auch, dass wir gemäß der Genfer Konvention nicht mehr in Gefangenschaft kommen konnten. Dass ich geblieben bin – das gehört zu den großen Dummheiten in meinem Leben.«

Kurt S., der Leutnant von damals, lebt mit seiner Frau Käte in seiner Heimatstadt Nürnberg, in Mögeldorf, wird im Dezember 89, hat zwei Töchter, zwei Söhne, sechs Enkel, zwei Urenkel. Bei der großen Zeitzeugenschwemme der letzten Wochen und Monate, zum 60. Jahrestag des Weltkriegsendes, wollte er eigentlich nicht auch noch als Jubiläums-Erinnerer Rede und Antwort stehen. »Da wird«, sagt er, »viel zurechtgebogen, viel verherrlicht. Um es vornehm auszudrücken.« Und: »Wer bin ich denn schon?«

Er ist mein Vater. Und deswegen sind wir dann doch zwei Tage und eine halbe Nacht bei uns daheim in Mögeldorf gesessen. Ich mit Kugelschreiber und Notizblock, der Vater mit seinen Kriegserinnerungen, von denen er heute noch manchmal nachts Albträume hat. Zumal in Jubiläumszeiten. Dennoch: Er liest von Fest bis Reich-Ranicki alles, was ihm über die Zeiten damals in die Finger kommt, er lässt kaum eine Zeitzeugen-Sendung im Radio oder im Fernsehen aus. Was ihn, den fast 90-Jährigen, immer noch bewegt, ist die Frage: »Kann man aus der Geschichte lernen?«

1945 war es meinen Eltern völlig klar: Aus der zwölfjährigen Schreckensgeschichte in Deutschland, in Europa, in der Welt kann man nur eines lernen. »Für Deine Mutter und mich«, sagt er, »war es überhaupt keine Frage – diese sechsjährige Hölle, die ganze Faschisterei, die Millionen-Morde an den Juden, der Wahnsinn einer Verbrecher-Clique, das kann nur das Ende alles Bösen in der Welt sein. Wir waren beide fest überzeugt: Dieser Krieg war der letzte auf der Welt. Danach kommt eine Art Paradies, der immerwährende Frieden. Es gibt keinen Hass mehr unter den Menschen.« Und dann blättert er in Aufzeichnungen vom Krieg, in alten Fotos, in Briefen, und sagt: »So naiv waren wir damals wirklich.«

Die Geschichte des Schützen Kurt Schamberger in der Schweinauer Infanterie-Kaserne, des Unteroffiziers im Regimentsstab, des späteren Oberfeldwebels, des Leutnants, des plötzlich auf Bornholm mit der Führung des Regiments beauftragten Endzeit-Soldaten, des Kriegsgefangenen Kurt Schamberger, des Flüchtlings, des Heimkehrers an einem heißen Frühsommertag 1946 in Mögeldorf – die Geschichte kenne ich fast auswendig. Das war mein Karl-May-Ersatz: »Vati, bitte erzähl wieder was vom Krieg!« Und wenn wir Kinder damals einen Tag halbwegs unfugfrei hinter uns gebracht hatten, dann hatte der Vater sich abends ans Bett gesetzt und als Belohnung vom Krieg erzählt. Es war schaurig-schön. Heute heißen die Nachkriegs-Betthupferl: Zeitzeugen-Dokumentation, Oral History, mündlich überlieferter Geschichtsunterricht. Solche Fragen »Warum bist du mitmarschiert?«, »Sind Soldaten Mörder?«, »Was hast du, als Sohn eines Vaters, der für seine Überzeugung im KZ war, über das bisschen Widerstand in Deutschland gedacht?« – solche Fragen stellt kein fünfjähriger Sohn über die Vergangenheit seines Vaters. Nicht einmal ein fünfzigjähriger Sohn. Solche Fragen habe ich jetzt, mit 63 Jahren zum ersten Mal gestellt.

Die politische Vergangenheit. Gregor Schamberger, mein Großvater, war ein uneheliches Kind, aufgewachsen in dem Steigerwald-Dorf Unterschleichach bei Eltmann. Bettelarm war er nach Nürnberg gekommen, hatte als Metalldrücker gearbeitet, sich fortgebildet, war aufgestiegen zum Amtsrat bei der Ortskrankenkasse, hatte seine Kunigunde aus Lichtenhof geheiratet, meine

Großmutter, wurde Stadtrat der SPD in Nürnberg, war mit dem Arbeiterdichter Karl Bröger, seinem Hausnachbar in der Ziegelsteinstraße, eng befreundet. An einem Märztag 1933, früh um sieben Uhr, wurde er von zwei Polizisten verhaftet. Es gibt ein Foto von ihm und anderen Nürnberger Sozialdemokraten in Dachau bei der »Umerziehung«, aufgenommen von einem KZ-Kapo. Die Häftlinge müssen ein Schild halten, auf dem steht »Ich bin ein klassenbewußter SPD-Bonze.« Nach einem Jahr Haft kam Gregor Schamberger wieder heim nach Ziegelstein.

Mein Vater erinnert sich: »Er hat nie auch nur ein Wort erzählt, was sie mit ihm in Dachau gemacht haben. Auch nach dem Krieg nicht. Bis zu seinem Tod nicht.«

»Wie stark warst du von deinem Elternhaus, vom Vater, politisch beeinflusst?«

Mein Vater: »Wir waren alle tiefrot. Klar. Ich war bei den Roten Falken, einer sozialistischen Jugendorganisation. Im Zeltlager haben wir gesungen: ›Auf, auf Ihr roten Falken, der neue Tag bricht an, entrollt die roten Fahnen, sie leuchten uns voran, lasst ziehen uns zum Spiele, durch Wiesen, Felder, Wald und Hain, denn wir, wir wollen freie Proletarierkinder sein.‹ Oder: ›Nie, nie wollen wir Waffen tragen, nie, nie wollen wir wieder Krieg, nein, lasst die großen Herren sich selbst miteinander schlagen, wir machen nicht mehr mit.‹«

»Warum ist der Großvater verhaftet worden? Weil er SPD-Politiker war?«

»Nicht nur. Ich bin ziemlich sicher – das war ein Racheakt vom Streicher. Der war doch vor 1933 angeklagt, als Lehrer wegen Unzucht mit Schülerinnen. Und der Vater hat als Zeuge gegen ihn ausgesagt. Deswegen ist er nach Dachau gekommen. Da fällt mir ein – ich habe mich neulich mit einem Nachbarn unterhalten über die Zeit damals. Der Nachbar ist so um die fünfzig. Und der hat nicht gewusst, wer der Streicher war, hat noch nie den Namen gehört. Das musst du dir vorstellen, so hoch ist heute unser politischer Bildungsstand. Und wer nach 1945 gesagt hat, das mit den Juden hätte er nicht gewusst, und von Konzentrationslagern keine Ahnung gehabt – der hat gelogen. Jeder hat es gewusst. Wir haben doch alle gesehen, wie in Nürnberg die Synagoge gebrannt hat, wie in der Kristallnacht die Schaufenster eingeschlagen worden sind, wie man die Juden gejagt hat. Jeder hat es gewusst.«

Der Ziegelsteiner Schambergers Bub, der Rote Falke, durfte nach vier Jahren Volksschule in die Oberrealschule, auf Wunsch des Vaters sollte er Arzt werden.

»Und warum bist du dann Kaufmannslehrling beim Foto-Porst geworden?«

»Wir waren drei Freunde. Der Arnold Bröger, der Sohn vom Schriftsteller, ein jüdischer Klassenkamerad und ich. Der Arnold und ich freireligiös, der andere jüdisch. Wir drei haben am christlichen Religionsunterricht nicht teilgenommen. Und von den Professoren sind wir entsprechend behandelt worden. Die meisten Lehrer waren ja überzeugte Nazis. Der Porst übrigens auch. Und dann hat uns damals der Konrektor – ein ganz passabler Mann – den dringenden Rat gegeben, ich soll nach der sechsten Klasse von der Schule gehen. Danach habe ich beim Porst gelernt. Bei der HJ war ich nicht. Das wollten die Eltern nicht, und ich auch nicht.«

»Und warum hast du dich 1937 freiwillig zum Militär gemeldet?«

»Ich wollte in Nürnberg bleiben. Zur Wehrmacht hätte ich so oder so gemusst. Und als Freiwilliger hatte ich die

Chance, meinen Wehrdienst in Schweinau zu machen. Das Gesuch ist ja dann auch bewilligt worden. Und außerdem wollte ich beruflich weiterkommen. 1937 bin ich zum Miliär, und nach den zwei Jahren hatte ich schon einen Vertrag. Als Geschäftsführer bei einem Foto-Versandhändler in Reutlingen, Foto-Dohm hat die Firma geheißen. Da hätte ich 1939 anfangen sollen.«

Im Herbst 1939 hatte der Gefreite Kurt Schamberger schon die Tage bis zu seiner Entlassung gezählt, sich auf die neue Stelle vorbereitet – da ließ Adolf Hitler mobil machen. Das Nürnberger Infanterieregiment 21 war für den Überfall auf Polen eingeteilt. Kurt Schamberger, Schreiber beim Regimentstab, sah zum ersten Mal in seinem Leben Tote und Verwundete. Ganz ohne Begeisterung war er aus dem nur wenige Wochen dauernden Krieg gegen Polen dennoch nicht heimgekehrt.

»Wie kann man von einem Krieg begeistert sein, von einem Gewaltakt gegen ein freies Land?«

»Begeistert war ich sicher nicht. Das ist das falsche Wort. Vielleicht war ich beeindruckt, wie schnell das vorbei war. Und wie reibungslos es gegangen ist. Ich weiß noch ganz genau, wie mein Vater reagiert hat damals. Wir sind beide daheim in der Küche gestanden früh und haben uns rasiert. Der Vater hatte ja immer gewarnt vor einem Krieg und seinen fürchterlichen Folgen. Und er war überzeugt, dass Deutschland diesen Krieg verliert. Und da habe ich zu ihm gesagt: ›Jetzt ist doch alles schon wieder vorbei, und wir haben gesiegt.‹ Er er mich lang angeschaut und gesagt: ›Du darfst aber nicht vergessen – der richtige Krieg, der kommt erst. Und den verlieren wir.‹ Ich war maßlos enttäuscht von meinem Vater. Für mich war der Krieg erledigt. Wir sind damals, deine Mutter und ich, mit dem Herrn Dohm von dem Foto-

Versandgeschäft im Wintergarten in der Luitpoldstraße gesessen. Champagner hat es gegeben. Und wir haben über meine neue Stelle geredet. Sobald das mit Polen ganz vorbei ist, hätte ich anfangen sollen.«

»Ihr habt Pläne gemacht für die Zukunft, mitten im Krieg?«

»Für mich war es nicht mitten im Krieg. Für mich war der Krieg fast vorbei. Das habe ich so lange geglaubt, bis wir in Richtung Westen in Marsch gesetzt worden sind, nach Frankreich.«

»Was ist da in dir vorgegangen? Enttäuschung, Wut, Angst? Hast du ans Sterben gedacht?«

»Nein. Da denkst du dir nicht viel.«

»Warst du pflichtbewusst?«

»Ja, ich glaube schon. Ich war das, was man einen guten Soldaten nennt.«

»Warum?«

»Ich wollte nicht dauernd als Schütze rumlaufen. Die Karriere hat mir schon etwas bedeutet. Ich wollte Offizier werden.«

»Das verstehe ich nicht.«

»Ich sage dir ja auch nur, wie es damals war. Wie ich damals gedacht habe. Das ist die Wahrheit. Und die Wahrheit ist auch: Ich bin kein Held. Ich wollte nie ein Held sein. Dein Großvater war auch kein Held. Der hätte ja damals, wie die SPD 1933 verboten wurde, in den Untergrund gehen können, an die tschechische Grenze als Kurier zum Flugblattschmuggeln. So wie es zum Beispiel sein Ziegelsteiner Freund, der Fritz Munkert, getan hat – und dann von den Nazis erschossen worden ist. Da frage ich dich: Wem hat das genützt? Vielleicht gäbe es heute außer dem Fritz-Munkert-Platz noch die Gregor-Schamberger-Straße. Aber sonst?«

Im Winter 1939 ist der Krieg, entgegen der festen Überzeugung des inzwischen zum Unteroffizier beförderten Kradmelderstaffelführers Kurt Schamberger, nicht beendet. Das Nürnberger Infanterieregiment 21 wird über Trier und Luxemburg nach Longwy in Frankreich in Marsch gesetzt. Zum ersten Mal schlagen neben dem 23-jährigen Motorradmelder Schamberger Granaten ein, zum ersten Mal rasseln feindliche Panzer auf ihn zu. Von Longwy wird das Regiment nach Dijon verlagert. Wieder ist der Feldzug schnell vorüber. Blitzkrieg nennt man diese Überfälle seitdem. Mein Vater erinnert sich, dass die Flasche Champagner 30 Pfennig gekostet hat, dass die Wirte in den Gasthäusern sehr freundlich waren, dass die Unterkünfte nicht nobel genug sein konnten. Sein Regimentskommandeur Oberst Hoffmeister pflegte mit seinem Stab nur in Schlössern abzusteigen. Der Unteroffizier Schamberger erinnert sich aber auch an den Befehl im Herbst 1940: Das Nürnberger Regiment hätte als Spitze einer Invasionsarmee über den Ärmelkanal nach England übersetzen sollen.

»Alte Treidelschiffe vom Ludwigskanal, also Schiffe ohne Motor, sind an die Küste geschafft worden. Die sollten mit Motorbooten gezogen werden, und dann bei Dover landen. Und unsere Gasmaskenbehälter hätten wir, mit Wachs abgedichtet, als Schwimmwesten verwenden sollen. Da hatte ich zum ersten Mal richtig Schiss. Das hätte keiner von uns überlebt. Aber die Invasion ist dann abgeblasen worden.«

Kurz danach der schwere Unfall: Kurt Schamberger fährt, als Sozius, mit einem Kameraden auf dem Motorrad nachts über eine Brücke – genau auf der Seite, wo keine Brücke mehr ist. Beide überleben den Sturz in den Fluss. Der Unteroffizier Schamberger kommt mit einem schweren Schädelbruch ins Lazarett. Nach der Genesung ist Hochzeit in Nürnberg. Kurt Schamberger heiratet am 4. Januar 1941 in der Lorenzkirche seine Verlobte und Foto-Porst-Kollegin Käte. Vierzehn Monate später, am 14. März 1942, bin ich, das erste von vier Kindern, auf die Welt gekommen.

Unsere Mutter hatte vor der Hochzeit eine Bedingung gestellt: Sozialistische Herkunft langt schon, da muss man nicht auch noch Atheist aus ideologischen Gründen sein, der 25-jährige Bräutigam geht in den Konfirmandenunterricht und wird evangelisch.

Mein Vater ist bis heute gläubig. Was ihn aber nicht daran hindert, aus seiner Wut über die Rolle der Kirche während der Nazi-Diktatur keinen Hehl zu machen.

»Ich habe nachgelesen: Der damalige evangelische Landesbischof Meiser hat nach dem Überfall auf Polen von ›einer reichen Ernte‹ gesprochen, die Deutschland und der Führer auf Fügung Gottes einfahren haben dürfen. Und nicht misszuverstehende antisemitische Äußerungen gibt es auch von ihm. Bist du auch der Meinung, dass man da halt die Zeiten berücksichtigen muss, in denen er sich so verhalten hat?«

Mein Vater: »Der Meinung bin ich überhaupt nicht. Vor Jahren habe ich einmal mit dem Baron von Löffelholz über die Rolle der Kirche im Dritten Reich diskutiert. Und was ich zu ihm gesagt habe, das vertrete ich heute noch: Beide Kirchen, ob evangelisch oder katholisch, haben sich nicht nur kaum widersetzt, sondern sie hatten durch ihre Haltung meines Erachtens einen großen, wenn nicht den größten Anteil am Erfolg der Nazis. Der Baron hatte übrigens eine ähnliche Meinung. Aufrechte Christen wie der im KZ ermordete Pfarrer Bonhoeffer – das war eher die Ausnahme.«

Den 20. Juli 1944, Stauffenbergs Attentat auf Hitler, den Versuch einiger Generäle, den längst verlorenen Krieg, die Nazi-Barbarei zu beenden – das hat der inzwischen zum Oberfeldwebel beförderte Soldat Kurt Schamberger in Nürnberg erlebt. Nach der Verlegung seines Regiments von Frankreich an die Ostfront war er dem Heldentod buchstäblich nur um Haaresbreite entkommen. Die Einheit des Feldwebels Kurt Schamberger lag inzwischen im Süden Russlands, 2.000 Kilometer von daheim entfernt, am Ufer des Mius in der Nähe des Städtchens Taganrog, das Asowsche Meer fast in Sichtweite. Auf der einen Seite des Mius das Nürnberger Regiment, auf der anderen Seite, keinen Granatwurf weit entfernt, die russischen Rotarmisten in ihren Stellungen.

»Wie war das eigentlich mit der Bevölkerung? Was war mit dem Befehl, die sogenannten Polit-Kommissare sofort zu erschießen?«

Mein Vater: »Ich weiß, dass Furchtbares passiert ist. Nicht nur in der SS, sondern auch bei uns in der Wehrmacht. Aber ich kann nur sagen: Ich habe es nicht erlebt. Nicht erleben müssen. Gott sei Dank. Aber wir haben doch alle gewusst, was passiert. Da gibt es keine Entschuldigung. Wir an der Front haben auch gewusst, was daheim mit den Juden passiert. Wir haben uns doch mit der Seife gewaschen, die in Deutschland aus dem Fett vergaster Juden hergestellt wurde. ›Rif‹ hat die Seife geheißen. Es hat keinen gegeben, der es nicht gewusst hat.«

»Und habt ihr drüber geredet?«

»Es waren ungefähr 50 Prozent Nazi-Gegner und 50 Prozent Nazi-Fanatiker. Wenn du über solche Dinge mit einem Fanatiker gesprochen hast, dann hast du davon ausgehen können, dass du denunziert wirst. Unter uns haben wir natürlich über alles geredet.«

Im August 1943 wird der inzwischen zum Oberfeldwebel beförderte Kurt Schamberger schwer verwundet. Er sieht den russischen Soldaten auf einem Panzer, er sieht, wie er zielt, wie er abdrückt, er sieht das Mündungsfeuer. Der Schuss geht in die rechte Schulter, durch die Lunge, durch den Rücken. Um ein paar Millimeter am Tod vorbei. Ein Erlanger Arzt rettet ihm den von der Amputation bedrohten rechten Arm, rettet ihm das Leben. Im Viehwaggon wird er mit anderen Verwundeten in Richtung Westen transportiert. Nach Lazarettaufenthalten in Kiew, in der Lausitz, in Ansbach ist er über ein Jahr lang wieder daheim in Nürnberg. Auch am 20. Juli 1944.

»Hätte ein geglücktes Attentat auf Hitler nicht noch Millionen Menschen in Europa das Leben gerettet?«

»Ich weiß es nicht. Damals habe ich das Scheitern des Attentats, im Gespräch mit einem Oberst, sehr bedauert. Unter uns, daheim in Ziegelstein – das war ein einziges großes Jammern über das missglückte Attentat. Aber ich war damals und bin heute noch der festen Überzeugung – so durfte der Krieg nicht zu Ende gehen. Das Resultat wäre eine neue Dolchstoßlegende gewesen, wie nach dem ersten Weltkrieg. Der ganze Dreck wäre wahrscheinlich wieder hochgekommen. Wo waren denn die Offiziere, die Generäle 1933? Da wäre es sinnvoll und vor allem aussichtsreich gewesen, mit der ganzen Hitlerei ein Ende zu machen, bevor es überhaupt richtig begonnen hat. Aber da kenne ich keinen, der Widerstand geleistet hat. 1944 – da war es zu spät.«

»Aber du hast gesagt, Du warst ein pflichtbewusster, ein guter Soldat. Also ein verlässliches Glied in der riesigen Kette.«

Mein Vater: »Du warst bei der Bundeswehr. Vielleicht war es damals bei dir nicht ganz einfach, den Wehrdienst zu verweigern, aber es hat die Möglichkeit gegeben. Das war die Zeit des Kalten Krieges. Was hättest du als Gefreiter damals in der Schweinauer Kaserne gemacht, wenn aus dem Kalten Krieg ein heißer Krieg geworden wäre?«

»Ich fürchte, ich wäre mitmarschiert.«

»Das fürchte ich auch. Und wer hat denn den Hitler großgemacht? Das war der unsinnige Versailler Vertrag nach dem Ersten Weltkrieg, das waren die anderen Großmächte, die ihn gewähren haben lassen, das war die Weltwirtschaftskrise mit ihren Millionen von Arbeitslosen, das war die deutsche Großindustrie, die ihm Geld gegeben hat. Die NSDAP war ja fast pleite vor der Machtergreifung. Und das waren unsere alten Generäle. Auch wenn ich ein pflichtbewusster Soldat war – ich habe dem Hitler nicht geholfen, den Krieg zu gewinnen. Ich sage dir auch, was mich heute noch stolz macht: Nach dem 8. Mai 1945 sind ein paar österreichische Soldaten aus unserer Einheit heim nach Mögeldorf zur Mutter gekommen. Da war ich noch in Gefangenschaft. Und die sind deswegen gekommen, um sich bei ihr stellvertretend zu bedanken, weil sie mir ihr Überleben zu verdanken hatten. Das meine ich mit Pflichtbewusstsein. Wir wollten überleben und sonst nichts.«

Jahreswende 1944/1945. Am Endsieg zweifelt längst auch ein großer Teil der »fünfzig Prozent Fanatiker« in der deutschen Wehrmacht. »Aber daheim in Nürnberg«, erinnert sich mein Vater heute, »da sind schon noch ein paar Deppen rumgelaufen und haben von ihrem unerschütterlichen Glauben an die Genialität des Führers erzählt. Gröfaz hat man ihn genannt.« Größter Feldherr aller Zeiten. Einer der Deppen ist der ehemalige Chef des Oberfeldwebels Schamberger im Zivil-Leben, Hanns

Porst, Inhaber des »größten Fotohauses der Welt«. »Der ist mir eines Tages in der Stadt begegnet, eingekleidet in eine lächerliche Fantasieuniform, wie der Gieger am Mist, und hat mir voller Stolz berichtet, dass er demnächst in seiner Eigenschaft als Wehrwirtschaftsführer vom Führer als Chef eines riesigen Erdölkonzerns nach Baku abkommandiert wird. Das muss man sich einmal vorstellen, in was für einem Wahn manche gelebt haben.«

Kurt Schamberger wird auch wieder in Richtung Osten abkommandiert, auf die Kriegsschule Milowitz, tschechisch Milovice, in der Nähe von Prag. Nach der Ausbildung in der Offiziers-Schleifanstalt ist der einstige Ziegelsteiner Proletarier-Bub das, was er sich einmal dringend gewünscht hatte: Offizier. Als Leutnant ohne Einheit – sein Regiment 21 ist aufgerieben, vernichtet – geht er auf Irrfahrt durch halb Europa. Von Prag nach Potsdam, von Potsdam nach Stettin, wo die Würdenträger der Stadt ihn allen Ernstes für den Begleitoffizier der Wunderwaffe V2 halten, von Stettin weiter die Ostseeküste entlang. Schließlich wird er zum Adjutant des Nürnberger Majors Schwanhäußer, im bürgerlichen Leben Chef der Bleistift-Firma Schwan-Stabilo, ernannt. Schwanhäußer ist Kommandeur eines neu aufgestellten Regiments. Anfang April wird er verwundet. Der Leutnant Schamberger kommt zur Armee Wenck. »Eine Geister-Armee. Die hat größtenteils nur auf dem Papier existiert. Wir hätten Hitler in Berlin zu Hilfe kommen sollen.« Aus dem Gröfaz-Befreiungsschlag wird nichts, die Geister-Armee – jedenfalls das, was von ihr existiert hat – setzt auf die dänische Insel Bornholm über. Am 8. Mai 1945 hat das größte Menschenschlachten der Geschichte ein Ende. Nur die Odyssee des Leutnant Schamberger geht weiter, seine Genfer Konvention kann sich der jetzt 28-jährige Europa-Reisende an den Stahl-helm stecken: Russische Gefangenschaft, Mitglied der »Antifa«, der antifaschistischen Organisation im Lager, zwei Fluchtversuche, polnische Gefangenschaft, wieder auf der Flucht. Dieses Mal erfolgreich.

Zu Fuß, auf Fuhrwerken, mit dem Zug – in der sowje-tisch besetzten Zone als US-Spion verdächtigt, wieder ent-wischt – erreicht er am 16. Juni 1946 seine Heimatstadt. An diesem strahlend schönen Frühsommertag irrt ein zerlumpter, vollbärtiger Mann in der Ostvorstadt Mögel-dorf durch die Blütenstraße. Der alte Mann fragt einen Knirps: »Wo wohnt denn jetzt die Familie Schamberger?« Wo die Familie Schamberger gewohnt hat, sind jetzt ame-rikanische Soldaten einquartiert. Der Bub am Straßen-rand erklärt dem Alten die neue Wohnung läge ein paar Häuser weiter, in der Tiefäckerstraße. Der Bub war ich mit meinen vier Jahren, der alte Mann war mein Vater.

Zwei Fragen hat er mir jetzt in den Erinnerungsta-gen noch beantwortet. Die Frage nach dem selbst heute noch umstrittenen Denkmal für Deserteure und die Frage nach seiner Angst um die wieder aufkommen-den Faschisten. »Ich hatte und habe vor Deserteuren die größte Hochachtung. Wer sich – wie zum Beispiel jetzt in Ulm die Stadtverwaltung – standhaft weigert, Deserteure durch ein Denkmal zu ehren, für den habe ich kein Verständnis. Aber für mich hat sich damals im Krieg die Frage nicht gestellt. Hätte ich mich vier Jahre lang daheim bei meinen Eltern verstecken sollen? Und dann hätten sie mich doch erwischt und mich und meine Eltern an die Wand gestellt. Deserteure sind Helden. Und ich habe Dir schon gesagt: Ich bin kein Held.«

Und die Angst, dass der braune Dreck wieder an die Oberfläche kommt? »Ich schaue mir zurzeit fast alle

Fernsehsendungen zum Kriegsende an. Und ich werde das Gefühl nicht los: Das führt nur zu einem, zur neuen Verherrlichung des Massenmörders Hitler. Sie zeigen den Faschismus von allen Seiten – nur kaum von seiner hässlichen Seite. Vor vielen Jahren – da hatten wir fast keine Arbeitslosen – habe ich mich über die Gefahr der Neo-Nazis mit einem Banker unterhalten. Der hat mich beruhigt. Bei unserer guten wirtschaftlichen Situation – hat er gesagt – haben die Nazis nicht den Hauch einer Chance. Was würde der Banker heute sagen? Wir haben ja nicht die amtlich veröffentlichten fünf Millionen Arbeitslosen, sondern mindestens sechs, wenn nicht sieben Millionen. Das ist ein Pulverfass, der Nährboden für einen neuen Faschismus.«

Lauter Reden

Ziegelsteinstraße 112

Rede zur Verleihung der Bürgermedaille

Ich hab's gwusst, dass ein Haken dabei ist. Da musst im Rathaus aufpassen wie a Heftlasmacher. In allen Vorlagen is meistens ein Haken dabei. Ich muss nix machen, hat der OB gesagt, nur zuhorchen, Medaille entgegennehmen, eventuell noch ein Getränk meiner Wahl, unter Umständen sogar gratis, und das war's dann. Und jetzt? Eine drümmer Rede reden! Aus der Sicht – wie hat er sich auszudrücken beliebt? – aus der Sicht eines »Gesamtkunstwerks«!

Mei Ziegelsteiner Großmutter, die Kuni, hat bei solchen Gelegenheiten (wenn ihr was ein bisschen arg hochtrabend vorgekommen ist) abwechselnd zwei Bemerkungen auf Lager gehabt: »Du bist a Gesamtkunstwerk? Ach goor!« Oder: »Häsders nedd aweng glenner?« Und recht hätt die Kuni gehabt. Denn alles, was ich ein ganzes Berufsleben lang und noch a bissla drüber naus gemacht hab, war: Ich hab meinen Beruf ausgeübt. Also einigermaßen wahrheitsgemäß, wenn's irgendwie gegangen ist, unbotmäßig und nicht selten unzensiert in die Nürnberger *AZ*, Untertitel *8-Uhr-Blatt*, neigschrieben, was ich mir denk. Es war ein schöner Beruf und es war eine schöne Zeitung, unsere *AZ*. Ihr Ableben hat mich tief getroffen. Einerseits.

Andererseits: Sie ist nicht an Altersschwäche verblichen, sondern da waren wir mehr oder weniger Beteiligte selber dran schuld. Sehenden Auges und teilweise denkenden Kopfinhaltes zuschauen, wie ein fast 100 Jahre altes Traditionsrevolverblatt in Richtung Westfriedhof gschubst wird, das ist mindestens Beihilfe. Mindestens.

Wenn sie ein Grab hätte, in der Winklerstraße, würde ich ihr dort in die Geranien neiflüstern: Danke von ganzem Herzen, so eine Chance, die du mir damals am 1. April 1969, zammds deinen ganzen Chefs und Kollegen gegeben hast – so eine Chance kriegt einer selten im Leben. Und es war ja nicht einmal die einzige Chance.

Teilweise unentgeltlich, teilweise einigermaßen entgeltlich darf ich sogar heute noch als Großvater für den *Bayerischen Rundfunk*, Abteilung Nürnberg, arbeiten, für den *Straßenkreuzer*, für den früher zur *AZ* gehörenden *Frankenreport*. Ganz früher auch beim Schleichers Fritz für die *Tagespost*, die auch schon lang vom Druckerhimmel auf uns runterschaut. Vermutlich ziemlich irritiert.

Und weil ich grad das Wort »Großvater« erwähnt hab: Beim Nachdenken über die Red heut hat mir mei Großvater, der Ziegelsteiner Opa hat er g'heißn, weil wir sin ja Mögeldorfer, wenn inzwischen auch heimatvertrieben, also der Gregor hat mir, ja, fast tät ich soong, zugschaut. Der Gregor Schamberger, Ziegelsteinstrass 112. Fünf Hausnummern weiter der Karl Bröger. Beide waren befreundet und beide haben hier, wo wir jetzt sind, im Rathaus zu tun gehabt. Beide als SPD-Stadträte. Und beide sind 1933 von den Nazis erst aus dem Rathaus geprügelt worden und kurze Zeit später verhaftet und abtransportiert nach Dachau. Mein Opa – ich erinnere mich an ihn ziemlich genau als einen herzensguten, hilfsbereiten, überaus freundlichen Menschen – hat für seine Überzeugung mit über einem Jahr Konzentrationslager büßen müssen.

Seit ich es mir angewöhnt habe, über manche Dinge ein bisschen grundlegender nachzudenken (ist leider noch nicht so arg lang her), fühle ich mich bei dem, was ich hinschreib, dem Karl und natürlich vor allem meinem Opa sehr verpflichtet. Er und seine Kuni hätten sich über die Feier heute bestimmt gefreut. Wobei ich mir nicht ganz sicher bin, ob die Ziegelsteiner Oma am Schluss nicht doch gsachd hädd: »Die Bürgermedaille hosd gräichd, Bou? Ach goor!« Im Namen von der Kuni danke ich dem Stadtrat und dem Oberbürgermeister für die Ehre. Ich bin nicht stolz auf sie, die Ehre, aber sie hat mich unheimlich g'freut. Und ich geh in Zukunft immer ungefähr zehn Zentimeter höher durch mei Stadt. Auch wenn mei Frau dann immer ehrfürchtig auf mich naufschauer muss und dabei höchstwahrscheinlich sachd: »Horch amol, Großvadder, häsders nedd aweng glenner?«

Die Rache des kleinen Mannes

Rede zur Verleihung der Karl-Bröger-Medaille

Verehrte Anwesende und in dem Fall: vor allem Nichtanwesende wie zum Beispiel der Karl Bröger,

der folgende Satz hat mich ein ganzes Kinder-, Schüler- und Berufsleben bis heute getreulich begleitet: Wie ich es mach, mach ich es verkehrt. Mit ganz wenig Ausnahmen. Würd ich mich jetzt zur Selbstvergrößerung auf die Zehenspitzen stellen und mumbfln »Zeit is worn mit der Bröger-Medaille«, wär ich, mit Recht, der Ober-Arroganzheimer und könnert gleich wieder mei Grembala einpacken und von dannen ziehen. Sag ich aber umgekehrt: Die Bröger-

Medaille, mit der man vor mir das Gostner Hoftheater geehrt hat, den Fitzgerald Kusz und den Hermann Glaser (also kulturell und überhaupt Nürnbergs allerfeinste Adressen) – die Ehre bin ich Bausnkaschber wahrhaftig nicht wert, dann heißt's, so schnell schaust bzw. hörst gar nedd: »Ner freilich, jetzt kokettiert er wieder, der Schleimer, mit seiner schon seit Längerem prima florierenden Tiefstapelei GmbH & Co. KG, aber in Wahrheit trieft er momentan vor Stolz, Schmalz und Selbstweihrauch.« Also wie mach ich es heut Abend?

Unter uns gsachd: Es geht mir seit Wochen, seit ich weiß, dass ich eine Rede reden muss, durch den Kopf. Und da, im Kopf, ruht es immer noch, wenn überhaupt, und will um's Verreggn nicht raus. Und weil ich grad meine Tiefstapelei erwähnt hab – mit dem verehrten Laudator, Herrn Ulrich Maly, den ich mir aussuchen hab dürfen, hab ich natürlich extrem hoch gestapelt. Drüber geht's bei uns in Nürnberg ja auf keinen Fall mehr, und ich hab mir damals, wie ich diesen meinen verwegenen Wunsch geäußert hab, vorgestellt, wie er, der allerhöchste Nürnberger, auf mein Ansinnen reagiert haben könnte. Wahrscheinlich, hab ich mir gedacht, wahrscheinlich so: »Edz isser goor übergschnappt, der glaa Schamberger!«

Lieber Uli, ich bin mitnichten übergschnappt, sondern die Sache hat eine Vorgeschichte. Wie er mich vor sechs Jahren angerufen und gefragt hat, ob ich unter Umständen die Ehrung mit der Bürgermedaille der Stadt Nürnberg über mich ergehen lassen würde, hab ich als Erstes, glaub ich, unbotmäßig bis dorthinaus geantwortet: »Veroorschn konn i mi selber«. Oder so ähnlich. Der Oberbürgermeister hat es aber ernst gemeint, und es hat auch sehr ernste Folgen gehabt. Nämlich vier Jahre später hat er mich schon wieder angerufen und mir mitgeteilt, ich müsse ein mindestens zehnminütiges Referat halten zum Thema »Die Mentalität (drei harde D am Stück, also: die Mendalidääd) der Nürnberger« – und zwar vor dem Auditorium des Deutschen Städtetags (beiläufig: 2.000 weitgehend nur hochdeutsch sprechende und auch verstehende Personen und Personinnen aus ganz Deutschland) in der Messehalle!! Das waren damals für mich: Zwei Wochen Gedanken machen, dieselben auch noch hinschreiben und feierlich vortragen, zwei Wochen schlaflose Nächte, zwei Wochen lang Herz (wenn nicht auch was ganz anderes) in der Hose. Und die Replik vom Oberbürgermeister auf die Schilderung meiner inneren und äußeren Erschütterung ob dieses furchtbaren Auftrags, kurz und bündig: »Des hat mer dervoo, wemmer Ehrenbürgermedaillenträger is.«

Mein Wunsch, den Verursacher meiner zweiwöchigen Schlaflosigkeit und Albtraumheimsuchung als Festredner einzuteilen, war also auch ein bisschen die Rache des kleinen Mannes, ein wesentlich größeres bisschen meine Wertschätzung des Oberbürgermeisters und keinesfalls Übermut oder Maßlosigkeit. Ob jetzt die Karl-Bröger-Medaille ähnliche Folgen hat – muss man halt abwarten, was nach vier Jahren von jetzt an gerechnet passiert, und ob ich da noch auf der Welt bin.

Jetzt hätt ich vor lauter Oberbürgermeister fast den eigentlich wichtigsten Mensch heut Abend vergessen: den Karl Bröger. Und noch einen: meinen Großvater, den Gregor Schamberger. Beide, der Karl und der Opa, waren seit den zwanziger Jahren des letzten Jahrhunderts fast Nachbarn in Ziegelstein (der eine in der mir unvergessenen Ziegelsteinstraße 112, der andere ein paar Häuser weiter), waren befreundet, beide später für die SPD im Stadtrat – und beide sind sie 1933 von SA-Schlägertrupps verprügelt, verhaftet und ins Konzentrationslager Dachau verschleppt worden. Zur »Umerziehung«, hat es damals geheißen.

Der Großvater ist nach einem Jahr KZ-Haft, Folter, versuchter Gehirnwäsche wieder entlassen worden, Karl Bröger ein paar Monate früher. Von unserem Opa weiß ich: Er hat nie mehr, auch nicht nach dem Ende des Nazi-Terrors, über die Monate im Konzentrationslager gesprochen. Bei Karl Bröger wird es nicht anders gewesen sein. Der Terror hat gewirkt, die Gehirnwäsche aber nicht. Beide sind ihrer Überzeugung als entschiedene Gegner der Nationalsozialisten treu geblieben, wenn auch nicht im aktiven Widerstand gegen die Hitleristen. Sie haben sich regelmäßig, wann immer es möglich war, getroffen – in Kalchreuth im Gasthaus *Drei Linden*, im Haus des einen, in der kleinen Laube des anderen –, den in der Tschechoslowakei gedruckten und über die Grenze geschmuggelten *Neuen Vorwärts* gelesen, ausgetauscht oder weitergegeben.

Den Karl Bröger – in der Weimarer Republik und auch später Nürnbergs berühmtester und geachtetster und meistgelesener Journalist, Schriftsteller und Poet – den Karl Bröger haben die Nazis bis zu seinem Tod 1944, vor 75 Jahren, immer wieder vereinnahmen wollen. Vergeblich, wie wir heute wissen. Warum eine Reihe nicht ganz unmaßgeblicher Nürnberger Sozialdemokraten ihn, den SPD-Stadtrat, den KZ-Häftling, in den sechziger und auch noch siebziger Jahren als Mitläufer und der Nazi-Kumpanei verdächtigt haben, weiß der Himmel, und vermutlich der nicht genau. Von meinem Vater und meinem Cousin Gert Kohl, beide aufgewachsen in der Ziegelsteinstraße 112, hab ich vor Jahren genau das Gegenteil erfahren.

Gut, zwar hat es noch immer das Karl-Bröger-Haus gegeben, aber ihn posthum einmal zu ehren, etwa zum Todestag am Grab im Westfriedhof, war eher unangenehme Pflichtübung. Wenn es denn überhaupt passiert ist. Die Geschichte um den Karl Bröger und den Gregor Schamberger in Ziegelstein hat mich jahrelang sehr bewegt. Auch und vielleicht vor allem die Frage: Wie hättest du dich damals verhalten? Und bis heute ist meine Antwort auf die eigentlich unbeantwortbare Frage: Ich weiß es nicht, aber ich weiß: Der Weg der beiden, sich in der inneren Emigration durch die zwölf finstersten deutschen Jahre durchzulavieren, war ein anständiger Weg, den zu gehen nicht gerade viele Nürnberger gewagt haben.

Zu dieser Antwort hab ich nicht allein gefunden. Vor 15 Jahren hab ich durch die Gespräche mit meinem Vater von Achim Bröger, dem Enkel vom Karl, erfahren. Hab einen Teil seiner Bücher gelesen, ihn schließlich eines Tages angerufen, mit der Bitte um ein Gespräch. Im Sommer 2015 haben wir uns in Egloffstein im Gasthof *Zur Post* bei der Frau Heid getroffen. Und (fast zum Schluss) möchte ich ihn mit den Sätzen, die er mir damals in meinen Notizblock diktiert hat, zitieren: »Je mehr ich über meinen Großvater, den ich leider nicht mehr gekannt habe, jetzt nachdenke, desto eindeutiger wird mein Bild von ihm, und ich werde immer stolzer auf den Opa. Meine Hochachtung wird immer größer. Und die Frage, die ich mir in dem Zusammenhang immer wieder stelle, wohl die wichtigste Frage: Wie hättest du dich damals verhalten? Wenn du vom Schreiben lebst, wenn du deine große Familie damit ernähren musst, wenn du eben nicht den Nobelpreis hast und nicht der in aller Welt berühmte Thomas Mann bist – sondern der Karl Bröger aus Nürnberg. Und da sage ich – der Weg, den der Opa gegangen

ist, der war gangbar. Er hat seine Leute nicht verraten.«
Für diese Sätze bin ich dem Achim sehr dankbar und ich
hab mich unheimlich gefreut, wie er und seine Frau Bri-
gitte auf meine Bitte oder vielmehr vorsichtige Anfrage,
ob sie heute nicht in Nürnberg sein könnten (immerhin
von der Ostsee), sofort zugesagt haben. Achim Bröger
war es auch, der mich auf die Bröger-Biografie »Für
Republik und Vaterland« gebracht hat. Eine Dissertation
über den Nürnberger Dichter und Journalist der *Fränkischen Tagespost* von dem Germanistik-Professor Gerhard
Müller, der dazu jahrelang auch in Nürnberg über das
Leben und Wirken Brögers geforscht hat und in seinem
leider schon lang vergriffenem Buch zu dem Ergebnis
kommt: »Wer Karl Bröger immer noch einen Kollabora-
teur der Nazis nennt, der nimmt die Tatsachen nicht zur
Kenntnis.« Über die Auszeichnung mit der Karl-Bröger-
Medaille (entworfen von Alfred Emmerling, vermutlich
unter Aufsicht seiner Frau Lilo Seibel-Emmerling) habe
ich mich also, wie man sich jetzt denken kann, mehr als
nur gefreut. Es hat mich sehr berührt. Und um auf die am
Anfang erwähnte Tiefstapelei zurückzukommen, ganz
ohne Koketterie, Ehrenwort! Verdient hab ich, der ich
halt einfach ein Dreiviertel Leben lang einfach meinen
Beruf, das einigermaßen unfallfreie Hinschreiben von
Buchstaben und Sätzen ausgeübt habe, verdient hab ich
die Ehrung nicht und ebenbürtig fühle ich mich meinen Medaillenträger-Vorgängern schon gleich gar nicht:
Gostner Hoftheater, Kusz & Glaser. Aber ich bekenne:
In so nobler Gesellschaft fühle ich mich wahrlich nicht
unwohl. Und die Medaille häng ich spätestens morgen
früh in meinem Arbeitszimmer an eine Stelle, an der ich
möglichst oft vorbeigeh. Und dann denk ich dabei an
den Karl, den ich inzwischen duze, und an meinen Opa

und ihre Haltung in einer Zeit, die uns, unseren Kindern und Enkeln hoffentlich, bei allen bräunlichen Drohungen, nicht bevorsteht. Am besten niemals mehr. Und außerdem denk ich dann noch an die Menschen, denen ich die Ehrung verdanke: Dem Gert, der Tante Sofie und dem Onkel Robert aus der Ziegelsteinstraße 112, der Karin Falkenberg, dem Michael Ziegler und meiner Familie, vorn dran die Inge, bei der ich während der machmal ziemlich tiefen Höhepunkte meiner Arbeit als Bausnkaschber in dieser schönen Stadt nicht selten durch Abwesenheit geglänzt habe. Insofern kann ich den Uli Maly ganz gut verstehen, dass er demnächst im hohen Alter von 58 Jahren in Rente geht. Vielen Dank für die Geduld beim Zuhören und noch einen schönen Abend.

Selbstinterview

Er ist scheu wie ein Rehlein, stumm wie ein Gartenzwerg. Wenn man ihn was fragt, sagt er, er müsse sich die Antwort gschwind überlegen. Dann sieht man ihn ein Vierteljahr nicht mehr. Deshalb baten wir Klaus Schamberger nach seinem Auftritt beim Bardentreffen mit der Frankenbänd, sich selbst zu interviewen.

Schamberger: Das waren ja über 2.000 Leut, die Ihnen am Samstag zugehört haben. Sind Sie gwiss jetzt ein Star?

Schamberger: Wir kennen uns jetzt schon 64 Jahre. Da siezt man sich doch nicht mehr.

Schamberger: Also gut. Bist du jetzt ein Star?

Schamberger: Ein grauer Star. Morgen geh ich zum Augenarzt, des gibt sich dann schon wieder.

Schamberger: Du könntest doch auf Deutschland-Tournee gehen. Allianz-Arena, Berlin, Hamburg, Easy-Teppich-Stadion …

Schamberger: Da muss ich erst meine Frau fragen. Außerdem war ich fast schon überall. In Obermichelbach, in Uehlfeld, in Anwanden, Etzelwang, Roßtal. Und dann sogar schon in einem Zelt, bei der Sachsenmühle.

Schamberger: Was für ein Zelt?

Schamberger: Ein Zweimannzelt.

Schamberger: Warum tretet Ihr nicht öfter gemeinsam auf, die Frankenbänd und du?

Schamberger: Da bräucht mer ja ein Achtmannzelt. Außerdem will uns keine alte Sau. Und überhaupts müsst ich dann erst noch meine Frau fragen.

Schamberger: Stirbt der fränkische Dialekt aus?

Schamberger: Ja.

Schamberger: Wann?

Schamberger: Später.

Schamberger: Hast du Pläne für die Zukunft?

Schamberger: Ja.

Die Comödie – mein Traum und Albtraum

Vor fast genau einem Jahr habe ich die Segel gestrichen, respektive die zum öffentlichen Ablesen notwendigen Manuskriptseiten inklusive stotternder und schlotternder Bühneneinsätze. Da infolgedessen meine Zahn- und Gedächtnislücken weiter in der Ausdehnung begriffen sind, weiß ich nicht ganz genau, ob ich damals vor zwanzig Jahren bei der Grundsteinlegung der wunderbaren Fürther Humorfabrik auch irgendwie beteiligt gewesen bin. Wahrscheinlich nicht.

Sehr gut kann ich mich hingegen erinnern, wie ich – bereits in jenem Lebensabschnitt befindlich, wo die Vergangenheit immer länger wird und die Zukunft immer kürzer – sehr oft, rein rhetorisch, gefragt worden bin »Es macht Ihner doch nu Schbass, odder?« In Verbindung mit dem höflichkeitshalber niemals ausgesprochenen Gedanken »Wos du dou machst, des konn i, glaab i, aa. A weng wos hiischreim, vuurlesn, Abblaus und Gaasche kassiern – ferdich is der Lack.«

Haargenau so is es. Und es haben sich in den Jahrzehnten meiner Tätigkeit als Nebenerwerbs-Bausnkascher neben der erwähnten Überdosis Eigenspaß, neben Abblaus und Gaasche noch viel, viel mehr Annehmlichkeiten auf mich herniedergesenkt. Etwa jene regelmäßig in mich und mein diffuses Seelenleben neigworchdn metaphysischen Begebenheiten, die ich wahrscheinlich Herrn Sigmund Freud zu verdanken habe und ungefähr so gehen: Ich sitz vor meinem Tisch in der *Comödie*, ausverkauftes Haus, allergrößte Erwartungshaltung, und vor mir liegen vermutlich und irrtümlich meinem Papierkorb entnommene Abfall-Episoden, eine lahmoorscherder als die andere; nach fünf Minuten Rumgadzn verlässt die erste Hundertschaft Zuhörer den Saal, weitere fünf Minuten später weitere zweihundert mumbfelnde Missfallenskundgeber, und nach einer Viertelstunde sitzt nur noch ein Mensch, in dem Fall Menschin, in der ersten Reihe und tröstet mich mit den salbungsvollen Worten: »Ich hob's der glei gsachd ...« Bei der Menschin handelt es sich um meine Ehefrau. Und was die Annehmlichkeit dabei betrifft: Gibt es auf der Welt denn etwas Schöneres, als Blut und Wasser schwitzend aus solchen furchbarsten Albträumen einigermaßen wohlbehalten wieder zu erwachen, in der vagen Ahnung, dass es vielleicht in zwei Tagen genauso passieren könnte?

Und dann – was dem *Comödien*-Zuschauer in den letzten zwanzig Jahren womöglich vollkommen entgangen ist: Es gibt ein zweites Leben, hinter der Bühne und vor den Annehmlichkeiten! Nämlich in der Garderobe der *Comödie*. Bevor du das Allerheiligste, Waltraud und Mariechens Crash-Salon, betreten darfst, finden erst einmal einige Gespräche statt. Entweder Herr Andreas Hock, Herr Marcel Gasde oder gar Herr Volker Heißmann und Herr Martin Rassau fragen dich wie folgt: »Kenndsd doch aa amol ba uns aufdreedn, odder?« Auf dein sehr unentschiedenes »Ich glaub, des is mer a Nummer zer groß«, teilt dir zum Beispiel Herr Marcel Gasde mit: »Brima! Am zwölftn November, Halberachter. Mir seeng si. Servus.«

Es naht jener 12. November, auf einmal ist er da, und schon schleichst du fünf Stunden vor der Zeit in gebückter Haltung, mit hängenden Schultern und Dünnpfiff im Gemüt in das Sakramentshäuschen der *Comödie*. Erst entnimmst du der Garderoben-Biblio-

thek einige wahrhaft lampenfiebersenkende Werke wie
»Weiß-Ferdl – München lacht«, »Der schöne Landkreis Fürth« oder »Fürth von A bis Z«, durch eines der
Fenster in die Freiheit siehst du den Regionalzug in
Richtung Nürnberg rumpeln und möchtest eigentlich
ganz gern in ihm drin sitzen, doch schon erscheinen
nacheinander Frau Eva Brütting, Herr Marcel Gasde,
Herr Andreas Hock, Herr Michael Urban, manchmal
sogar Herr Volker Heißmann mit Herrn Martin Rassau
und erkundigen sich teilnahmsvoll nach deiner Puls-
frequenz. In Hülle und Fülle und in Schüsseln darge-
botene Schokoriegel, Weintrauben und Schweißtücher
runden unsere sinnlos aufmunternden Gespräche ab.
Es erscheint der Techniker mit den Worten: »Servus, ich
bin der Ralf. Willdsd a Headset odder normal?«

Letztes Angst-Brunserla – das muss leider durch die
Poren ausgeschwitzt werden, denn auf der Toiletten-
tür hängt ein Zettel mit der Warnung: »Darf nur von
Heinz Becker benützt werden!« Daraus folgt die wichtige
Erkenntnis vor dem Gang aufs Schafott: Wer berühmt
ist, hat immer einen Abort exklusiv für sich reserviert.
Auch wenn er weder da ist, noch dringend muss. Letz-
ter Gong vom Ralf, naus in den Albtraum. Manchmal
mutterseelenallein, meistens aber mit wahrlich erlesenen
Musikanten, die zwei Sachen perfekt gekonnt haben:
Musik machen und mir stücklasweis die Panik aus der
Seele schrauben. Vorn dran der hoffentlich unvergessene
Conny Wagner, ansässig teils im Musikerhimmel, teils
am Johannisfriedhof, dann der Udo Schwendler, Budde
Thiem, Uwe Kamolz, Klaus Braun-Hessing, der Hein-
rich Filsner und der Bernd Dittl und der Charly Fischer.
Wenn's vielleicht auch nicht für die letzten zwanzig Jahre
ist – ihnen allen und auch den weiter oben schon erwähn-

ten *Comödien*-Harmonisten von der Eva bis zum Volker danke ich sehr für die vielen November-Abende, für ihre Obhut, Schokoriegel, Weintrauben, Gaasche und für die schönen Albträume. Und vor Ihnen, also dem Publikum, verneige ich mich dafür, dass die Albträume am Schluss immer da geblieben sind, wo sie eigentlich hingehören, in die Bücher vom Sigmund Freud. Und dass der Heinz Becker nicht leer ausgeht: Dem wünsch ich einen Wander-Abort auf Rädern, ganz allein für sich. Sollte ich jetzt zum Jubiläum noch einen Wunsch frei haben, dann den folgenden: Die Fürther *Comödie* muss es immer geben, weil so was Schönes hat Nürnberg fei nedd.

Alles hat ein Ende

Ich nimm amol oo, Sie kenner den bekannten deutschen Existenz-Philosophen Stephan Remmler. Der hodd im Jahr 1986 eine epochale These über die Vergänglichkeit aufgschdelld. Und zwar: »Alles hat ein Ende, nur die Wurst hat zwei.« Ob edzer Stadtworschd, Gelbworschd odder Göttinger, is im Prinzip worschd. Und wemmer edzer die These, die der Remmler damals sugoor musikalisch bearbeitet hodd, wemmer die edzer auf mich und mei komische Tätigkeit anwendet, dann stimmt's nerbloß teilweise.

Woohrscheinli desweeng, wall ich ka Gelbworschd bin. Also jedenfalls hob ich kanne zwei Enden g'habt, sondern insgesamt acht Enden oder Abschiede. Ungefähr vuur zehn Jahr hob ich einen Abschiedsabend g'habt in Erlangen, zwaa in Schwabach, vurigs Jahr einen

Abschiedsabend in Uehlfeld, nou im ledzdn November drei allerletzte Abschiedsabende in Färdd, haier einen allerallerletztn Abschiedsabend in Treuchtlingen und haid Oomds numol in Färdd: allerallerallerletzter Abschiedsabend. Und edzer wergli – aus is, goor is und Zeit werd's, dass wahr is. Und bei suu an endgültigen Ende is edzer nerdirli die Frouch: Wos kummd dernouch?

Is ja im Leben genau asuu: Wos kummd nach unsern Ende, wos passiert nou mit uns, wos werd aus uns? A Schaifala vull Kompost? A harfnzubfender Engel? Odder kummer mer am End doch widder aff die Welt, als eine Re-Inkarnation, als Grashubfer, Ohrnhöhlerer odder als Rimbviech? Letzteres eher unwahrscheinlich, wall Rimbviecher, des simmer masdns scho zu Lebzeiten gween. Also, wos aus uns werd, des wiss mer nedd. Und drum hommer uns – scho zimmli lang her – die Religion und die Philosophie erfundn.

Alles zwaa nedd suu ganz einfach. Nehmer S' bloß amol in Heidegger. Vo dem hassds, er is weltweit anner vo die bedeutendsten und wichtigsten Philosophen ibberhabbs gween. Mir is er edzer nedd suu ganz bedeutend vuurkummer, wall er NSDAP-Mitglied gween is vo 1933 bis 1945 (arch viel länger wäi bis 1945 is nedd ganger mit der NSDAP-Mitgliedschaft). Des edzer obber bloß nebenbei. Jedenfalls hodd der Heidegger sehr viel über die Endlichkeit, über die Vergänglichkeit und über das Wesen des Seins und über die Zeit, hodder sehr viel gschriem. Zum Beispiel suu, wörtlich: »Die Einheit der horizontalen Schemata von Zukunft, Gewesenheit und Gegenwart gründet in der ekstatischen Einheit der Zeitlichkeit. Der Horizont der ganzen Zeitlichkeit bestimmt das, woraufhin das faktisch existierende Seiende wesenhaft erschlossen ist.«

Ja, dou schaust edzer aweng bläid. Wos hassd des aff Deutsch. Sie, unter uns gsachd, dou is mir ein alter Schafkopf-Spruch lieber, wenn anner die Rot-Sau am Diisch hiignalld und maand, er sticht dermiid und nou hodder gwunner und bums haud anner sein Schelln-Unter draff. Und der middn Schelln-Unter jubiliert nou: »Nehmer's Abschied, sachd die Leingfrau.« Odder nu treffender: »Korzz vuurn Abort in die Huusn gschissn.« Des versteht a jeder: Aus is.

Also, des woor edzer a weng umständlich, mei Erklärung, dass aus is mit mein Gwaaf dou heroomer auf der Bühne. Wallis nervlich nimmer aushald. Jeeds Mal: Hobbi gscheide Gschichtla in mei Artisten-Däschla neidou, indressierd des die Laid, will des wergli wer wissn, wos ich mir suu denk, denk ich ibberhabbs wos? Und wenn ja, wen gäihdn des wos oo? Und suu weiter und suu weiter. Jeeds Mal sterb ich dou tausend Tode vuurher, vo die Albträume värzza Dooch bzw. Nächte lang goornedd zu reden. Gut, wenn's dann einichermaßen wos taucht hodd und die Laid hodds gfalln – des woor dann scho ganz schäi. Dernouch, hinter der Bühne. Dou hosd du manchmal einen Adrenalinpegel wäi a Fässla vull Sauerkraut, ein fast unheimliches Glücksgefühl.

Obber: Wos willsdn im hohen Alter mit einen Adrenalin? Is doch fiirn Oorsch, odder? Und, unter uns gsachd: Es is mer 1.000 Mal läiber, es gibt a boor Laid, däi haid soong »Schad is, dass goor is«, als wäi dass alle sich denkn »Edzer werrerds langsam häigsde Zeit, dasser mit sein Gwaaf aafheerd.«

Und wos i edzer nou nachn Aafheern mach im ledzdn Rest vo mein Leb'n? Konn i Ihner genau soong: Wenn die Kolleeng und Kolleginnen oomds lampenfiebrig aff die Bühne nausschlottern – nou lich iich schäi gemüüdlich dahamm am Sofa, a Zabfn Schdaddworschd vuur mir, a Seidla Bier, und denk mer »Ach Gott, wär des schäi, wenn i haid oomds in der *Comödie* in Färdd lampenfiebrich aff die Bühne nausschlottern kennd.« Ja, suu simmer halt, mir Menschn, mir Deppn, mir Pausnkaschber, mir seltsamsten Geschöpfe auf Erden. Ich danke sehr und von ganzem Herzen und aus tiefster, momentan sehr adrenalinhaltiger Seele für fast 50-jähriges Zuhorng, Aufmerksamkeit und Mitgefühl. Danke und Adee banander.

Der Finanzexperte

Ein Gespräch mit Prof. Dr. Dr. w. c. Heinzi Hollerfiggl

Derzeit herrscht große Ungewissheit in der gesamten Überbevölkerung, wie es nausgeht mit jener Klammheit im südlichen Zipfelos der Europäischen Staatsschulden- union. Oder so rum gefragt: Erhalten wir in den wunderbaren Gasthäusern *Epidavros*, *Mykonos*, *Bienenheimos* und so weiter nach unseren fünf Pfund Souvlaki in Zukunft noch den freihandelsüblichen Doppel- bis Dreifach-Ouzo oder verhält sich der jeweilige Sokrates seinem Xenos gegenüber erkältungsartig grippal influenziert, indem er ihm gratisschnapsmäßig was hustet? Als unappetitliche Folge der soundsovielten Euro- und Griechenland-Krise?
Zwar konstatieren wir allenthalben eine maximale Verlautbarungsfreude zum Thema Wirtschaftsgriech in Griechenland, auch im hiesigen Verlautbarungsgroß- raum. Da reichen die Meinungen ausgewiesener Fach-

leute von »Krawattenpflicht auch für Staatspräsidenten!«
bis hin zur dringlichen Forderung, dass ein griechi-
scher Finanzminister nicht als vollspartanischer Hem-
merdschwenkl vor seinen Herrn und Gebieter Schräuble
treten kann. Also fei wergli nedd! Allerdings entbehren andere Verlautbarungen größtenteils einer gewissen
Allgemeinverständlichkeit. Wir denken da an so fein
ziselierte Begriffe, bzw. Unbegriffe, wie Target-Kredite,
unverbindliche Verbindlichkeiten, Default-Swaps, Schuldenschnittlauch etc.

Zur Erlangung einer zufriedenstellenden Durchschau-
barkeit der Ouzo-Krise haben wir den voll ausgepichten
Kenner der Retsina-Szene, Herrn Prof. Dr. Dr. w. c. Heinzi
Hollerfiggl, Ordinarius der ortsansässigen Wieso-Unität
und Gott sei Dank ausgewiesener Fachmann für schlei-
chende In-, De- und Exflationen, sowie für ganz normale
Flationen, also Darmverwehungen 3. Grades, eindring-
lich und ein- für allemal wie folgt befragt.

*Ich: »Die meisten, wenn nicht sogar alle Menschen kennen
sich anlässlich der Griechenland-Krise vor lauter Tilgungsfonz,
Eurobonds, Schuldenbremsen, Finanzstabilisierungsfazilitä-
ten, Kapitalpuffern, Schuldenschnittlauch und dem ganzen
Grambf überhaupts nicht mehr aus, oder?«*
Prof. Dr. Dr. w. c. Heinzi HOLLERFIGGL: »Genau!«
*Ich: »Könnten Sie uns also zum Beispiel das Wesen des Euro-
Bonds erklären?«*
HOLLERFIGGL: »Ja, schon.«
Ich: »Und, wos edzer?«
HOLLERFIGGL: »Euro-Bond ist ein zusammengesetz-
tes Hauptwort, bestehend aus Euro und Bond. Zwischen
beiden befindet sich aus Gründen der Verbindung ein
sogenannter Bindestrich.«

Ich: »Braucht man das, einen Euro-Bond?«

HOLLERFIGGL: »Je nach dem, ob man ihn braucht oder nicht. Braucht man ihn, kann man davon ausgehen, dass man ihn braucht.«

Ich: »Und wenn nicht?«

HOLLERFIGGL: »Dann nicht.«

Ich: »Griechenland hat ungefähr 320 Milliarden Euro Schulden. Bei der Aufnahme in die Europäische Staatsschuldenunion waren es auch schon an die 200 Milliarden.«

HOLLERFIGGL: »Was ist die Frage?«

Ich: »Wie kann man seitens der Europäischen Staatsschuldenunion 200 Milliarden Euro Schulden übersehen?«

HOLLERFIGGL: »Indem man nicht hinschaut.«

Ich: »Ist jetzt der Euro am Ende?«

HOLLERFIGGL: »Solange WWF, EZB, IWF, EFEU und unter Umständen auch die LMAA das BIP nicht unter 300 Promille der Nuklear-Option durch Default-Swaps im Rahmen des Mostrich-Vertrags ein Stück weit am Ende des Tages die FED floatet – also ein- oder zweideutig sozusagen zwischen EFSF, beziehungsweise die KfW staatsanleihungskonform bei Ein- bis Dreistimmigkeit der Troika – also das hat man jetzt ganz fest im Fokus. Zukunftsfest, gell.«

Ich: »Kommt dann gwiss die Drachme wieder?«

HOLLERFIGGL: »Nach Auffassung einer deutlichen Mehrheit des Bundestages sowie des in Teilen mehr oder weniger zuständigen Bundesschuldenministers in Deutschland nicht.«

Ich: »Und in Griechenland?«

HOLLERFIGGL: »Das wäre, im Sinne des 17. Brüsseler Moratoriums, kontrarepunzativ und würde zum Beispiel am Ende des Tages außerhalb von Griechenland, etwa in Estland, ein oder zwei Stück weit keinen Sinn machen.

Das hat ja auch die Yale-Universität in ihrer Unwahrscheinlichkeitsstudie 2014 ganz eindeutig ins Reich der Mutmaßlichkeit verwiesen. Helfen könnte hier nur die Forderung nach einer Postulierung, und zwar affirmativ, im Zuge der Installierung einer steuerfreien Ehefrau nach dem Muster der Verwandtenaffäre der sogenannten Christlich-Sozialen Union. Vergleichbar mit Bad Banks.«

Ich: »*Weil Sie Bad Banks erwähnen – wird es eines schönen Tages in Erinnerung an früher, längerfristig gesehen, also in vielleicht 500 Jahren, wieder einmal eine Good Bank geben?*«

HOLLERFIGGL: »Eine sehr gute Frage! Good Banks sind am Ende des Tages in etwa vergleichbar mit verhältnismäßig klaren Auskünften von Wirtschafts- und Finanzfachleuten beiderlei Geschlechts, gendermäßig – also in immenser Höhe schwebende Verfahren, zu denen ich mich an dieser Stelle ad hoc nicht äußern kann und will. Da bitte ich um Verständnis bis hierher. Ein Stück weit.

Ich: »*Noch einmal zu den griechischen Schulden. Das einzige wirklich schuldenfreie Land auf der Welt ist das Sultanat Brunei. Alle andern sind klamm bis dorthinaus. Sogar unsere zukünftige Weltkulturerbe Nürnberg. Könnten Sie das erklären?*

HOLLERFIGGL: »Ohne Weiteres. Das Sultanat Brunei erwirtschaftet dank seiner Gasvorkommen jährlich Milliarden. Hätte, um Ihr Beispiel Nürnberg aufzunehmen, diese Stadt noch ihren auch architektonisch sehr interessanten Schweinauer Gaskessel, sähe es hier am Ende des Tages auch anders aus.«

Ich: »*Wie könnte man da Abhilfe schaffen?*«

HOLLERFIGGL: »Man muss die Menschen mitnehmen. Hier leben 500.000 Menschen und Menschinnen, allesamt und sonders Inhaber natürlicher, oft sehr formschöner, wenn auch kleiner Gaskessel.«

Ich: »Herr Professor, zum Schluss noch einmal die grie-
chische und weltweite Schuldenfrage – Griechenland hat,
wie erwähnt, 320 Milliarden Euro Schulden, Deutschland
2,2 Billionen Euro, die ganze Welt 200 Billionen. Irgend-
wann wird man vielleicht den einen oder anderen Euro
zurückzahlen müssen. Wo kommt dann das Geld her?«
HOLLERFIGGL: »Am Ende des Tages ein Stück weit aus
der Druckerei.«
Ich: »Kalinichta.«

100 Jahre Tiergarten – und jetzt?

Sehr geehrte Damen und Herren, liebe Tiere,

also warum ausgrechnet ich zum 100-jährigen Jubiläum
von unserm Tiergarten eine Rede halten soll – des mecherd i auch amol gern wissen. Wahrscheins weecher mein
hohen Alter. Bloß noch gschwind der Ordnung halber:
Muss ich wissenschaftlich Hochdeidsch oder Lateinisch
sprechen oder so, wie mer ba uns red? Bei Hochdeutsch
müsst ich mei Red edzerdla bragdisch schon beenden.

Ner ja, worschd. Also »wissenschaftlich« is für den
Tiergarten ein schönes Stichwort. Wall wissen S', über
was ich mich scho seit längerer Zeit ziemlich wundern
muss – dass bei Diskussionen übern Närmbercher Tiergarten jeder Teilnehmer alles ganz genau wass. Bis ins
kleinste Detail, bis in die letzte Zellteilung. Mit Bakte-
rie, Amöbe, Geißeltierchen praktisch auf Du und Du.
Worschd, ob Pro oder Contra, These oder Antithese,

Derfiir odder Dergeeng. Und zwar wissenschaftlich jeweils total fundiert.

Grad edzer bam Jubiläum kämpfen zum Beispiel wieder Tierschützer geecher Tierschützer, erbittert und wenn's draff ookummd meinertweeng aa bis aufs Messer, wer dass die bessern Tierschützer sin.

Ner ja, wall es gibt ja straff wissenschaftlich orientierte Tierschützer, die soong: Tiere g'hern in die Natur.

Und nocherdla die andern Tierschützer, wou aus wissenschaftlichen Gründen die Meinung vertreten: Tiere g'hern in ein Heim, wenigstens teilweise.

Am wildesten tobt der Streit der Tierschützer geecher Tierschützer nerdirli ba die Delfine. Ich nimm oo, des hängt mit die Sechzger Jahr zamm, wo die Samsdooch nammidooch in Fernseeng immer »Flipper« drookummer is. Dou hodds ja damals Laid geem, däi sin zum Zoo-Rehm in die Färberstrass grennd und hom gfrouchd, obs nedd ganz glanne Flibber im Sortiment hom, ungefähr suu groß wie Guppy, fiir ihr Aquarium dahamm. Wall die Flipper sin die aanzichn Fiisch, die wo in ganzn Dooch lachn und mit denni wou mer reden kann. Nerdirli hodds kanne geem.

Und drum hom mir schbeeder in Närmberch ein Delfinarium gräichd und edzer die Lagune 2000 – dass mer wenigstens einmal in der Wochn unsere hubferdn Säugetiere, unsere Flipper, unsere Mitmenschen in Walfischgestalt seeng kenner. Wenns scho nimmer in Fernseh drookummer.

Und ausgrechnd däi mecherdn die ann Tierschützer am liebsten ba Nacht und Nebel und möglichst a weng Hochwasser in die sogenannte Freiheit schleifen. Woohrscheins noo an die Satzinger Mühl in Wöhrder See nei odder glei direkt in die Bengerz. Ner dou däädns glodzn, unsere Flipper! Ka Salzwasser (es sei denn, sie schwimmer über Färdd, Bamberg, Würzburg, Mainz, Rotterdam in die Nordsee) – also: Ka Salzwasser, keine Walzermusik ba der Vorführung, sie derferdn nimmer durch Reifn hubfn, Bäll aff der Goschn balangsiern, und sie gräicherdn ka Gehalt mehr, nix mehr mit 2.000 Salzhering monatlich, bar auf die Flosse.

Und mir – mir däädn aa ganz schäi bläid schauer. Ohne Delfine konnsd du doch in Tiergarten vergessen, odder? Soll mer nou vielleichd an der Lagune 2000 rumlungern und schauer, ob mer vielleicht a boor Kaulquappen seeng odder Hiidschn bam Brustschwimmer beobachten?

Odder – hodd amol anner vo däi Extrem-Tierschützer vuurgschloong – dass mer amol a Jahr lang probehalber unsere häichern städtischen Politiker, die Entscheidungsträger vo der Lagune, a weng in den Salzwasser-Weiher rumblandschn lasserdn. Vielleichd goor ka suu a schlechte Idee, odder? Wall, wer mecherd des nedd amol seeng: Wäi unser SPD-Chef, der Vogel, mit seine zwaarahalb Zentner zammds in CSU-Fraktionsvorsitzenden Brehm (der Verfasser von Brehms Tierleben), wäis alle zwaa es Synchron-Hubfn trainiern denner und in der Luft zum Abschied mit die Schwanzflossn wedeln. Wenns nedd Delfine wäärn, kennd mer soong: Der beste Wal-Kampf aller Zeiten.

Obber ich nimm oo – wenn däi zwaa värzza Dooch lang im Kreis rumgschwummer sin, schdadds Hefeweizn Salzwasser schluckn, schdadds Bratwerschd bam *Behringer* jede Rundn an stinkertn Hering – dass däi nou aff aamol zum Dag Encke odder zum Helmut Mägdefrau odder zum Lorenzo von Fersen soong: »Horch amol, konn des sei, dass Ihr drei aweng an nassn Hout aafhobd! Ich glaab, Ihr schbinnds a bissala odder wos,

mir sin doch nedd euere Dressur-Debbn, euere Zir-
kus-Zibfl! Jeden Dooch fuchzg mal vuur Tausende vo
Voyeure nackert ausn Wasser rausschnalzn! Des is doch
menschnunwürdig! Da, dou hobder euere gschissner
Schwimmflüüchala! Mir gänger!«

Und scho hockns a Stund später bam *Behringer* im
Bratwursthaisla und balangsiern aff ihrer Goschn Sex mit
Meerrettich und kanne Gummibäll mehr.

Ja, und nou gäihd nerdirli die wissenschaftliche Diskussion wieder vo vorna oo: Suu wie ein Nürnberger Rathaus-
Politiker in sei natürliche Umgebung g'herd, ins *Bratwursthäusle* – g'herrd dann gwiss ein Bär nach Kanada,
a Tiger nach Indien odder a Delfin in Ozean? Also, dou
konn i nerblouß (wissenschaftlich nicht fundiert, obber
vermutlich ganz im Sinn vom Encke, Mägdefrau und von
Fersen) soong: Tiere in der freien Natur – obber wergli
nedd!

Wall schau her, seit's uns Menschen in der Luxus-Aus-
führung homo sapiens gibt, Krone der Schröpfung, hom
Tiere in der freien Natur nix mehr verluurn. Däi sin im
Tiergarten viel besser aufg'hoom: Dou homs kann Stress
mit Pelz- oder Krokoledertäschchen-Händler, ka Theater
mit Trophäensammler, keine seltsame Begegnung der
dritten Art zum Beispiel mit'n spanischen König. Der
spanische König, des is der, wou maand, Elfenbeinpulver
vo frisch gschossne Elefanten odder eine eigenhändig
erlegte Löwenschwanzsuppe intravenös, däi hilft, wenn
auch nicht mehr auf die Königin, nou wenigstens auf
irchnd a zweckerte Faschingsprinzessin. Aber im Tiergarten bist du als Tier jederzeit vor Menschen geschützt.
Eisbärn manchmal ausgnummer.

Und a Delfin ins Meer – dassi fei nedd lach! Des
wissen S' doch selber, wos in unsere Meere drinner is.

Salzwasser, gut, teilweise scho aa nu. Obber hauptsächlich unser ganzer Dreeg, den wou mir fleißich und extrem nachhaltig jeden Dooch produziern, dann nu alle boor Meter a Drimmer Bohrturm, wo gelegentlich amol ausn Wasser rausschnalzt und dadurch vuur allem reichlich Öl. Dou häddsd du als Delfin häigsdns dann a glanne Überlebenschance, wennsd an Ölwechsel bei laufendem Flossenschlag beherrschst.

Ach suu, ja, edzer wär i ball a weng vom Thema abkummer – also numol zur Wissnschaft. Worschd edzer, ob zoologische Wissnschaft, psychologische, chemische, mathematische, militärische odder physikalische. Wos hom mir dou in die letzten hundert Jahr, wo's unsern Närmbercher Tiergarten scho gibt, zu wos für Errungenschaften hommers dou scho bracht? Unter anderem zwei Weltkriege, Konzentrationslager, Waldsterben, Erderwärmung, scheinbar unendliches Wachstum aff anner ziemlich endlichen Erdkugel, Hiroshima, Nagasaki, Tschernobyl, Fukushima, zig Millionen verhungerte Kinder, ganze Gebirge vo wechgschmissne Lebensmittel, alle värzza Dooch a neue Schuldenkrise mit rote Zahln, däi kein Diplom-Mathematiker der Welt in einem Leben zähln kann, geschweige denn addiern, plus eigenhändig ausgerottete Pflanzn- und Tierarten in ungefähr gleicher Höhe. Unser Gott, hodd der Norbert Blüm däi Dooch in der Süddeutschen Zeitung gschriem, unser Gott heißt Mammon. Gräiß di Gott!

Und drum denk ich mir ba dem wissenschaftlichen Streit um Delfine, Eisbärn, Lagune 2000 odder Tiergarten, denk ich mir verhältnismäßig unwissenschaftlich: Behalt mer unsern Närmbercher Tiergarten halt nu aweng, wenigstens so lang, falls mer amol wieder zur Vernunft kummer, bis mer außerhalb vo ihm wieder suwos Ähnlichs wie eine Natur hom. Und des kennd zimmli lang dauern, bis suu weit is, dou wern numol 100 Jahr Närmbercher Tiergarten unter Umständen goornedd langer.

Frangen Helau!

Ein schönes Büttengedicht im geschmeidigen Versmaß altrömischer sechsfüßiger Hexameter, unter massivem Kopfweh verfasst von Klaus Schamberger für Marcel Gasde persönlich. Es dauert handgestoppte 3,5 Minuten und ist honorarfrei.

Närmberch Ahaaa!
Und Färdd vielleicht aaa.
Und is es draußen auch grau:
Franken Helau!

Wir sind wieder da und ungelogen
Schon oft haben sich die Leut bei uns vor Lachen gebogen
Ohne Scham wir sagen es
Was wir bringen, is kein Käs.

Und Obacht jetzt, ganz ohne Graus,
Weil meine Red is noch nicht aus.
Erst muss ich euch, ihr werdet lachen,
Sagen, was Hausdier für Ärger machen.
Mit Hausdier is aber nicht gemeint
Die Dier am Haus, welche fest verleimt.

Sondern ein Haustier, mit Verdauung sehr g'sund.
Ahnt Ihr es schon? Es is der Hund.

Und zwar bin ich neulich, da hilft kein Beten
In eine Hundescheiße getreten
Daheim am Teppich, es war dann ein Gfrett.
Ja, wenn der Hund nedd gschissn hätt.

Und dann die Doris, 's ist meine Frau,
Bezeichnet mich als alte Sau.
Und ich soll, brüllt sie unverhohlen,
Sofort im Bad einen Putzlappen holen.

Beim Holen bin ich dann ungelogen
Voll in die Badwanne hineingeflogen.
Sie war voll Wasser, es war nicht nett.
Ja, wenn der Hund nedd gschissn hätt.

Um ein Haar wär ich ersoffen.
Aber die Doris kam geloffen
Und zäichd mich, ich sag's frei heraus,
Wieder aus der Boodwanner raus.
Ich hab getropft und war ganz nass.
Und ich hab gehabt einen vollen Prass.

Und jetzt hätt ich gsollt, ich schwör's
bei der Kuh ihrm Euter,
Neigrabbln in unsere Wäscheschleuder.
Viel lieber wär ich aber in mein Bett.
Ja, wenn der Hund nedd gschissn hätt.

Und jetzt in der Schleuder, es ist kein Schund,
Da ist es fei gegangen rund.

Erschd nauf, dann nunter,
Mir wurd's immer bunter
Es war mir ganz bang
Im 60-gradigen Vollwaschgang.

Und die Doris sitzt, fast wie am Abort,
Vor unserer Wäscheschleuder dort
Und lacht dick und fett.
Ja, wenn der Hund nedd gschissn hätt.

Auf »Bläide Schlumbl« reimt si nix,
Drum sage ich jetzt halt ganz fix:
Beim Anblick von der Doris
Hab ich fei wirklich gedacht: Edzerdla, goor is!
Mein letztes Stündlein ist gekommen,
Nun wird nauf in den Himmel geschwommen.

Aber vielleicht, da hilft kein Kleister,
Is es da droben beim großen Meister
Nicht einmal so bleed.
Ja, wenn der Hund nedd gschissn hädd.

Langsam werd ich, es war nicht prächtig,
Von Kopf bis Fuß fast ohnmächtig.
Da endlich, mein Herz macht rasend Klopf,
Drückt die Doris in letzter Sekunde den Knopf.
Und öffnet die Tür
Wie den Deckel von einem Klavier.

Und ich, schon ganz trocken,
Sogar meine Socken,
Grabbl aus der Schleuder, nicht zu spät.
Ja, wenn der Hund nedd gschissn hätt.

Draußn die Doris am Schemel
Raucht in aller Ruh eine Camel.
Sie is halt aus anderem Holz geschnitzt.
In aller Ruhe lächelt sie verschmitzt.
Und sagt dann zu mir, ganz ohne Gram:
»Des woor seit Jahren es schennsde Fernsehprogramm.«

Und sie freut sich schon auf ihre Weise,
Wenn ich das nächste mal laadsch voll in die Scheiße.
Während ich inbrünstig zum Herrgott bet:
Ja, wenn der Hund nedd gschissn hätt.

Leider ist, ich sag's behende
Mein schöner Vortrag bereits am Ende.
Anmerken möchte ich nur noch, mit Schalk im Nacken:
Wenn es nicht aufhört mit dem Hundekacken,
dann muss ich der Doris die Goschn stopfen.
Oder den Viechern in Arsch einen Bfrobfn.

Schließlich bin ich doch nicht bleed.
Ja, wenn der Hund nedd gschissn hätt.

Ein Vorwort, oder: Nachts bei der Kathrin

Da hockst jetzt da mit deinen zwei Schreibfingern im
Anschlag und deinem extrem durchlässigen Sieb von
Gedächtnis, welches viel Hohlraum hat sowie keinen
Einschaltknopf mehr, und sollst ein möglichst geschmei-
diges Vorwort anfertigen. Aber indem die Kathrin schon

ein Dreivierteljahr drauf wartet, muss es jetzt sein. Da trifft es sich gut, dass die einst wahrscheinlich berühmteste Nürnberger Altstadtwirtin sehr viele Denk- und Merkwürdigkeiten in ihre Memoiren hineingewebt hat und auch gleichermaßen sinnspendende wie belehrende Sprichwörter – aber dabei eine Lebensweisheit und eine Begebenheit vergaß. Das Sprichwort lautet: »Wo ein Willi ist, da ist auch eine Gurgel.« Und die dazugehörige Begebenheit hat sich ungefähr in einer Dezembernacht vor vielleicht 40 Jahren, also anno 1980, ereignet.

Dezembernächte sind damals noch nicht von einer Erderwärmung eingebettet gewesen, vielmehr waren sie nicht selten ziemlich kalt. Von Sebald her mag es schon die erste Morgenstunde eingeläutet haben, als wir vorsichtigen, nicht ganz schleuderfreien Schrittes zunächst den Weinmarkt, dann die Weißgerbergasse durchpflügt haben, auf dringender Suche nach was Wärmendem. Alle einschlägigen Wärmestuben haben aber schon Feierabend gehabt. Nur im Hallertor bei Frau Kathrin Rauber, welche uns lediglich dem Namen und ihrem guten Ruf nach bekannt war, hat noch ein Lichtlein geglimmt und in uns infolgedessen ein kleiner Hoffnungsschimmer.

Kurzum: Die Tür zur Herberge hat sich öffnen lassen, die Barmherzigkeit der Kathrin auch. Einem sogleich gebrauten Glühwein hat ein zweifacher, oben erwähnter Willi zügig folgen dürfen, dann wieder ein Glühwein, erneut ein Willi. So hat uns die Kathrin aufgetaut.

Vom Auftauen kriegt man Hunger, etwa nach einem Gänsfettbrot. Worauf die Kathrin folgende vorweihnachtlichen Worte gesprochen hat: »Edz is scho worschd aa.« Und hat eine, zwei oder drei der für den nächsten Tag vorgebratenen Gänse einwandfrei tranchiert, Brot aufgeschnitten und es für uns zum alsbaldigen Verzehr freigegeben. Eine schöne Variante von Gänsfettbrot, die sich tief in meine sonst sehr lückenhaften Erinnerungen eingegraben hat.

Erwähnt werden muss, dass wir vier in unserer Eigenschaft als nomadisierender Altstadt-Stammtisch noch von zwei zunächst unbekannten Herren bei der Einnahme der Gänse, der Brote und der Williamsbirnengewässer tat- und schluckkräftig unterstützt worden sind.

Wie wir alle dank der fürsorglichen Nachtasylgewährung seitens der Kathrin dem Erfrierungstod gerade noch einmal von der Schippe gesprungen sind und nunmehr die Besprechung der Heimfahrt samt des damit einhergehenden eventuellen Verlustes unserer Führerscheine auf der Tages- bzw. Nachtordnung gestanden ist, hat sich diese unsere Besorgnis sofort als hinfällig erwiesen: 1. hat sich nämlich die vom Willi nicht infizierte Kathrin ernsthaft angeboten, uns alle miteinander samt unserem kleinen Dambers heimzufahren, und 2. haben sich die zwei unbekannten Herren sodann als Polizeibeamte der im nahen Präsidium sesshaften Zivilstreife zu erkennen gegeben.

Details weiß ich aus naheliegenden Gründen nicht mehr – jedenfalls sind wir unter Polizeischutz und dem Absingen schöner, friedlicher Weihnachtslieder irgendwie, irgendwann heimgefahren, und zwar gut aufgewärmt, satt, vollkommen undurstig und frohen Herzens. Alle etwaigen Verfehlungen wie Sperrstundenüberschreitung, Lallinger im Dienst und am Steuer, Vertuschung einer Straftat, Verdrückung fremden Eigentums, Mundraub etc. sind nach 40 Jahren sicherlich verjährt. Da jedoch die Kathrin, welche schon seit Längerem nicht mehr Rauber, sondern Hofer heißt, Gott sei Dank noch nicht verjährt ist, kann ich ihr heute noch einmal für ihre Mitmenschlichkeit gegenüber hungernden, dürstenden und frierenden Altstadtschlurchern ein ziemlich herzliches Vergelts Gott hinschreiben.

Werner Behringer – unser Leuchtturm in der Krise

Mahlzeit!

… und scho hommer ein Problem. Die Anrede. Bei einen herkömmlichen Närmbercher Wirt dääd mer ba suu einen Fest soong: Werte Gäste, hochverehrte Mit-Freibiergsichter! Obber hodd vo Ihner bam Werner scho amol jemand ein Freibier gräichd? Ich glaab nedd. Des hädd si rumgschbrochn. Amol a Lefferla Sembf graddis und am 24. Dezember, Heilicher Vormittag, a Dässla Glühwein. Obber sunsd wass i nix. Es sei denn, du hosd die Carsta gfrouchd. Also, wo kein Freibier, da auch keine Freibiergsichter. Drum, erlauchte Festgäste, hodds der Werner in seine siebzg Jahr auch zu was bracht. Die Frooch is edzer nerdirli: Zu wos hodds der Werner Behringer bracht? Also dou gibt's unzählige Errungenschaften in sein Leb'n. Konn i nerdirli nerblouß die wichdigsdn bringer.

Die mehr odder weenicher parlamentarische Stammgäste-Vertretung hodd nern es Pfundesverdienstkreuz verliehen – waller pro Pfund Bratworschdg'häck a schäins boor Kreuzerla verdient.

Er is es einziche Närmbercher Wanderdenkmal, wenner jeden Fräih ummer Halberelfer, korzz vuur der Mittagsinvasion im Häusle, im wehenden Lodenmantl niiber

iiber die Bengerz vo anner Bank zur andern wanderd, als Kontoaus-Zugkontrolleur. Am Rückweg vo die Bankn schbrichd mern am besdn nicht an. Obber dou kummer mer nu draff zu sprechen.

Er is Kirchnvorstand bei St. Sebald. Des isser, suweid ich wass, aus zwei Gründn worn. Aamol, wall durch sein Schlot am Häusle die Sebalduskirch unter der Wochn weltweit die aanziche evangelische Kirch mit Weihrauch is. Ein Weihrauch, den wou mer dringend auch jeder katholischen Kirch embfehln mecherd, wall er nedd in der Kirch rummuffld, sondern nach Buchnscheidla und Broudworschd duftet. Vom Heilichn Wenzel persönlich entzündet. Und dann isser nu Kirchnvorstand worn, wall er eine sehr enge Beziehung zu Gott hodd. Immer, wenn er gfrouchd wird, wie die Gschäfte momentan gänger, greint er gebetsmühlenartig: »Ach Gott, ach Gott, ach Gott! Her mer blouß aaf!« Auch dou kummer mer schbeeder nu draff zu sprechen.

Der Werner Behringer is eine literarische Figur. Er kummd in den circa 5.000 im ledzdn Jahr erschienenen Nürnberger Stadt-Krimis und ibberhabbs in alle wichdichn Werke über Nürnberg vuur. Auch in japanischen Haikus, wenn wer wass, wos des is. Und dann nu in den weltberühmten Gedicht »Nürnberger Herbst«: Edzer / Sin die Durisdn endli widder fort / Edzer/Konnsd widder nei zon Behringer, middooch / Und ganz laud / Seggs mid Meerreddich / Beschdelln / Ohne dassdi a Breiß frouchd / Ob der Sex mid Meerreddich / Bsonders scharf is.

Sooderla, und edzerla kummer mer scho zur wichtigstn Eigenschaft vo unsern Bratworschd-König – des Wort Bratworschd-König hört er nicht gern, hodder scho oft gsachd – also zur wichtigsten Eigenschaft vo unsern Bratworschd-Kaiser.

5. (Obber noch nicht letzter Punkt): Er is der einzige Nürnberger Leuchtturm in dunklen Zeiten! Ja, hom S' richdich g'heerd: Leuchtturm. Gut, der Werner hodd edzer nicht ganz die Häich vom Sinwellturm. Wall der Sinwellturm schäihd ja am Burchberch droomer, und der Werner nerblouß aff die Drebberla vuurn Haisla, als Lockvogel. Und außerdem is der Sinwellturm ka Leuchtturm. Der Werner obber scho.

Folgendes: Mir hom ja edzer die Finanzkrise, wou vill nedd wissen, wäi ser si aus ihr widder rausworschdln solln. Und da geht uns der Werner Behringer als leuchtendes Beispiel voran in der Finsternis. Wall der Werner hodd, wäi scho zart angedeutet, bragdisch jeedn Dooch Krise. Worschd, wannsd nern frougsd – fräih, middooch, oomds odder middn in der Nacht – wäis gschäfdlich läffd, immer gräigsd du zur Antwort, dass außer seiner Noosn nix läffd.

Wos der Dubbl-Ju Behringer scho fiir Krisen g'habd hodd – des kenner si ein George Dubble-Ju Bush, ein Obama, eine Merkel in ihren schlimmsdn Träumen nedd vuurschdelln.

Wenn dou zum Beischbiel in der staden Zeit im *Bratwursthäusla* an einen Vierer-Dischla 30 Japaner hiigschlichd worn sin – bums, woor scho Krise. Wall mer hädd ja numol 30 Japaner *unter* des Dischla schlichden kenner. Also Japan-Krise. Odder wenn si jemand geweigert hodd, seine zwölf mit Kardofflsalat im Steh einzunehmer odder während in Rumlaufn ummern Rost rum – hom die zwölf mid Kardofflsalat scho im Umsatz gfehlt. Also Umsatz-Krise.

Odder es wollt si eine vierköbfiche Familie nicht um alles in der Welt mid die Stühl überanander stapeln lassn, walls gsachd hom, sie sin doch nedd die Nachfolge-

Skulptur aus'n Jahr 2006 vom Olaf Metzel seiner Stuhlpyramide am Schönen Brunnen, und sin unverrichteter Bratwürschd widder unter die hereinströmenden Laid ins Freie nausgrabbld – Stapelkrise.

Nou hodd der Werner nu g'habd: Auspuff-Vergiftungskrise, wäi nu ka Fußgängerzone vuurn Bratworschdhäusle woor. Wäis dann Fußgängerzone worn is – Parkplatzkrise. Dann: Raucher-Krise, Nichtraucher-Krise, Kirchenkampf, die CSU-Stadtrat-Bierverbot-Krise, Vegetarier-Krise, wie die Grünen ins Rathaus kummer sin – und immer widder: *Bratwursthäusle*-Besucher-Krise. Wenn dou die Laid nedd zweistöckig g'hockt sin, middn linkn Baa im Untermann sein Gnöchla, middn rechdn im Sauerkraut – bums! Woor scho Krise.

Genau 45 Jahr hodd der Werner edzer sei glanns Draufzahlgschäfd neber der Sebalduskirch, und bragdisch jeden Dooch a andere Krise. Ich hob edzer fiirs Stadtarchiv scho amol a Zwischnbilanz gmachd und zammgrechnd: Des sin seit Geschäftseröffnung 1964 bis edzer allaans 16.425 Krisen!

Ohne Krisen kennd also der Moo haid Immobilien hoom in der Altstadt, den kennd ohne Weiteres der *Bammes* in Buch g'herrn, es *Bratworschd-Glöckl* am Dom in München, es *Bratworschd-Glöckl* im Handwerkerhof, es *Schloss* in Höfles, und sugoor es *Goldne Posthorn*. Der kennd unter Umständen Millionär sei, wenn die ganzn Krisen nedd gween wärn.

16.425 Krisen! Mit denni Krisen, dou hockert ein Ackermann haid in der Fußgängerzone middn Houd und bfeiferd »La Paloma« aus der Zooluggn.

Und der Werner Behringer? Schaud nern eich oo, der schdäid dou und strahlt übers ganze Gsicht wäi wenn nix wär. Ein Leuchtturm, wäi i scho gsachd hob, fiir uns alle in die finsteren Krisenzeiten.

Edzer gschwind nu Punkt 6: Ich wünsch dem Werner zu sein 70. von Herzen, dass nern sei extrem krisenfeste Carsta und der Kai und der Ralf nu durch wos wass iich wievill Krisen weiterhin schäi gemüüdlich durchbringer. Und für Sie alle, durchlauchte Festgäste, der dringende Hinweis: Besuchen Sie so oft wie nur irgendwie möglich zur Krisenbekämpfung das *Bratwurst-Glöckl* am Dom in München, das *Bratwurst-Glöckl* im Nürnberger Handwerkerhof, den *Bammes* in Buch, das *Schloss* in Höfles, das *Goldene Posthorn* und nerdirli es *Bratwursthäusle* glei geengüber. Und wenn S' dou weecher der Stuhlkrise kann Sitzplatz gräing – immer droo denkn: Der Werner hodd ba der Lufthansa nicht als Sitzwart glernt, sondern als Ste-Ward. Ich danke für die gelegentliche Aufmerksamkeit.

Heimatlos

Das weiß wahrscheinlich jeder noch im vergangenen Jahrhundert geborene Hirnheiner, dass man mit Anbruch der persönlichen Antike, dem Alterdumm, immer weniger versteht. Nicht nur wegen chronischer Ohrenverpfropfung, sondern vor allem infolge zunehmenden Dahinschmelzens unseres ohnehin sehr flüchtigen Hirnschmalzes. Zum Beispiel will es mir nicht um alles in den Kopf, warum seit einigen Tagen in der Nürnberger Altstadt, aber durchaus auch drumherum, ein gottserbärmliches Wehklagen herrscht, ein Bfliedschn, Heulen und Szeneklappern, dass man meint, es ist nachts kälter als draußen oder wie oder was oder wohin. Und nur, weil ein sogenanntes *Bratwursthäusle* samt dem ihm innewohnenden Herrn W. Behringer zum Jahresende die Segel streicht, beziehungsweise die sowieso viel zu wenigen Sitzplätze.

Während meiner zur Eruierung der erwähnten Tränenüberflutung gestern vorgenommenen Inaugenscheinnahme jenes immer sonntags geschlossenen *Bratwursthäusle*, einer architektonischen Mixtur aus Sennhütte, Schwarzwaldhaus und Buchenholzheizkraftwerk, hab ich mich in einige eigene Erinnerungen vertieft und mir sodann gedacht (im bereits kurz erwähnten Hohlkopf): Es ist doch jetzt wirklich fünf vor zwölf mit Kartoffelsalat (wahlweise Meerrettich oder Sauerkraut) und mithin highest time, wie es nürnbergerisch-kulturmetropolisch heißt, also höchste Zeit, dass dieser Schandfleck endlich seinen Weingeist aufgibt. Ausdrücklich lobe ich in diesem Zusammenhang die beiden Nix-wie-weg-Gefährten, die hohen Konzernherrn von der *Tucher*- wie auch der Inselkammer'schen *Augustiner*-Gsief-Brauerei für ihr weitsichtiges Vorhaben, dem Behringer den Hahn zuzudrehen. Aus was hat denn die Funktion dieses Herrn Behringer in Wirklichkeit bestanden? Ich schreib es Ihnen jetzt hin, damit Sie es wissen!

Weit über ein halbes Jahrhundert lang war er als Menschenschlichter tätig, fragwürdige Wunder aus dem Ff beherrschend, Wunder, welche an die neutestamentarische Speisung der Fünftausend unangenehmst erinnern; aus zwei freien Sitzplätzen hat er zum Beispiel mit wenigen Mund- und Handgriffen zwanzig Sitzplätze gezaubert, um in wenigen Minuten fünftausend Bratwürste zu veräußern. Kleinwüchsige Menschen, in Sonderheit

Japaner und Japanerinnen, können ein Lied davon singen, indem sie nicht selten zu fünfzigst ihre Blatwülstchen unterm Tisch oder am Garderobehaken in einem Wintermantel hängend verzehren haben müssen.

Wer hat seine Tage, Jahre, Jahrzehnte noch auf oder unter diesen sogenannten Sitzplätzen verbracht? Durchwegs ziemlich zwielichtige Gestalten! Oberbürgermeister, Staatspräsidenten, Könige, Minister, Scheffredaktöre, Oberstaatsanwälte, Polizei- und Bundeskriminalamt-Präsidenten, abgefeimteste Ränkeschmiede, Weltbeherrscher, Kabalisten, Erzbischöfe, Referenten und zu allem Überfluss auch noch herkömmliche Menschen und Menschinnen. Ein Harald Lamprecht, ein Erich Schreiber, ein Engelhards Karl, ein Michael Dultz, ein Dr. Norbert Neudecker haben dort in jenem Tintenpfuhl, in der Hölle aus Holzscheitfeuer, Bodennebel und beißendem Bratwurstdunst hinter ihrem aus Eichenbrettern bestehendem Zweit-Schreibtisch fünf Seidlein und Sechs mit Kraut lang gebrütet, um anschließend ihre gesammelten Unbotmäßigkeiten und Verunglimpfungen in die *Nürnberger Zeitung, Nürnberger Nachrichten* oder gar ins *8-Uhr-Blatt* hineinzuschreiben. Auch ein Mossner, Förster, Steger, Hemmether, Beckstein, Schönlein, Scholz, Bemmerlein, Maly, Gruber, Görl und ca. 50.000 weitere Stammtischrechteinhaber sind in dieser euphemistisch »Häusle« genannten Räucherkammer hin- und hergelungert, haben, in früheren Jahren, sogar geraucht, Bier, Wein und Branntwein sowie extrem fetthaltige Speisen nicht selten im Stehen oder Liegen zu sich genommen. Und das Schlimmste überhaupt: Auch ich in meiner Eigenschaft als Sebalder Kopfsteinpflasterschlurcher bin ich in unseliger Verblendung ein halbes Jahrhundert lang niemals unbehelligt, unbebiert, unbebacchust, unbebirnenschnapst, unbebratwurstet an diesem Subversivitäten-Kabinett übelster Machart vorbeigekommen.

Und so danke ich hiermit der Inselkammer'schen *Augustiner* wie auch der Nürnberg-Fürther *Tucher*-Brauerei von ganzer Leber, dass sie mich von meinem Reserve-Wohn-, Ess- und gelegentlich auch Schlafzimmer, meiner fußläufig gut erreichbaren (fußrückläufig manchmal weniger gut gangbaren) zweiten Heimat endlich befreit haben. In der berechtigten Hoffnung, dass demnächst auch der Schöne Brunnen, Sankt Sebald, Sankt Lorenz, Stadtmauer, die selten doofen vier runden Türme und die Kaiserburg möglichst geräuschlos verschwinden, möchte ich, mit der wahrscheinlich original Tucher'schen Forderung voll im Einklang, schließen: Unser leider nur teilweise sehr schönes Großstädtlein muss unbedingt noch mcdonaldiger, burgerkinger, fast foodiger, spinnöser, schnöselhafter werden! Dann klappt's auch mit dem Kulturhauptstadtdingsbums.

Zum Abschied: A Weihrauch-Sträußla für'n Charly

Guten Abend banander,

ich muss jetzt um äußerste Aufmerksamkeit bitten. Weil, ich bin für die folgenden drei Minuten als Weihrauchspender eingeteilt, was mir nicht besonders liegt (unter anderem, weil ich einigermaßen evangelisch bin, und bei die Evangelen gibt's kann Weihrauch). Und zu allem Überfluss hab ich

außer einem Sträußla Weihrauch auch noch ein Fläschla
Balsam dabei, Seelentropfen geecher Abschiedsschmerz. Al-
les für den Charly Fischer. Und weil ich inzwischen in einem
Alter bin, in dem man sich nix mehr merken kann, hab ich
mir des alles a weng aufgschrieb'n.

Lieber Charly,

die meisten ba uns sin ja überzeugt, dass Du der Erfinder vom Bardentreffen bist. Stimmt natürlich nicht ganz,
weil – des muss auch amol gsachd wern – des Nürnberger
Musikfest mit dem komischen Namer, des hom in einer extrem langen Winternacht im *Gunzenhausner Bräustübl* die
Herren Herbert Walchshöfer selig (von der Tourismuszen-
trale), Hannes Härtel (vom Presssackamt der Stadt Nürnberg) und der Leo Loy (*8-Uhr-Blatt*) erstmalig besprochen.
Wer es *Gunzenhausner Bräustübl* und sein leider auch scho
lang im Freibierhimml befindlichen Wirt, in Adolf Mertl,
kennd hodd, der weiß: Von Besprechen hat da keine Rede
sein können. Bestenfalls von Belallen. Ohne Minimum
sieben Bier und ungefähr die gleiche Menge Asbach, oder,
wenn er gut aufgleechd woor, der Mertl, Rémy, bist Du da
nie nausgrabbld. Höchstens, wenn Ruhetag gween is. Des
trübsinnig belallte Bardentreffen hat aber ein Jahr später,
1976, trotzdem stattgfundn. Zum größten Teil, wenn i mi
recht erinner, vorm *Schlenkerla* am Tiergärtnertorplatz.
Moderiert hat's damals ein gewisser Thomas Gottschalk.
Die Gage für ihn damals: 60 D-Mark, also 30 Euro. Ner
ja, haid kennd mern vielleichd wieder hoom für 30 Euro.
Ja, und wie dann der Gottschalk seinerzeit nimmer be-
zahlbar war, da hast Du dann, Charly, scho bei der Stadt
gärwerd. Klarinetten hosd einigermaßen schbilln kenner
und Gitarrn, Singer, ner ja, mer konns durchaus Singer

nenner, dazu a athletische, voll durchtrainierte Figur, in der Figur drinner immer a schäiner Dorschd – und nou homs bei der Stadt gsachd: Die ideale Besetzung als Bardenfest-Organisator! Fast dreißg Jahr lang bisd aff unsere Kosten nocherdla in der Weltgschicht ummernander düst, hosder in London odder New York odder in Färdd schäi gemütlich dorddn die Musiker oog'horchd, in städtischen Kassenwart, des is damals glaab i nou scho ein gewisser Uli Maly gween, im Kassier also gsachd, dass des fei a Geld kost, wenn die nach Nürnberg kummer, und zwar a weng mehr wäi 60 Mark.

Ja, und wos sollin soong? 1976, wo Du nunni dabei gween bisd, woorns vielleicht 2.000 Zuhörer. Und haid? Also ich wass nedd, wer die Zuschauer bam Bardentreffen immer einzeln durchzählt und wie dasser des macht – obber er kummd an die drei Dooch immer mindestens auf 200.000 Laid in der Stadt. Du konnsd ohne Weiteres soong: 200.000 Laid in drei Dooch – dou sin der Griskindlasmarkt, Open Air Klassik (des hassd Open Air, wall dou oft der Himml deroordich open is, dass stundenlange Wolkenbrüch runtergänger) oder der Club sin eine matte Sache geecher dei Bardentreffen (obwohl gestern der Himml auch ganz schäi open gween is, und die Besucherzahl kurzfristig unten). Obber worschd: Damals 2.000 und durch deine New York-Reisen und suu weiter haid 200.000 Besucher in der Stadt. Und dou frooch ich Dich edzer, Charly, allen Ernstes: Hodd des sei mäin??? Braugst edzer nix soong, ich beantwort Dir mei Frooch glei selber: Ja, es hodd sei mäin, und Gott sei Dank hosders 30 Jahr lang durchzuung. Wall, wos Bessers hädd uns Närmbercher Mumbfler und Gaaferer und Sodderhoofn nicht bassiern kenner – drei Dooch im Summer, wo's uns mittelfränkische Berufs-Brozzlsubbn die – außer beim Trinken – stets nach unten hängenden Mundwinkl vollautomatisch nach oomer zäichd, ganz ohne Wäschezwicker: Vuur lauter wunderbarer Musik, vuur lauter Freid, vuur lauter Gemeinsamkeit. Und ganz wichtig für uns Närmbercher: Ummersunsd, null Eintritt. Dou derfiir Dankschön soong – (wallsder Du eibildst, dass mer mit 59 Jahr in Rentn gäih konn – gäihd glaab i aa bloß ba der Stadt), also für die fast drei Jahrzehnte jeeds Jahr an dreitägichn, musikalischen Seelenfrieden in der Stadt, dou derfiir Dankschön soong, ausnahmsweise amol ehrlich gmaand und von Herzen – wie machd mern des edzer?

Ich hobs amol probiert, is glaub ich scho ungefähr 15 Jahr her. Da is es soundsovielte Bardentreffen wieder amol bsonders schäi gween, und es *8-Uhr-Blatt* hat's damals nu geem. Und dann hommer am Montag eine riesige Schlagzeile auf der Seite 1 bastelt, ganz große Buchstab'n, aber bloß zwei Wörter: »BRAVO, CHARLY« – und drei Ausrufezeing. Des mit den »Bravo, Charly!!!« kenner mer edzer für morng leider nicht mehr machen. Wall in *8-Uhr-Blatt* is vuur zwaa Jahr es selbe passiert wie Dir edzer, Charly – es is in Rentn ganger, allerdings nedd wie Du freiwillich. Und wall des mit der Schlagzeile also nimmer geht, häddi eich da am Sebalder Platz um Mithilfe gebeten. Dasser mer mithelft ba einer Welturaufführung: der ersten sprechenden Schlagzeile. Ich zähl bis drei und dann alle middernander ganz laut, wos die Läädschn hergibt: Bravo, Charly!!!

Herbert Liedel

Ein Nachruf

Das schreibt man immer so dahin: Unfassbar, die Todesnachricht war unfassbar. Als wäre jemals irgendein Tod fassbar gewesen. Herbert Liedel, der Nürnberger Star-Fotograf, der nie ein Star-Fotograf sein wollte, ist am 28. Juni gestorben. Bei einer Wanderung mit seiner Ehefrau Hannelore durch ein kleines, malerisches Tal in Südtirol. »So schön, wie es hier ist – da müsste man für immer bleiben können.« Das ungefähr waren seine letzten Worte, dann der plötzliche Herztod.

Gerade ein Jahr lang hat Herbert Liedel seinen Ruhestand auskosten dürfen. Einen Ruhestand, der sowieso keiner war. Lang hat er die schwerkranke Mutter im eigenen Häuschen in der Nürnberger Ost-Vorstadt Laufamholz gepflegt, hat sich um die Familie gekümmert und doch das nicht vernachlässigt, was er am besten gekonnt hat und wofür er nicht nur in ganz Franken sehr berühmt war: Mit Hingabe fotografieren, Bilder mit Herz, mit Seele und nicht zuletzt mit sehr viel Verstand. Weit über 50 Bildbände, Hunderte von Ausstellungen, Fernsehfilme, alles in allem Zehntausende von Fotos, viele von ihnen mit Preisen national und international ausgezeichnet, haben ihn zu dem gemacht, was er wahrlich gewesen ist: Der beste Heimatpfleger seiner Vaterstadt Nürnberg und der Landschaft drumrum. Ein Heimatpfleger mit Hintersinn, denn was er uns und seinem Publikum sagen hat wollen, hat er während eines Gesprächs kurz nach seinem Eintritt in den Ruhestand so formuliert: »Zeigen, wie die überdimensionierte Technikgläubigkeit unserer Zeit, der anscheinend nicht heilbare Machbarkeitswahn, das ekelhafte Effizienzdenken unsere nächste Umgebung in Einöden für die Seele verwandeln – das ist mein Motiv. Wenn das jemand beim Blättern in meinen Büchern merkt, bin ich schon zufrieden.«

Und der andere Herbert Liedel: Der akribische und in früheren Jahren durchaus begeisterte Fotoreporter in den Fußballstadien in ganz Europa, am liebsten daheim bei seinem 1. FC Nürnberg. Wenn ihm da wie überhaupt in der Gelddruckmaschinerie der Profi-Kickerei nicht dann und wann die Hingabe ein bisschen ausgegangen ist. Über vier Jahrzehnte lang hat er, der eigentlich studierter Diplom-Soziologe war, für den *Kicker* fotografiert. Doch auch in dieser Zeit war seine Passion: zusammen mit seiner Frau Hannelore, mit seinen zwei Töchtern, mit seinem Sohn, mit Freunden Fotobände entwerfen, einer schöner und vor allem tiefsinniger als der andere. Ein Lob dafür in Maßen – das hat er gelegentlich durchaus gern gehört. Aber wenn es zu viel geworden ist, dann ist er eingeschritten: »Ach geh, hör auf. Jetzt langt's wieder.« Mag sein, dass es fränkische Art ist: Das Sich-Klein-Machen, das Tiefstapeln, die Bescheidenheit bis hin fast zur Demut. Wahrscheinlicher aber ist, dass es die Eigenart des Herbert Liedel war. Dazu die manchmal beinahe aufopferungsvolle Hilfsbereitschaft allen Kollegen gegenüber. »Herbert, häst nedd vielleicht ein Foto vom Mintal …?« Eine halbe Stunde später ist er – zu Zeiten, als digital in jeder Hinsicht noch ein Fremdwort war – in der Redaktion aufgetaucht: »Ja, ich hätt da drei Bilder vom Mintal. Kannst dir eins raussuchn.« Nach einem Honorar hat der Herbert nie gefragt.

Wenn es das gibt, dass jemand eine Seele von Mensch ist – der Herbert Liedel hat die Kriterien dafür alle miteinander erfüllt. Und noch ein paar mehr dazu. Und dass er jetzt im Künstlerhimmel kniet und früh um vier von dort fotografiert, wie grad die Erde, Abteilung Franken, aufgeht – das glaubt jeder, der ihn gekannt und gemocht hat, auch wenn er es nicht so sehr mit Religion hält. Denn dass er überhaupt nicht mehr da sein soll – das wäre wirklich unfassbar.

Unser Kulturhauptstädtlein

Kochbuch

*Ein dringend notwendiges Nachwort, auf das die Welt schon
seit geraumer Zeit sehnsüchtig gewartet hat*

Schade, dass dieses ansonsten wieder einmal sehr gelungene Abkochbuch von meinem alten Freund und Nudelteigstecher Leo Loy kein Fernseher is. Weil dann hätten wir statt jetzt nur fünfzig Kochrezepte vielleicht fünfzig Millionen, Milliarden, Billionen oder sogar noch mehr, da die Fernsehköche im Fernsehen ja inzwischen epidemieartig auftreten, rund um die Uhr und länger, auf 150 Kanälen, die deswegen teilweise schon hochgradig verstopft sind. Auf einen Hieb fallen mir zum Beispiel die Fernsehköche Alfred Biolek ein, Johannes B. Kerner, Alfons Schuhbeck, Tim Mälzer, Dr. Hademar Bankhofer, Jamie Oliver, Ralf Zacherl, Cornelia Poletto, Martina Meuth, Johann Lafer, Wolfram Siebeck, Harald Wohlfahrt, Paul Preller, Hans Dampf, Heinzi Hoppel, Josef G. Mudlagk, Ludwig Lüngerl, Peggy Ngente, Wiggerl Kraut, Konrad Kniedlein, Britta Blau-Zipfel, Rita Rettich, die Gebrüder Tünnes und Schäl Rippchen, Otto Ris, Buddha Plätzchen – um nur einmal die Wichtigsten aus der »Ich hab das schon einmal vorbereitet«-Zunft zu nennen.

Ob beim ersten Hahnenschrei, mittags, abends oder lang nach Mitternacht – stets erfreuen uns die Fernsehköche mit ihren pfeffer- und gebetsmühlenartig vorgetragenen und kinderleicht nachkochbaren Rezepten. Erst neulich habe ich ein kurzes, 17-gängiges Schnell-Menü für den kleinen Hunger danach gemäß den Anleitungen des mehrfachen Mützenpreisträgers und Plasmabreitbildfernsehkoch-Maître Max Mampf vollkommen mühelos hergestellt. Es hat in etwa so begonnen, dass der

Mützenpreisträger folgende einleitende Worte gesprochen hat: »Wir nehmen für unser kleines Menülein – ich habe das schon mal vorbereitet – 1 Perlzwiebelchen, 2 Esslöffelchen kaltgepresstes bleifreies Zedernöl, 47 Milliliter Fenchelsud, 16 Gramm Dinkelschrot, 3 Haferflocken, 1/4 Stenglein entlaubten Sauerampfer, eine Messerspitze vom nordindischen Zitronenfaltersafran, 1 Tütchen schottischen Fertigbeton, 3 Espressolöffelchen Strapsöl, 1 1/2 Milligramm Dödelhilfe, 17 nicht zu große, aber auch nicht zu kleine peruanische Marimbaknöllchen, 1 Pfund englische Sperling sowie in kleine Würfelchen geschnittene Finger.« Womit dann der erste Gang des 17-gängigen Menüleins, dessen Zutaten der Meister schon vorbereitet hatte, in seiner Vorbereitung bereits fertig gewesen ist.

Während ich in Windeseile innerhalb von nur zwei Wochen die Zutaten für ein nordindisches Zitronenfaltersüppchen an Dinkelschrot im Strapsölbett mit einem Potpourri aus Dödelhilfe und Marimbaknöllchen geschwind beschafft habe, ist der Maître und Mützenpreisträger bereits mit 24 weiteren Folgen seiner beliebten Serie »Kochen vor Wut oder Ich hab das schon mal vorbereitet« auf der Mattscheibe erschienen. Ich habe Gott sei Dank gerade noch mitgekriegt, dass er bereits drei abgeschuppte Haifischflossen, fünf Sack uckermärkischen Koriander, zwei aufgetaute Eiswürfelchen, vier frisch gepflückte thailändische Schoten, einige getrocknete Nebelkerzen und ein Esslöffelchen gepressten Glühbirnensaft mit drei Milligramm Mandelsplittern schon mal vorbereitet hat. Da bin ich dann erstmals mit einem mehrfachen Mützenpreisträger und Fernsehkoch in einen Dialog eingetreten, und zwar dergestalt, dass er mich mit seiner bereits abgeschuppten Kalbszunge immer wieder am frisch gepressten Arsch lecken soll. Sodann habe ich den Maître zusammen mit seinem Fernseher in hohem Bogen aus dem Fenster geworfen.

Für den Fall, dass es eines Tages oder Nachts einmal ein Rezept im Fernsehen geben sollte mit einem frisch geschleuderten Fernseher an einem Potpourri aus Fenstersprossen und Glassplittern – das hätte ich dann schon einmal vorbereitet.

Was wäre Nürnberg ...

»Was wäre Nürnberg ohne Albrecht Dürer? Höchstwahrscheinlich Nürnberg ...« (Johann Kleinlein)

Die Nürnberger Bratwurst hat es schön. Sie ist ein Original, weltweit und höchstamtlich vor dem Raubkopieren geschützt, und wer – bereits in Fürth – Nürnberger Bratwürste fälscht oder Bratwurstfälschungen in Umlauf bringt, wird zum Zwangsverzehr von Brühwürsten im Franken-Stadion nicht unter zwei Stück ohne Senf verurteilt. Über das Nürnberger Bratwurstrecht wacht Tag und Nacht ein sogenannter Bratwurstreferent. Die »Betenden Hände« von Albrecht Dürer haben es weniger schön, über sie wacht niemand, sodass es sie auf der ganzen Welt in allen nur denkbaren und vor allem auch undenkbaren Ausführungen so häufig gibt wie Sand im Getriebe. Exakte wissenschaftliche Schätzungen bewegen sich zwischen Millionen, Milliarden, Billionen Vorkommnissen von *Betenden Händen* von Dürer weltweit. Meistens hängen sie in Schlafzimmern etwa einen Meter über dem Nachtkästchen der Ehefrau. Gern hängen sie auch als Originale in karibischen Antiquitäten-Shops.

Hätte Albrecht Dürer bei diesem Werk einen ähnlich visionären Schub gehabt wie später beim *Großen Rasenstück* oder beim *Feldhasen* – er hätte im Hinblick auf die Fußballweltmeisterschaft 2006 in seiner Heimatstadt höchstwahrscheinlich statt der *Betenden Hände* die *Schießenden Füße* gemalt. Aber Spätgotik hin, Frührenaissance her, es ist bei den – noch nicht lutherisch – betenden Händen geblieben. Über ihre Rolle – würdig oder fragwürdig – für die Bedeutung Nürnbergs als Weltmeisterschaft-Stadt wird noch zu schreiben sein. Über das *Große Rasenstück* Dürers allerdings herrscht Einigkeit im städtischen Kunstbeirat, Abteilung Strafraum für starkes Köpfen, symbolisiert doch nichts so treffend eine Fußballweltmeisterschaft und ihre Rollrasen-Stadien wie Rispen- und Knäuelgras, wie Breitwegerich, Ehrenpreis, Schafgarbe, Gänseblümchen, Löwenzahn, Bibernelle. Mit Recht hat man in Nürnberg das Große Rasenstück von Albrecht Dürer zum lokalen Logo für die Weltmeisterschaft erhoben. Auf die Hooligans der Welt werden Rispen- und Knäuelgras, Breitwegerich, Ehrenpreis, Schafgarbe, Gänseblümchen, Löwenzahn und Bibernelle eine große Faszination ausüben. In gewaltigen Anbetungskolonnen werden sie jeweils nach dem Schlusspfiff zur Bewunderung des *Großen Rasenstücks* ins Germanische Museum eilen, wo das Bild allerdings nicht hängt, sondern in der Albertina in Wien.

Den Andrang und die Bedeutung des WM-Dürers für Nürnberg allein im Juni 2006 hat man hierorts mit stolzen, rund 300 Millionen Euro beziffert. Es ist jetzt natürlich die Frage, ob die Bedeutung eines Künstlers für seine Stadt einen Kurswert hat, börsennotiert ist, kalkulier- und vor allem einnehmbar. Beziehungsweise ist diese Frage heutzutage, wo man ja auch ganz normale Menschen leicht in einen verfügbaren Materialwert umrechnen kann, überhaupt keine Frage. Und den Fehler – das hat man sich dieses Mal im Nürnberger Rathaus fest in die betenden Hände versprochen –, einen örtlichen Künstler mehr oder weniger zu ignorieren, wird man nicht noch einmal begehen. Oft ist er allerdings ohnehin noch nicht vorgekommen. Höchstens ein paar hundert Mal. Und simmer doch einmal ehrlich: Einen 500. Geburtstag von einem gewissen Hans Sachs, wo man nicht genau weiß, ist es der Schuster, der Dichter oder der Staatsanwalt, den kannst du im täglichen Jubiläumsdruck schon einmal vergessen. Einem polnischen Holzschnitzer die Backen verbrennen – kann passieren, hätt' er halt keinen Schuldschein gefälscht. Drei vom Publikum gefeierte Maler a weng foltern und dann aus der Stadt ausweisen? Ja, wenn die zwar an Gott, aber nicht an die Kirche und nicht an einen Luther glauben! Oder beim Gestalten des restaurierten Rathaussaales ein bisschen Maler-Dredzerlens spielen und mitten in der Arbeit den Auftrag entziehen? Ja, wer ist jetzt die Obrigkeit? Am Ende gar die Untrigkeit! Oder einige Jahrzehnte nach dem Tod eines gewissen Albrecht Dürer das Grab am Johannisfriedhof entbeinen? Ja Gott, wo gehobelt wird, da fallen Späne!

Und dann war ja dieser Albrecht Dürer nicht gerade die Dankbarkeit, die Demut in Person. Das muss man heute, wo er bis in seine Seele wissenschaftlich auf das Genaueste erforscht ist, schon auch einmal sehen. Der Magistrat zu Nürnberg hat ihm ja nicht etwa null Bilder abgekauft, auch nicht ein viertel oder ein halbes Bild, sondern sage und schreibe ein ganzes Bild. Ob und wie es bezahlt worden ist, steht wieder auf einem anderen Blatt. Und trotz dieser sprichwörtlichen Nürnberger Großzügigkeit, die ja auch von einem erheblichen Kunstsinn zeugt, setzt sich der Albrecht Dürer eines Abends in seinem Palazzo am Canale Grandig in Venedig hin und schreibt an seinen sauberen Freund Willi Pirckheimer: »O wie wird mich noch der Sunnen frieren. Hie bin ich ein Herr, doheim ein Schmarotzer.« Von der groben Missachtung der mittelhochdeutschen Rechtschreibreform einmal ganz abgesehen – eine bodenlose Frechheit und Unbotmäßigkeit.

Gott sei Dank gilt bei schwermütigen Künstlern das Briefgeheimnis nicht. Jedenfalls nicht lang. So muss sich der Albrecht Dürer nicht wundern, dass die Bedeutung seines Schaffens und Wirkens in der Albrecht-Dürer-Stadt wenigstens eine Zeit lang in erster Linie aus einer relativen Bedeutungslosigkeit bestanden hat. Ein weiterer Grund für diese Bedeutungslosigkeit waren ja noch die bereits erwähnten, jeweils immer streng wissenschaftlichen Erforschungen der Eheleute Albrecht und Agnes Dürer und ihrer Innenleben. So war Frau Agnes Dürer – wissenschaftlich erforscht – eine zweckdienliche Zwangsehefrau, eine über alles geliebte Ehefrau, sehr schön, außerordentlich hässlich, sehr einfühlsam, von früh bis spät keifend, äußerst großzügig, exorbitant geldgierig, tief besorgt um die Gesundheit ihres Mannes, die Ursache für sein Siechtum und allzu frühes Ableben.

Albrecht Dürer hingegen war, so hat man es im Lauf der Jahrhunderte erforscht, schwul, bi- und heterosexuell, seiner Agnes sehr zugetan, seiner Agnes sehr abgeneigt, ein Feingeist, ein Kampftrinker, schwermütig, ein Gaudibursch, stinkreich, bettelarm. Kein Wunder, dass viele Künstler in Nürnberg oft lang nicht sterben wollen. Sie haben Angst vor der posthumen wissenschaftlichen Erforschung und deren erstaunlichen Resultaten.

Doch zurück zu den Dürer-Jubelfeiern. Bei ihnen muss ungefähr die ersten dreihundert Jahre nach Dürers Tod sehr still, sehr besinnlich, sehr introvertiert, um nicht zu sagen gar nicht gefeiert worden sein. Da der berühmteste Künstler Deutschlands 1471 geboren ist, hätte man 1571 seinen hundertsten Geburtstag zelebrieren können. Da ist aber im Nürnberger Feiertagskalender nichts verzeichnet. Auch nicht 1628, dem hundertsten Todestag des Meisters. Da aber – muss man dem Rat der Stadt zugute halten – gab es wirklich wichtigere Dinge, denn da verbrachte der Magistrat fast das ganze Jahr mit schwerem Nachdenken, ob man eine strenge Zensur für Zeitungsschreiber einführen muss. Diese ist dann aber erst 1933, für die Dauer von tausend, beziehungsweise zwölf Jahren, eingeführrt worden. Vollkommen außer Kontrolle geraten ist dann aber das Gedenken an den berühmtesten Sohn der Stadt im 19. Jahrhundert. Dass ihn – 1828 zum dreihundertsten Todestag – ausgerechnet die Romantik wiederentdeckt hat, mit einer Feier an seinem Grab, aus dem man ihn schon längst ausgegraben hatte, verwundert allerdings ein wenig, denn damals soll es in Nürnberg nicht besonders romantisch gewesen sein. Der Reiseschriftsteller Ernst Moritz Arndt erinnert sich um 1800 in seinen Aufzeichnungen an Nürnberg als »eine krumm und schief gebaute« Stadt, »meistens mit engen Gassen. Alle Häuser, auch die neuen, haben etwas Schwerfälliges und beleidigen durch die Erker und vielen Schnörkel das Auge.« Auch ist von »ganz erbärmlichen Hütten und Schmutzwinkeln, und öden und menschenleeren Plätzen« die Rede. Von Albrecht Dürer dagegen überhaupt nicht. »Öd und menschenleer« war es dann jedoch am 6. April 1828 auf dem Nürnberger Milchmarkt nachweislich nicht: Zur Feier des dreihundertsten Todestages von Albrecht Dürer zählen Sicherheitskräfte rund 10.000 Menschen, die zur Grundsteinlegung seines Denkmals gekommen sind. Noch am selben Tag wird der Milchmarkt in Albrecht-Dürer-Platz umbenannt. Mit dem Denkmal geht es nicht ganz so schnell. Erst zwölf Jahre später, am 21. Mai 1840, wird das vom Berliner Künstler Christian Daniel Rauch entworfene und von Jakob Daniel Burgschmiet gegossene Standbild enthüllt.

Und jetzt langsam kümmert sich endlich auch die richtige Abteilung um die Dürer-Verehrung – das Lobpreisungs-Management. »Deutsche Art und deutsche Geschichte«, jubelt ein Stadtführer aus dem Jahr 1906 schwülstig, »spiegelt sich in Nürnbergs Bild wie kaum in einer anderen deutschen Stadt wieder. Auch die Zeit des Niedergangs, die freilich nur dazu diente, nach kurzer Ermattung neues Leben zu erzeugen und die alte Kraft zu neuer Entfaltung zu erwecken. Aus allen Jahrhunderten seit seinem Bestehen tönt uns das Lob der fast wie ein Märchen geborenen und lenzartig aufblühenden Noris entgegen.«

Lenzartiges Aufblühen erhoffte man sich auch im Stadtkassenwesen, mithilfe des Altmeisters: Für die Eintrittskarte zum Albrecht-Dürer-Haus erhob die Verwaltung den stolzen Preis von fünf Mark. Zum Vergleich: Der Besuch der Lochgefängnisse und des Rathauses kostete mit Führung zehn Pfennig. Allerdings stand auf der Rückseite des Dürer-Haus-Tickets noch geschrieben: »Diese Karte berechtigt zum einmaligen Besuch des Dürerhauses und seiner Sammlungen, sowie zur Teilnahme an der Jahresverlosung, falls eine solche stattfindet.« Ohne Zweifel ein Vorläufer der Fußball-weltmeisterschaft 2006 und der Ticket-Tombola für die Spiele.

Treuteutsch und europäisch war Albrecht Dürer, vaterländisch und international, altfränkisch und neuzeitlich, rückwärts schauend und fortschrittlich, kühn und zögerlich – wie halt in den Jahrhunderten nach ihm gerade der Wind geweht hat. An der völkischen Vereinnahmung ist der Nürnberger Mehrbereichs-Malermeister gerade noch so vorbeigeschrammt, zumindest, was die Jubelfeiern betrifft. Zwischen 1933 und 1945 war kein richtig rundes Dürer-Jahr. Doch hat Goebbels im Dürer-Bild *Ritter, Tod und Teufel* eindeutig den Kampf der Herrenrasse entdeckt, hat ein Kunsthistoriker in dem Nürnberger einen Künstler gesehen, der »am tiefsten in Rasse und Volkstum verwurzelt« war, hat ihn der Braunauer Reichsverweser persönlich zum »Säulenheiligen der deutschen Kunst« erhoben. Noch tiefer hätte man ihn schwerlich erheben können.

Fragen kann man unseren alten Freund und Kupferstecher naturgemäß nicht mehr – aber höchstwahrscheinlich hätten ihm die Feierlichkeiten der Jahre 1928 und 1971, zum fünfhundertsten Todestag und zum fünfhundertsten Geburtstag, noch am besten gefallen, immerhin hatte in beiden Gedenkjahren die Kunst deutlich vor dem Kommerz rangiert, das Malen vor dem Marketing. Wie froh und tiefbewegt und jauchzend indes der heutige Eingeborene der Albrecht-Dürer-Stadt darüber ist, dass an jeder zugigen Ecke der Meister lauert in Form von Dürer-Kerzen, Dürer-Aschenbechern, Dürer-Feuerzeugen, Dürer-Lebkoung-Dosen, Dürer-Tassen, Dürer-Schnapsgläsern, Dürer-Bocksbeuteln, Dürer-Magenbitter, Dürer-Gymnasium, Dürer-Pinseln,

Dürer-Hasen, Dürer-Rasen, Dürer-Rosen –, das weiß
die Dürer-Forschung auch nicht so ganz genau. Höchstens aus einem äußerst unqualifizierten Stoßseufzer und
Gassenhauer, verfasst von einem unbekannten Vorstadt-
Volksmund anlässlich der über ihn 1971 hereingebroche-
nen Dürer-Flut:

»Iich bfeif affs Närmbercher Gwerch,
ich bin der Südstadt-Gerch.
Des bläide Burchberch-Värddl
mid sein Durisdn-Gschwärddl,
Der Dürer, der Führer,
der Stoß und der Hoos,
Kloß mit Sooß –
Masder!
Mir gäid des Kubfschdaabflasder
Aff die Eier,
iich kennd in Schäiner Brunner schbeier.
Iich hubf nu vo der Lorenzkerch.
Mir gäids am Oorsch, des Gwerch,
ich bin der Südstadt-Gerch.«

Vielleicht hatte der Nürnberger Maler, Kupferstecher,
Zeichner, Reißer und Schriftsteller Albrecht Dürer unter Umständen auch nur das gewollt: Leben und Lieben,
Malen und Verdienen, Reisen und Daheimbleiben – und
keine Bedeutung haben, nicht für die Stadt, nicht für das
Land, nicht für die Welt und schon gleich gar nicht über
500 Jahre lang. Aber wundern würde er sich ganz bestimmt
über nichts mehr. Auch dann nicht, wenn sein *Männer-
bad* jetzt vielleicht zum Entmüdungsbecken im Franken-
Stadion wird, sein *Hieronymus im Gehäus* zum Torwart,
sein *Rhinozerus* zum Schiedsrichter und die »Betenden

Hände« – arschklar – zu den »Klatschenden Händen«.
Albrecht Dürer jetzt auch der Erfinder der La-Ola-Welle.
Da würde der Melancholiker aus der Sebalder Altstadt
ganz sicher aus vollem Zwerchfell grad naus lachen. Zum
ersten Mal in seinem langen, an verschiedenen Bedeutun-
gen sehr reichen Leben.

Das Narrenschiff

*Ein rätselhafter Beitrag zu einer Grafiksammlung der Ori-
ginal Hersbrucker Bücherwerkstätte über Sebastian Brants
gleichnamiges Großgedicht*

Buchstaben hinschreiben kann fast jeder. Aber Buchstaben ordnen, sodass sie eventuell Sätze, Romane, *ad finem*
sogar Gedichte bilden, ist fraglos eine Kunst. Trotzdem
sei es beklagt und bepfiffen: Der nicht selten mit hoher
Moral befüllte Satzbildner, heiße er Sebastian Brant oder
Heinzi Haberzettl, ist ein Depp. Ein Leben lang denkt er
sich sein Hirn wund, schreibt sich die Finger schrundig,
aber es juckt niemanden. Zur *Noth nit* einmal ihn selber.
Je mehr man Dummheit benennt, desto mehr Blödigkeit
wächst nach.

Nur einmal angenommen, jemand schreit schriftlich
und sogar sich reimend seit 525 Jahren auf, dass wir
homines sapientes einhalten mögen mit Gier, Geiz und
Grämbf machen, dass das Horten von Geld und Gold
uns weder glücklich macht, noch ins *Paradeys* befördert,
dass Weisheit ein besseres Gut ist denn Aktienmehrheit –

das alles und noch viel mehr ruft er in die Welt, aber wir Hinterweltler hören es nicht, weil *habemus* Bfrobfn in *die Ohrn*. Und Schließmuskel am Gewissen.

Was machst dann mit deiner kleinen Wortwerkstatt? Kannst vielleicht ein Giga-Kreuzfahrtschiff chartern für ein paar Milliarden Passagiere, Auspuffdirektoren, Weltraumforscher, Atombombentüftler, Giftmischer, Wachsdummsexperten, Kriegs- und Schnallntreiber, Twitterer, Nationalisten aller Art, und dem ganzen Gschwarddl ein Billett rausschreiben, Endhaltestelle ein Eisberg im Atlantik. Es hätte aber keinen Sinn, denn wir Passagiere haben einen drucklufthaltigen Hohlraum im Kopf, dass wir wohlbehalten immer oben schwimmen und bald wieder daheim sind, um unverdrossen weiter an dem Ast zu sägen, auf dem wir schwitzen. Wohlwissend: einen Ast B gibt es nicht. Ungefähr seit Adam & Eva gilt der Satz »Das Tier ist g'scheit und stellt sich nur dumm; beim Mensch ist es umgekehrt.« Kinder und herkömmliche Narren ausgenommen.

Im Land der Dichter und Diesel

Dieseln oder Bieseln (auf Englisch *To pee, or not to pee*) – zu dieser stickoxidschweren Frage weiß heutzutage jeder was. Ich auch. Oder zum Beispiel der alte Mörike, der bereits im Jahr 1828 geahnt hat, was auf uns und unsere 300-PS-Hobel in knapp zweihundert Jahren für ein Ungemach zukommen wird. Betreffs Frühling und Sauerstoffknappheit hat er damals zunächst seinen mitten im Gesicht befindlichen Rußpartikelzähler zum offenen Fenster hinausgehalten und sodann wie folgt gedichtet: »Frühling lässt sein blaues Band wieder flattern durch die Lüfte. Süße, wohlbekannte Düfte streifen ahnungsvoll das Land. Veilchen träumen schon, wollen balde kommen – Horch, von fern ein leiser Harfenton! Frühling, ja du bist's! Dich hab ich vernommen.«

Auch das Bundesverwaltungsgericht zu Leipzig hat neulich jene süßen, wohlbekannten, das Land und vor allem die Stadt streifenden Düfte, ausgehend vom Harfenton zum Beispiel eines vollkommen schadstofffreien VW Diesel gerochen und daraufhin verfügt: demnächst Fahrverbot. Und jetzt herrscht große Verwirrung in Stadt, Land und am Gasfuß, mit was wir dann noch durch die Frühlingslandschaft düsen dürfen, um dem Mörike seine träumenden Veilchen einmal aufzusuchen. Oder um in die Ärwerd, in den Urlaub, zum Frühstücksweckla-Einkauf, kurz: um von A nach B zu fahren, wie der Fachmann sich auszudrücken beliebt.

Nach letzten unzuverlässigen Zählungen der mittelfränkischen Auspuffdirektion fahren momentan im Luftschutzraum Nürnberg-Fürth und Umgebung ca. 600.000 Dieselkraftfahrzeuge von A nach B. Ob sie sich in naher oder auch ferner Zukunft weiterhin von A nach B bewegen werden, hängt von zwei Sachen ab: 1. Wollen Sie überhaupt nach B und 2., mit welchem Transportmittel? Da suchen wir wieder ganz einfach Rat beim bereits erwähnten Fachmann. Einige wissenschaftlich sehr gründlich ausgebildete Fachmänner zum Beispiel raten dringend zum dieselbetriebenen Kraftfahrzeug, da der Diesel erwiesenermaßen das sauberste Auto überhaupt ist. Andere nicht minder wissenschaftlich fundierte Fachmänner vertreten die Meinung, dass ein

Diesel eine fahrende Giftgasanstalt ist und jährlich ungefähr 180.000 Menschen erst asthmatisiert und anschließend überfährt, tödlich natürlich.

Sodann haben wir noch Fachmänner, wissenschaftlich ebenfalls auf höchster Höhe der Zeit befindlich, die uns folgenden Ratschlag erteilen: Den Diesel sofort verkaufen, Umweltprämie in Form von 10.000 Euro plus eine Tüte Em-eukal Hustenbombom kassieren und einen Benziner kaufen. Der Diesel wird anschließend auf Ehr und Gewissen verschrottet, das heißt, dass er die nächsten zwanzig oder dreißig Jahre in Rumänien, Bulgarien oder in einem der zahlreichen afrikanischen Länder rumfährt, wo die wohlbekannten Düfte auch, wie der Mörike sagt, das Land streifen, aber scheint's, noch nicht dieseln. Oder aber, es ist jenen letzteren Fachmännern scheißegal, ob in Rumänien oder Afrika dicke Luft herrscht; Hauptsache, der Rubel rollt.

Mit dem dann günstig erworbenen Benziner verhält es sich so, dass sich auch hier die Fachmänner in verschiedene Gruppen aufteilen. Die eine Gruppe steht auf dem Standpunkt, dass es sich bei einem benzinbetriebenen Kraftfahrzeug um ein Fortbewegungsmittel handelt, das zum Himmel stinkt. Die andere Gruppe vertritt die wissenschaftlich gesicherte Meinung, ganz droben am Himmel könne es ruhig stinken, die dort einst weilenden Engel seien sowieso schon verstorben, sodass eine Vergiftungsgefahr mit an Sicherheit grenzender Wahrscheinheiligkeit ausgeschlossen werden könne.

Eine dritte Gruppe hat nach software-unterstützten Versuchen herausgefunden, dass aus einem Benziner so gut wie nix herausduftet, es sei denn, er setzt sich in Bewegung, er fährt. Sie empfehlen dringend, für jedermann verpflichtend ein sogenanntes Kraftstehzeug einzuführen. Weitere Fachmänner und -frauen sind bei der Behebung der Diesel-Problematik auf einem ähnlichen Weg, sie wollen alle Autos mit einem Verbrennungsmotor bis zum Jahr 2030 abschaffen. Pkwehe ohne Motor könnten dann weiterhin in Benutzung bleiben, zum Beispiel zum Schieben oder als Hühnerstall. Auf den dort untergebrachten Hühnern kann man ohne Weiteres in die Arbeit reiten. Nicht zu vergessen natürlich der öffentliche Personennahverkehr, der dann, wenn Hunderttausende von Hühnern die Von-der-Tann-Straße verstopfen und mit Hennerdreeg verunreinigen, nicht nur jährlich um drei, sondern (Nachfrage, Angebot, Preis) um ca. 300 Prozent teurer wird. Eine Einzelfahrkarte Kurzstrecke kostet überschlägig dann ungefähr so viel wie heute ein Porsche Cayenne.

Zur vollständigen Klärung der Dieselproblematik sei zum Schluss noch der von mir sehr geschätzte, leider schon im Künstlerhimmel weilende Nürnberger Dichter und Liedersänger Maximilian Kerner erwähnt, der sie viel schöner als Eduard Mörike bearbeitet hat. Er hat seinerzeit in seinem Lied *Ich bin a Glubberer* unter anderem gesungen: »Mei Nachbern soong, ich g'herrerd in a Derabie, und an jeeds Münchner Auto bruns mer aweng hii ...« Und jetzt muss man nur noch wissen, dass wieder ganz andere Fachmänner dazu raten, einen Dieselmotor mit Harnstoff anzureichern. Der Harnstoff verwandle die Auspuffgase praktisch in reinsten Sauerstoff und mache das Dieselfahrzeug zum fahrbaren Luftkurort. So würde der Maximilian Kerner heute, lebte er noch, dichten: »Mei Nachbern soong, der konn doch nedd ganz gnusbrich sei, wall jeedn Dooch, dou brunst er in sei Auto nei.«

Wenn die Tanten streiken ...

Arbeit ist insgesamt was sehr Schönes. Vor allem, wenn man sie nicht verrichten muss. Betonung auf dem Zeitwörtchen *muss*. Erinnert sei in diesem Zusammenhang an einige mehr oder weniger namhafte Arbeitsforscher, wie etwa an Herrn Mark Twain und den fremdgestrichenen Zaun (wer es nicht kennt oder vergessen hat: *Die Abenteuer des Tom Sawyer*), weiters an den ortsansässigen Volksmund und sein an die Verwerflichkeit alles irdischen Tuns hinweisendes Axiom, das da lautet: »Läiber an Bauch vom Saufn wäi an Buckl vo der Ärwerd.« Und nicht zu vergessen: An den im Gymnasium zweimal durchgefallenen und einmal zwangsentfernten, notorischen Emsigkeitsverweigerer, nämlich mich, der ich in einem Arbeitswutanfall vor geraumer Zeit einmal auf ein Blatt Papier zeitlupenartig das Gedicht *Sechs-Uhr-Läuten* hingereimt habe: »Der Kamillndee summd, der Scheedl brummd, die Aung sin gschwolln, Breggala rolln in Abodd noo. Drundn bimmld die Schdrasserboo, und mer flisderd ins Kissn: Aff die Ärwerd is gschissn.«

Nicht unerwähnt dürfen da natürlich auch die Hunderttausenden von Kindertagesstättnerinnen bleiben, welche sich nach monatelangem dolce far niente im vergangenen Frühjahr jetzt schon wieder anschicken, die Arbeit, falls es überhaupt eine ist, niederzulegen. Mittels der Fortsetzung eines sogenannten Streiks wollen sie in Zukunft mehr Geld verdienen.

Trotz meines hohen Alters kann ich mich noch verhältnismäßig gut, beziehungsweise schlecht an unsere seinerzeitigen Kindergartentanten erinnern. Zwei ultra-evangelische Haubenlerchen, von Hals bis Fuß eingehüllt in ihr damals schon schhariafähiges Ordensdirndl. In der Früh haben wir damals als Erstes beten müssen, dann singen, dann wieder beten, dann eine Flüssigkeit zu uns nehmen, von der nicht ganz ersichtlich war, ob es sich um einen Tee, einen Kakao oder um ein warmes Wasser handelt. Danach war Bett-, beziehungsweise Holzpritschenruhe. Schlafstörer haben sich ins Eck stellen müssen. Wahrscheinlich deswegen, weil man im Stehen besser schlafen kann.

Und diese Tanten, inzwischen auch einige Onkel unter ihnen, wollen jetzt mehr Geld, und die meist kommunalen Arbeitgeber fragen sich nunmehr erneut, was sich viele Arbeitgeber sehr oft bei Sichtung ihrer Konten fragen: Mehr Geld – für was?

Diese Frage ist betreffs der Kita-Tanten schnell beantwortet: Anlässlich ihrer Berufswahl kochen sie allerhöchstens zehn Stunden am Tag, basteln, fördern die Kreativität, erzeugen ein Umweltbewusstsein, führen die einen Kinder aufs Klo, den andern putzen sie den Hintern ab, wechseln Windeln, füttern, trösten, erzählen schöne Geschichten, lehren Gedichteaufsagen, Singen, Tanzen, machen Waldausflüge, falls noch ein Wald da ist, Verkehrserziehung, Feste feiern, Kindergeburtstag, Musik, passen auf wie die Heftleinsmacher, dass den kleinen Gnobbern nix passiert, nehmen die schutzbefohlenen Zwerchla in die Arme, trocknen Tränen, entfernen Ruuzglöggla, widmen sich der tiefenpsychologischen Erforschung von Kinderseelen, ferner der Charakterbildung, Herzensbildung, der Vermittlung von Höflichkeit und Mitmenschlichkeit, zeigen Zuneigung und Mitgefühl – und das war's dann fast schon. Höchstens noch ein bisschen Vorschule, mit den Fingern rechnen, Buchstaben schreiben, Vorlesen, Versorgen von leichten Erkrankungen. Wohlgemerkt »leichte« Erkrankungen, also nicht einmal operieren oder Organe transplantieren.

Und dann die Ausbildung: Ein Kinderspiel! Die zukünftigen Tanten wie auch Onkel brauchen lediglich Mittlere Reife oder Abitur, dann fünf, sechs Jahre Ausbildung – zack! Bist schon Tante. Und verdienst sage und schreibe oft bis zu 1.200 Euro! Netto! Und bekommst zu allem Überfluss auch noch eine warme Stube, ein Dach über dem Kopf und angenehme Unterhaltungen, nämlich Stützungsgespräche mit den Eltern. Etwa dergestalt, dass ein sein Kindlein mit dem Porsche Cayenne abholender Vater pädagogisch wertvolle Hinweise erteilt, indem er spricht: »Soong S' amol, wos issn dou los?! Edzer is mei Jennifer-Shaneia scho värzza Dooch in Ihrm Kindergarddn und konn immer nunni gscheid Englisch!« Wahrlich mehr als berechtigte Vorwürfe.

Und wenn die Kindertagesstättnerinnen mit ihrer Arbeitsverweigerung noch ein bisschen rumblödeln, dann werden sie schon bald die Quittung in Empfang nehmen dürfen: Ende der Außer-Haus-Erziehung! Dann kauft der oben erwähnte Vater einen Fernseher fürs Kinderzimmer, ein Ei-Bäd, ein Smartphone, eine Bläid-Station mit schönen Kriegsspielen und ein paar Dutzend Dauer-Essensmarken für Herrn McDonald und seine Gummiweggla. Dann werden die Kinder nicht nur groß, sondern zusätzlich auch dick. Und falls sie dann noch dumm bleiben – auch in Ordnung. Denn manchmal kann man sich des Eindrucks nicht erwehren, dass unerzogene Dummheit das hehre Ziel unserer Bildungspolitik ist. Oder um es so zu sagen: Auf die Ärwerd von Kindergärtnerinnen is von Staats wegen scheint's gschissn. Einen erfolgreichen Streik allen Tanten und Onkeln!

Rote Tinte, oder: Ging's auch ohne Noten?

Nur noch ein freies Wochenende, und dann treten wieder rote Tinte, Notenbüchlein, Verweise und Ministerialerlässe in Kraft. Und betreffs dieses ja eigentlich noch wesentlich umfangreicheren Instrumentariums bewegt uns eine Frage, zu der wir ein paar Zeilen lang ausholen müssen.

Sehr nah kennen wir zwei Knirpse, nennen wir sie Felix und Jonas, die jetzt drei Jahre alt geworden sind. Mit dem Beistand ihrer Eltern, zwei Großmüttern und zwei Großvätern können sie inzwischen leidlich und verständlich Deutsch sprechen, bis zehn zählen, extrem tiefe Löcher im Salatbeet graben und noch unendlich viel mehr. Jeden Tag findet ein neuer Lernprozess statt, an dem sie – jetzt kommt's – trotz aller Fürchterlichkeit des Wortes Lernprozess unglaublich viel Spaß haben. Ohne Notenbuch. Der Spaß wird dabei auch den Eltern und Großeltern reichlich zuteil.

Und jetzt unsere Frage an Sie: Warum eigentlich hört, zumindest bei den meisten Kindern, dieser nur sechs Jahre während Spaß beim Lernen nach der Einschulung (auch so ein Angstwort) plötzlich (seinerzeit bei uns noch buchstäblich schlag-artig) auf? Liegt es am leistungsdruckintegrierten Notenbuch, an der roten, höchst- und letztinstanzlichen Tinte, an der Angst, an den Ministerialerlässen oder an was? War nur eine Frage, an die ich sogleich einen Wunsch anschließen möchte. Nämlich den Wunsch nach einem schönen, möglichst druck- und demütigungsfreien Schulbeginn.

Vornamen sind Schall und Weihrauch

Nach Lage der Dinge ist unserer Weltkugel wahrscheins keine große Zukunft mehr beschieden. Überall bohren wir in sie drümmer Stollen nei zur Schürfung von Öl, Gold, Uran, Gas, Mineralwasser, Apfelschorle, Kellerbier, Diamanten, antiken Scheißhäusern und so weiter, sodass die Erde in ziemlich absehbarer Zeit nur noch ein Loch ist. Unendlich groß dann zwar, aber nach neuesten Erkenntnissen namhafter Lochforscher halt weitgehend unbegehbar. Man wird unseren Planeten irgendwann nur noch im Planetarium am Nürnberger Plärrer besichtigen können.

Trotz dieser verhältnismäßig trüben Aussichten werden allerdings da und dort immer noch Kinder gezeugt. Wegen der Rentenversicherung.

Aber von der erwähnten Zukunftsunsicherheit der Erde einmal ganz abgesehen – allein die Aufzucht dieser Kinder ist schon ein Wagnis, eine Gratwanderung ohnegleichen. Zum Beispiel: Wo sollen wir sie pädagogisch formen lassen? Hohlmeiers achtstufiges Gymnasium, neunstufiges Gymnasium, Flexi-Gymnasium, Mittelschule, Realschule, Fachoberschule, embryonales Höchstgeschwindigkeits-Abitur, Quali, Kartelakademie in Weinzierlein, Leih-Doktortitel, Leasing-Professur oder Studium der Hinterziehungswissenschaften mit anschließender Zulassung als staatlich anerkannter Verwalter der Gefängnisbücherei? Da steckst doch nicht drin, da ist guter Oberlandesgerichtsrat oft ziemlich teuer!

Und dann das Schlimmste überhaupt bei Erhalt eines neuen Kindes: Wie soll unser frischgeborenes künftiges Genie einmal heißen? Einen halbwegs aussprechbaren Vornamen soll es tragen, wie zum Beispiel Jocelyne, Hazel Patricia oder Dschoordsch Dabblju Meikel. Gut,

Namen sind Schall und Weihrauch, sagen sowohl John Wulfgäng Goethe als auch die katholische Kirche. Aber einmal Hand aufs Nabelschnürlein: Möchten Sie im späteren Leben dereinst als Volker, Martin, Michael oder als schnöde Betty durchs Leben stolpern? Nedd, nä?!

Fragen Sie einmal einen zehntägigen Säugling, was seinem Wunsch gemäß der Pfarrer anlässlich der Wässerung am Taufbecken der gespannt harrenden Gemeinde zustottern möchte, dann wissen Sie es. Er oder sie möchten nämlich keinesfalls Martin, Volker oder Michael respektive Betty, Susi oder Birgit heißen, sondern hinfort Shaneia-Clementine, Luana-Apfelsine, Fidelius, Rüzgar, Samira, June Evangelia, Lucy Fee oder gar Rachel. Letzteres spricht der zeitgemäße Vornamenexperte wie »Räidschel« aus, also etwa Räidschel Bemmerlein-Haberzettel. Dieser Tage soll in der westlichen, der Hersbrucker Schweiz anrainenden Oberpfalz ein ursprünglich vollkommen oberpfälzischer Knabe den Taufgottesdienst als Fidelius-Phinaeus Prechtelsbauer wieder verlassen haben.

Da käme, meinen Sie, der Bezug zur hiesigen Heimat zu kurz? Mitnichten! Denn so wie eine unserer großen Vordenkerinnen und hochgradigsten Philosophinnen, nämlich Verona Spinatwachtl Feldbusch, und die altenglische Tattoo-Haut und Schwanzkist'n David Beckham ihre Söhne San Diego (Stadt in Kalifornien, 22 m ü. d. M., 1.307.402 Einwohner) und Brooklyn (Stadtviertel im Südosten New Yorks, 2 m ü. d. M., 2.556.598 Einwohner) getauft haben, so können wir unsere Nachfahren ja ebenfalls mit hiesigen Ortschaften und Stadtteilen beglücken. Später werden sie es uns einmal von ganzem Herzen danken, wenn sie als Dr. Gostenhof Lohmeier, als Prof. Goonsberch Kaltenecker oder Buchenbühla Breinbauer stolz erhobenen Personalausweises durch die Stadt schreiten und nicht wissen, ob sie ein Männla, ein Weibla oder das Kind hirnteilamputierter Eltern sind.

Oder denken wir an die berühmte Kleidervorführerin Claudia Schiffer, welche ihr mutmaßliches Kind Caspar Matthew nennt, was dereinst zur Folge haben wird, dass die Mitkindlein hinter ihm herrennen mit dem fröhlichen Ausruf: »Schau hii, dou kummd der Schiffers Kaschber!« Ein Ausruf, welcher uns an die Lösung der Vor- und Nachnamenproblematik in der Nürnberger Altstadt erinnert. Dort hat sich vor geraumer Zeit eine gewisse Familie Zipfel gegen eine kleine Gebühr den neuen Nachnamen Probst zuteilen lassen. Mit großem Erfolg – noch viele Jahre nach der Umbenennung ist der jüngste Sohn jener Familie als Probst'ns Zibfl in die Nürnberger Namensgeschichte eingegangen. Also gerade jetzt im Frühling: Obacht bei der Kinderzeugung und deren Folgen!

Wenn der Briefträger sekündlich drei Mal klingelt

Der nunmehr eingetroffene Herbst ist aufgrund der in ihm stattfindenden Zeitumstellung, der lang anhaltenden Nächte, der Heimsuchungen durch einige Eimer zügig eingepfiffene Federweiße samt ihren Vulkanausbrüchen hinten wie vorn, der durch Stadt und Land wieder brünftig röhrenden Laubsauger und so weiter sowieso schon ein Grambf. Und wie wenn das nicht schon genug der voll blasenden Trübsal wäre, haben die Erfinder von fragwürdigen Feiertagen auch noch ihr Scheiß Scherflein beigetragen, sodass wir von jetzt an bis weit in den Dezember hinein bei der Erbarmer-Krankenkasse wieder unseren turnusmäßigen Jahres-Burn-out samt stationärer Einweisung in ein Wirtshaus unserer Wahl beantragen müssen. Ich erwähne da nur die wahrscheins von der Buß- und Bett AG initiierten Feiertage wie Weltspartag, Totensonntag, Halloween, Volkstrauertag, Tag der Deutschen Einheit, Faschingsbeginn, Allerseelen, Allerheiligen, Allersberg und Weihnachten. Ja, wie soll da in uns eine Freude aufkommen, ein Mindestmaß wenigstens an Frenetik, gar eine Gaudi?

Aber, liebe Mitbetroffene der düsteren Ganztagesdämmerungen, auch hier gilt der vom Unterrüsselbacher Bedarfsdichter Ludwig Lichtlein einst in sein Oktavheftlein hineingezirkelte Psalm, der da lautet »Wenn du meinst, es geht nicht mehr, kommt irgendwo der Lichtlein her.« Und zwar in Gestalt des Mail-Ordners auf deinem Heim-Computer. Also nicht nur der Lichtlein, sondern auch onlein. Wo dich nämlich früher zu Zeiten sogenannter Postwurfsendungen wöchentlich vielleicht drei Einwürfe der Post erreicht haben, heißen sie jetzt nicht mehr wie damals »Briefe«, sondern Mails, und kommen über dich in einer durchschnittlichen Frequenz von vielleicht ebenfalls drei Stück – aber nicht pro Woche, sondern pro Sekunde.

In dieser von sehr brunsgescheiten Internetokraten erfundenen Höchstgeschwindigkeits-Folge kann natürlich kein Mensch, geschweige denn eine alte Sau oder gar die NSA, diese in die Millionen gehenden Mails lesen. Vielmehr drückt man sie, begleitet von dem Freudenschrei »Der Oorsch scho widder!!«, zunächst einmal weg.

Und jetzt, in den stillen, trauerumflorten Halbtagen des Herbstes, ist natürlich die beste Zeit, jene in den vorläufigen Papierkorb geschossenen Mails wieder ans Licht des Bildschirms zu heben. Die dann aufkeimende Freude zaubert in unser zunächst noch herbstlich mumbfelndes Antlitz ein freudiges Aufblitzen, sich leicht nach oben krümmende Mundwinkel, um schließlich in Jubel, Aufjauchzen, rauschendem Frohsinn zu enden.

Wenn dich etwa ein ortsansässiges Zweirad-Equip- und Development-Unternehmen zum 250. Mal wissen lässt, es fielen jetzt nicht nur die Blätter, sondern auch die Preise, und du mögest um Gotteswillen stehenden Fußes und zahlender Hand zwei MT 91 Gore-Tex MTB-Schuhe aus Nubukleder mit Vibram-Sohle und SPD-kompatibel bestellen, welche ursprünglich 229,95 gekostet haben, jetzt aber nahezu gschenkt und nachgschmissn nur 119 Euro. Nächste Mail aus dem fernen Afrika. Du sollst in der dich auszeichnenden Güte zunächst 25.000 Euro überweisen, anschließend kämst du dann in den Genuss von 1,6 Millionen Dollar Erbschaftsanteil. Und gleich danach bittet dich eine Yasmin aus der näheren Umgebung Bangkoks mittels folgender liebwerter Zeilen in ihr Separee: »Habe ich deutsches Zunge und du mir besuchst in webkammer, so will Spaß werden.«

Womöglich kostet das deutsches Zunge in der Webkammer ein paar Unzen Feingold, was dir aber wurschd sein kann, weil du infolge der nächsten zwei Mails 1. einen BMW 6er Gran Coupé zu 82.000 Euro gewonnen hast und 2. in den Genuss einer kostenlosen Teilnahme an der Auslosung eines Jackpots kommst, wo ein steuerfreier Gewinn von 20 Millionen Euro deiner harrt. Und 3. wollen dir einige überseeische Unternehmen Viagra-Tabletten im Gesamtgewicht von ca. 2,5 Tonnen zuschicken, sodass du die nächsten 500 Jahre das deutsches Zunge sowohl in als auch außerhalb der Webkammer ohne Weiteres in Anspruch nehmen kannst.

Als nächstes müssten wir dann noch einen Gutschein in Höhe von 2.500 Euro abrufen, und zwar quickly, da er sonst verfällt oder der Volksfürsorge übereignet wird. Beim Gutschein aber nicht vergessen, einige Daten anzugeben, wie etwa die PIN-Number, Konto-Number oder die Haus-Number des nächstgelegenen Bezirkskrankenhauses mit seiner halbgeschlossenen Abteilung. Ein Freund von mir hat einmal einige seiner Numbern hineingeschrieben in den Heim-Bildschirm und es, wie urgently empfohlen, unverzüglich abgesendet. Was er womöglich geahnt, aber nicht ganz genau gewusst hat: Derartige Unternehmen handeln unbürokratisch, zuverlässig und vor allem sehr schnell. Bereits wenige Minuten nach Abschicken der Geheim-Numbern haben auf seinem sodann nicht mehr so ganz geheimen Konto 5.000 Euro gefehlt und sind zuverlässig und unbürokratisch nie mehr aufgetaucht. Wie ihn ein anschließend kontaktierter Polizist gefragt hat, ob er eventuell und zeitweise ein bisschen blöd im Kopf ist, hat er unwillkürlich sehr schrill lachen müssen. Ein schrilles, befreiendes Lachen jetzt in der dunklen Jahreszeit – wie gut tut das! Oder?

Ein schönes Leben ist …

… als Symbiose von Wetterhahn und Nachtwächter bei Vollmond auf der Spitze vom Sinwellturm über der Stadt schweben, feststellen, wo gerade wieder der Wind her weht, einen freien Blick haben, 1. und wichtigstens bis nach Gostenhof und Wendelstein, 2. über den Tellerrand hinaus, 3. bis zum Stadion. Sodann Folgendes überprüfen: Ob meine Familie ruhig schläft, ob das Bamf endlich einmal was Vernünftiges macht und das Abstiegsgespenst vom Valznerweiher in Abschiebehaft nimmt und alle anderen Menschen und Menschinnen in Ruhe lässt, ob dem Behringer sein Bratwurstgrill noch glimmt, eventuell sich sogar schon ein Lebkuchenduft in der Luft kräuselt und mein Hemmerd in der richtigen Richtung hängt, nämlich gegen den Wind. Dann ist es ein schönes Leben. Dazu vielleicht noch Stadtwurst mit Musik.

Die allerbesten Nürnberger Erfindungen

Das Erfinden von Sachen, mysteriösen physikalischen Vorgängen oder intimen chemischen Vereinigungen dient seit Jahrmillionen dem Fortschritt, also einem Auf- und-Davonschreiten, über das der beste und nachweislich ausgepichteste böhmische Dichter Jaroslav Hašek (1883–1923) wie folgt jubiliert: »Der Fortschritt ist eine zweischneidige Waffe wie das Bier. Die Leute machen sich da dran und wissen nicht, wann sie aufhören sollen. Und darum Vorsicht vor dem Fortschritt.« Entsprechend hat sich Franken, in Sonderheit seine Geheimhauptstadt Nürnberg, immer in Maßen auf dem Gebiet des Erfindungswesens betätigt und zum Beispiel *nicht* die Krönung menschlichen Erfindungsgeistes, die Atombombe, erfunden. Was aber nicht heißt, dass hierorts der Schnarchzapfn im Stadtwappen eingestickt ist. Im Gegenteil.

An den Gestaden der sorgfältig dahinmumbfelnden Bengerz hat der erste Hustenbombom der Welt, erfunden von Dr. Soldan persönlich, das Zwielicht der Unterwelt im Gaumen erblickt, hier ist der Faschingszug erfunden worden, im Gefolge mit ihm der Lachsack sowie der Wäschezwicker. Letzterer nicht zum Einzwicken einer Wäsche an der Wäscheleine, sondern vielmehr als Befestigungsgerät der normalerweise nach unten hängenden Mundwinkel, die dann, nach oben gezogen und festgezwickt, den Anschein ausgelassenster Fröhlichkeit erzeugen, zum Beispiel beim erwähnten Faschingszug.

Was ist hier noch alles zum ersten Mal in den Blickpunkt einer erstaunten Menschheit getreten? So viel, dass man es zahlenmäßig kaum in nur hundertzwanzig Druckzeilen erfassen kann: Unter anderem die in keine Tasche passende Taschenuhr, die Taschenbratwurst, das kleinste jemals gemessene Taschenselbstwusstsein, die stets vom 1. bis 24. Dezember betrinkbare längste Glühweintheke des Kontinents, auch Männleinsaufen zu Füßen der Frauenkirche genannt, weltweit das einzige weibliche Christkind, der erste Fahrradfahrerhaltegriff an Verkehrsampeln (in Planung), das trockenste Volksbad des Planeten, ohne Wasser und ohne Volk, die fahrerlose U-Bahn in Tateinheit mit der regelmäßigsten und pünktlichsten Fahrpreiserhöhung, der größte Kanadagänse-Abort der Welt, inzwischen auch als Liedgut im Internet abrufbar, mit dem schönen Refrain »An der

Wörzger blüh'n wieder die Algen«. Und nicht zu vergessen: Durch die Aufschüttung majestätischer Wanderdünen beim sogenannten Red Bull District Ride (2005 urkundlich erstmals erwähnt) die größte Verdünisierung einer Altstadt.

Apropos Wanderdüne: Zwei dem Wandern zuzuordnende original Nürnberger Erfindungen bedürfen noch dringlich der Erwähnung. In chronologischer Reihenfolge erst der einzige Wanderbrunnen im bislang erforschten Kosmos, dann die leider inzwischen in Verschollenheit geratene Wasserwanderuhr.

Beim Wanderbrunnen handelt es sich um den berühmten Nürnberger Neptunbrunnen, dessen Aufenthaltsort sich in verhältnismäßig regelmäßigen Zeitabständen immer wieder einmal verschiebt. Geokilometrisch gilt als gesichert, dass der einzige Wanderbrunnen des Universums im Verlauf seines ca. 360-jährigen Lebens an die 5.000 Kilometer zurückgelegt hat. Ob tatsächlich zu Fuß, per Anhalter oder zwischendurch auch einmal mit der fahrerlosen U-Bahn, ist nicht gänzlich geklärt. Er ist um das Jahr 1660 von den Nürnberger Künstlern Schweigger, Ritter und Herold in Erz gegossen worden. Als Mahnmal für Frieden und Völkerverständigung. Frieden und Völkerverständigung – immer wieder einmal zwei fragwürdige Appelle, oder? Also sind der Neptun und seine erzenen Friedensgesellen erst einmal ein paar Jahre lang in der Werkstatt gelegen. Wahrscheinlich, um sich vor den bevorstehenden Wanderungen zu rüsten. Von dort ist der Brunnen in den Nürnberger Bauhof gewandert, hat dort wieder ungefähr 130 Jahre geruht, um dann endlich aufzubrechen – für ein paar Rubel nach Sankt Petersburg an den Zarenhof. Dann ist einem erleuchteten Magistratsmitglied beim hin und wieder vorkommenden

Nachdenken eingefallen, dass hier irgendwer irgendwie irgendwann einmal einen schönen Brunnen zusammengeschweißt hat. Nachforschungen haben ergeben: Er befindet sich in Sankt Petersburg. Also ist ein versierter Nürnberger Abkupferer nach Petersburg gefahren und hat einen Gipsabdruck vom Brunnen verfertigt. Im Jahr 1902 ist er feierlich und gusseisern am Hauptmarkt eingeweiht worden. Die Kosten hat der jüdische Hopfenhändler Ludwig von Gerngros übernommen.

Jetzt gschwind noch eine mit dem Neptun zusammenhängende Nürnberger Erfindung: Ein inwendig extrem vakuöser Kopf, außen vollkommen haarfrei, also Glatz- und Hohlkopf in einem. Sein Inhaber und Erfinder: Julius Streicher, damals ein von sehr vielen enthusiastisch gefeierter Rassist und Hassprediger, dem ein Neptunbrunnen, gestiftet aus jüdischem Vermögen, ein großer Dorn im Glatz- und Hohlkopf gewesen ist. Ein Sinnbrunnen für Frieden und Völkerverständigung, noch dazu am Adolf-Hitler-Platz! Nicht mit dem Gauleiter! Also Zwangswanderung des Neptun auf den Marienplatz, wo er dann in neuerer Zeit als Verkehrshindernis wieder weiter wandern hat müssen, in den Stadtpark. Anregungen der Altstadtfreunde e. V., ihn, den Neptun, endlich wieder daheim am Hauptmarkt ankommen zu lassen, sind verworfen worden. Klar: Verkehrshindernis, Christkindlesmarkthindernis, Wanderdünenhindernis. Und dann: Wer braucht heutzutage schon ein Mahnmal für Frieden und Völkerverständigung, würde der Streicher fragen. Vor der nächsten, ganz bestimmt bevorstehenden Wanderung – davon kann man ausgehen – beschließt der Stadtrat eine einigermaßen finanzierbare Aufbesserung: Vier Räädla und einen Außenbordmotor für den Neptunbrunnen.

Und jetzt noch die versprochene und für mich allerallerbeste Erfindung – die Wasserwanderuhr vom 2001 leider verstorbenen Nürnberger Stadtrat und selbsternannten Altstadtbürgermeister Horst Volk. Er hat mir, wenige Monate vor seinem Ableben, im Verlauf einiger Biere folgenden Geheimplan anvertraut: Eine Skulptur von ihm auf einem Floß in der Pegnitz, versehen mit einer langen Eisenkette, die das schwimmende Volk-Denkmal ungefähr bis zum Schuldturm hinaufzieht, von wo es dann kraft der Bengerz-Strömung wieder bis zur Karlsbrücke flussabwärts schwimmt. Und wieder zurück und wieder nauf und so weiter. Und es würden dann, so hat es sich der Volk ausgemalt, zahlreiche Nürnberger am Ufer stehen, ihre Peter-Henlein-Gedächtnis-Taschenuhr ziehen und murmeln: »Gib Obacht, nu fimbf Minuddn – nou kummder widder, der Horst.« Was Besseres kann man nicht erfinden.

Nürnberg und drumrum

Der wunderschöne Schöne Brunnen

Was die Japaner ja meistens nicht wissen, wenn sie am goldenen Ring vom Schönen Brunnen drehen und sich dabei ins Nürnberger Mittelalter neimeditieren: Dass so ein Mittelalter insgesamt eine übelriechende Sache war. Zumal in Nürnberg. Fast 30.000 Einwohner in enge Gässlein gepfercht, zusammen mit freilaufenden Säuen, Henner, Gäns, Esel, Enten, Ratzen, Pestbazillen. Der Lebberi halbmeterhoch, null Kopfsteinpflaster, weit und breit kein McClean, kein Abort, kein Deodorant, geschweige denn eine Kernseife, kein Flaschencontainer, keine Müllabfuhr. Unflat so weit die Nase reicht. Dazu noch Judenverbrennungen, Kriege, Scharmützel aller Art, Raubritter, die Erfindung der ersten Mittelstreckenraketen in Form von Sandsteingeschützen.

Da will man natürlich von Zeit zu Zeit schon auch einmal was Erhabenes, Schönes, an das dereinstige Paradies Gemahnendes. Irgendwas jedenfalls, das aus dem Mega-Misthaufen ein bisschen herausragt. Buchstäblich und im übertragenen Sinn.

Also endlich Verschönerungsbeschluss des ehrbaren Rates, im Jahr 1388 ungefähr, für den vierzig Jahre vorher von den Juden entsorgten Hauptmarkt. Die allerdings sind damals rückstandsfrei beseitigt worden, am Maxfeld verbrannt. Es hat auch in dem Fall wahrscheinlich zum Himmel gestunken. Zur Ehre Gottes hat man deswegen zunächst an Stelle des abgefackelten Gettos feierlich und dankbar die Frauenkirche errichtet. Und jetzt, 1388, Bau des Schönen Brunnens. Ob wirklich damals der Teufel die wunderbare Spitz der Liebfrauenkirche aus Wut über die Schönheit der filigranen Kathedrale in einer mondlosen Nacht nüber auf die andere Seite zum *Herrnbräu* geschleudert hat, ist nicht hundertprozentig überliefert, höchstens zu hundert Promille.

Gesichert aber ist, dass damals in der verseuchten Patrizier-Perle Nürnberg nicht gerade Kinderschwemme war, vielmehr Geburtenunterschuss. Und jeder hat gewusst, dass da nur der Storch helfen kann, dass man für ihn ein sauberes Wasser braucht, gefasst in einem wunderschönen Schönen Brunnen. Der Brunnen-Polier Heinrich Behaim, womöglich Urgroßvater vom Weltgniedla-Erfinder Martin, hat die Oberleitung gehabt, der Kunstschmied Paul Kuhn, Vorfahre der späteren Bekleidungshausinhaber Gebhardt & Kuhn, die Unterleitung. Alles war in den acht Jahren Bauzeit dann, wie der Name des Bauwerks schon sagt, schön.

Nur der Meister Kuhn ist ungefähr so wie seine Vaterstadt gewesen: total stinkert. Erstens hat er nicht gewusst, wie er einen später einmal hochberühmten Ring, eine Touristenattraktion sondersgleichen, jetzt gschwind in das schmiedeeiserne Gitter neischweißen soll, weil Schweißen war noch nicht erfunden. Und zweitens hat sein Gsell, hochbegabt, aber armer Schlucker bis dorthinaus, ein Auge auf sein ebenfalls schönes Töchterlein Margarete (sprich: Marcharedd) geworfen. Von den Fingern und anderen Körperteilen gar nicht zu reden. Schöner Brunnen, schöne Marcharedd, schöner Schlamassel. Der Meister Kuhn hat denselben folgendermaßen gelöst: Seiner Marcharedd einen filigranen Keuschheitsgürtel, damals das einzige wirksame Verhütungsmittel, gelötet, und den Gsell mit den Worten »Dreegsau elendiche, Erbschleicher, Diddlasbadscher, Gässlasgeicher, souch der a andere zum Ausbrobiern!« aus der Werkstatt hinaus in die mittelalterliche Scheiße gejagt.

Da war jetzt guter Rat teuer. Aber der Gsell war ja hell. In einer einzigen Nacht hat er am Gitter vom Schönen Brunnen gewerkelt, gebogen, gefeilt, gebohrt, geschliffen. Und wie er früh schon weit überm Moritzberg war, ist das Erstaunen in der Bevölkerung groß gewesen, erst recht beim Meister Kuhn: Im schmiedeeisernen Gitter hat sich ein goldener Ring befunden, ganz ohne Schweißnaht, und man hat ihn drehen und wenden können. Ein weltweit einzigartiges Kunststück! Jetzt hätte der Kuhn im Angesicht des großen Wunders unheimlich gern die Dreegsau, die elendiche, den Erbschleicher, Diddlasbadscher, Gässlasgeicher wieder zurückgenommen, den vermeintlichen Unhold als zukünftigen Schwiegersohn in den Arm genommen, aber es war schon zu spät. Der Diddlasbadscher war samt seinem Geheimnis eines nahtlos geschweißten Rings für immer verschwunden. Und zu allem Unglück hat der Paul Kuhn auch noch den Schlüssel vom Keuschheitsgürtel von der Marcharedd verloren.

So birgt Nürnberg in seinen Mauern seitdem nicht nur das Mysterium um einen drehbaren Ring, sondern auch eine eiserne Jungfrau. Rätselhaft ist jetzt nur noch, warum beim Drehen von ausgerechnet dem Ring der Storch Kinder bringt. Wahrscheinlich wissen da die Japaner was Genaueres. Vielleicht ist der Ring am Schönen Brunnen der Vorläufer vom Tamagotchi.

Der Nürnberger Dialekt

Der Nürnberger Dialekt ist eine schwierige Sache. Man kann seiner nicht habhaft werden. Schon wenige Meter hinter Muggenhof, ungefähr auf der Höhe Fuchsloch/ Städtische Kläranlage, löst er sich in reine Luft auf, denn dort beginnt der Fürther Dialekt, von dem man aber auch nix Gwieß weiß, außer dass er sich vom Nürnberger Dialekt enorm unterscheidet. Früher war ja, wie jeder frühere Mensch weiß, alles besser, auch der örtliche Dialekt, welcher sich in die hier ansässigen Stadtviertel aufgeteilt hat. Im Stadtviertel Rabers (gibt es so nicht mehr) hat der gebürtige Raberser Oberpfälzisch, aber bereits angereichert mit dem schwer aussprechbaren Nürnberger Waffellll-Lllll, mehr oder weniger gesprochen, in Lichtenhof Lichtenhoferisch, in Schweinau Schweinauerisch, in der Sebalder Altstadt eine Mischung aus Majestätisch und Großkopfig, in Erlenstegen Hochdeutsch und so weiter.

Die extrem engmaschig gezogenen Sprachgrenzen haben sehr weit geführt, manchmal so weit, dass ein gebürtiger, in fünfter Generation nachweisbarer Bewohner der Dullnau (hdt.: Tullnau) sich etwa in Himbflshuuf (hdt.: Himpfelshof) kaum mehr verständlich machen hat können. Speziell nach der Entgegen- und anschließend erfolgter Einnahme von sieben Maß Freibier. Die Mouß (hdt.: Maß) ist eine heute nur noch an hohen Feiertagen (Weihnachtsfrühschoppen) zum Ausschank gelangende Volumeneinheit in Höhe von einem Liter Bier.

Aber zurück zum Nürnberger Dialekt: »Min Midzla Radzibemsdi schnurchln un bfibfern, di Hengerz niiberi riiberi schnorbfln alder Häiderschlumbfla minder Bumbl barferzi imbf orrer graizergwer bubblnunbrumbfln, braadoorscherda Schnabfnschnalln. Ding orrerwos!«

Sätze wie in Sandstein gehauen, die heute kein Ein- oder Zweiheimischer mehr entschlüsseln kann und will. Dieses immer wieder gern genommene Zitat stammt aus dem Jahr 1952 und soll damals im heute leider nicht mehr existierenden Gasthaus *Zum Zibflziecher* oder aber *Zum heiligen Bresssaggschnerbfl* unterm Stammtisch anlässlich einer zügigen Sperrstundenüberschreitung einer Polizeikraft gegenüber gefallen sein, von wo es seitens eines Gastes aus Barmen-Elberfeld aufgehoben und lautschriftlich festgehalten worden ist. Der Barmen-Elberfelder ist seinerzeit fest davon überzeugt gewesen, dass er die völlig verschüttete Sprache der Inka wiederentdeckt hat. Leider hat man diese denkwürdigen Sätze nie ins sogenannte Hoch- oder Lutherdeutsche transponieren können.

Obwohl es, außer den obigen Äußerungen, den reinen Nürnberger Dialekt nicht mehr gibt, da jeder der insgesamt 500.000 Nürnberger seinen eigene Mundart spricht, hat er im Lauf der 961 Jahre seines Bestehens die Welt erobert. Herbert Hisel hat ihn hinunter nach Wien getragen und hinüber nach USA, Kanada und wieder zurück nach Langwasser, Egon Helmhagen hat ganz Wendelstein nürnbergerisiert, Volker Heißmann und Martin Rassau, angeblich zwei Undercover-Fürther, setzen allmonatlich Sprachforscher zwischen Zürich und Zerbst in Alarmbereitschaft, indem sie im Musikantenstadl hiesig blaudern (hdt.: Plaudern).

Und auch Angehörige der örtlichen Hoch- und Höchstkultur könnten ohne die Nürnberger Mundart nicht, oder jedenfalls nicht so schön leben (auf Erden oder schon im Dichterhimmel): Matthias Egersdörfer, Fitzgerald Kusz, Heinz Ehemann, Bernd Regenauer, Lizzy Aumeier, die Frankenbänd, Günter Stössel, Maximilian

Kerner. Dass diese mundartlich orientierten Parade-Nürnberger größtenteils Laufer, Fürther, Oberpfälzer, gar Münchner sind, gibt natürlich vielen Mundartforschern zu denken – wenn sie nicht gerade darüber nachdenken, was ein Nürnberger Dialekt ist, wo er herkommen dud und warum.

Das Ergebnis dieser Forschungen stellt sich uns häufig außerordentlich komplex dar: Der Nürnberger Dialekt ist fränkisch, aber auch wieder nicht, er scheint durchdrungen von Oberpfälzisch, aber auch wieder nicht, er ist eines Tages entstanden oder aber im Lauf der Zeit, manchmal wird er vom bayerischen Kultusmysterium gefördert, manchmal verboten, manchmal ungefähr zwischendrin. Auf jeden Fall ist der Nürnberger Dialekt während einer der zahlreichen Völkerwanderungen von Düsseldorf und drumrum aus nach Nürnberg, das es damals noch nicht gegeben hat, gewandert, wo er sich mit dem von den Hunnen westwärts transportierten Oberfälzisch feierlich vermählt hat. Ob er, der altsugambrische Dialekt, mit keinen Dativ und null Genitiv ausgestattet, damals mit den Völkern und deren Volksmund gewandert ist oder selbständig die germanischen Lande durchpflügt hat, ist auch noch nicht geklärt. Jedenfalls hat er dann an den Gestaden der Bengerz geruht, wo ihn nach erfolgter Urbanisation der hier lagernden Sandsteine der Nürnberger Mundartdichter Johann Konrad Grübel glücklicherweise aufgefunden und weiterverbreitet hat.

Sogar Johann Wolfgang von Goethe hat ihn massiv gelobt. Allerdings nur den Grübel, den Dialekt solle er, der Dialektdichter, laut Anordnung vom Geheimrat, lieber ins Hochdeutsche übersetzen, dass man ihn auch in Erlenstegen versteht. Da möchte man dem Dichterfürst für seine mutwillige Herabwürdigung des weltgewandten Nürnberger Dialektes zur mittel- bis hinterprächtigen Maul- und Klauenseuche heute noch zurufen: »Hudscheramml zullnbrunsgafflerder! Delleigglgeicher, Bfoonzernschlorchbfumbfl! Rolldidoldi!«

Herz ist Trumpf

Womöglich ist Ihnen Herr Heinrich (vulgo: Heiner) Weniger kein Begriff. Das wäre dann allerdings, man muss es so hinschreiben, eine Herzensbildungslücke, und wahrlich keine kleine. Denn es handelt sich bei jenem äußerst menschlichen Menschen um einen leider im Ruhestand befindlichen Seelsorger, der einst erst in Mühlhausen, dann in Sankt Lorenz und zuletzt in Sankt Egidien sich und uns und der Amtskirche sowie vorgeblich christlich-sozialen Herrschaftsvereinen die Leviten gelesen hat; der sich trotz Pensionierung aber immer noch um die Seelen sorgt; der sehr bedenkliche Liedertexte anfertigt und mit ihnen eine wunderbare Musik teils mit seiner Gitarre, teils mit seiner rauchigen Stimme macht; der von einer Einteilung unserer immer windiger werdenden kleinen Welt in die Kategorien »Oben« und »Unten«, »Stinkreich« und »Bettelarm« nicht viel, respektive nix hält; der ein sehr bedächtiges Schriftwerk über sein Dasein als Pfarrer (mehr evangelisch denn lutherisch) mit dem Titel »Sotto voce« (mit leiser Stimme) verfasst hat; der dem 1. FC Nürnberg sehr zugetan ist, ohne Fan(atiker) zu sein; der fließend Hochdeutsch und Fränkisch spricht; der sehr klug ist und infolgedessen niemals klugscheißt; und der – darum geht es jetzt dann gleich – im Rahmen des Vereins Egidienberg e. V. eine Nürnberger Schafkopf-Schule ins Leben gerufen hat, welche in einem Saal des Pellerhauses sehr kurzweilige Vorlesungen durchführt, nach dem Vorbild der leider nur im Volksmärchen existierenden Kartelakademie in Weinzierlein.

Die Schafkopf-Schule am Gipfel des Egidienbergs gibt es also in Wirklichkeit. Man löhnt ein kleines Entgelt, das Flüchtlingen und anderen Opfern unserer Rachgieritis zugute kommt, und beherrscht nach wenigen Stunden, einfühlsam belehrt durch Professor Heiner Weniger, die geheimnisvollen Künste eines Du, eines Wenz, eines gespaltenen Arsches, weiß Bescheid über die Funktionen eines Brunskartlers, hat Kenntnis davon, dass es sich bei vier laufenden Bauern keineswegs um ein ziemlich schwitzendes Quartett ländlicher Nordic-Walker handelt und lernt zudem einen der Kernsätze vom Heiner: »Schafkopfn ist wie das Leben«. Oder um es auf Kartl-Chinesisch zu sagen: »Aamol hoch und aamol nieder wie der Oorsch vom Onkel Frieder«.

Andere wichtige Lehrsätze oder Anleitungen zum letzlichen Erfolg lauten der Reihe nach: »Hau's naaf, die Sau, dass middn Oorsch wagggld!«, »Schmiersd nedd z'vill, schmiersd nedd z'wenich, schmiersd an Keenich!«, »Dou bruns i amol aweng hii«, »Ich hädd ans, is reechd? Mit der Bumbl!«, »Middn Aldn bisd goud g'haldn«. Und wenn man am Ende eines Spiels trotz sorgfältigster Zählung nur auf 59 Augen statt der zum Sieg notwendigen 61 kommt, pflegt der häufig hinter einem postierte Kiebitz zu zwitschern: »Korzz vuurn Abordd in die Huusn gschissn.«

Schafkopfrunden bilden also eine durchaus kulturelle, sprachpflegerische Angelegenheit und verlaufen wie folgt:

Zusammenkunft der Teilnehmer, Einpfeifung eines Bieres, Speisung, Besprechung der Welt und ihrer Zeitläufte, zwei bis drei Stunden Karteln, abschließender Kreuzbock mit Legen, Gewinn- und Verlustrechnung, finales Bier, Heimwärtswackeln vom Wirtshaus.

Bei letzterer Tätigkeit, dem Heimwärtswackeln vom Wirtshaus, fehlt seit geraumer Zeit ein wesentlicher, einst sehr heimatlicher Teilbegriff, nämlich das Wirtshaus. Völlig stadtworschd, in welchem innerstädtischen Prellerhaus du auch anklopfst, fast überall wirst du mit deinem Begehr veto-mäßig, biblisch beschieden: Kein Raum in der Herberge! Dem jetzt schon mehrfach und mit Recht lobend erwähntem Kartl-Dozent Heiner Weniger ist neulich in einem Wirtshaus im Sebalder Viertel auf sein Ersuchen nach Getränken, Abendessen und anschließendem Schafkopfn eröffnet worden: Getränke, Abendessen immer wieder gern, möglichst in Hülle und Fülle, ansonsten aber Gülle: Karteln geht auf gar keinen Fall, denn »des bassd nedd zu unseren Ambiende«. Ja Gott, wenn Wirtshäuser jetzt bei uns einen Ambiende haben dennen ...

Aber auch hier, wo die Not am größten ist, gilt wieder einmal der bekannte Sinnspruch, der da lautet »Wenn du meinst, es geht nicht mehr, kommt von irgendwo ein Lichtlein her«. In dem Fall in Gestalt des mitfühlenden Herrn Heinz Christ, Inhaber des Südstadt-Paradieses *Hummelsteiner Park* in der Kleestraße. Trotz einiger gebietsweiser Tiefdruckausläufer, die sich mit ihren Starkregengüssen ausgerechnet das Gebiet rund um die Kleestraße ausgesucht haben, hat uns der Herr Christ erstens einen Einlass gewährt, zweitens einige Grüner-Biere und drittens unterm Dach des sintflutsicheren Pavillons Schafkopfn bis zum Mondaufgang. Wir werden es dem Christ nicht vergessen. Und dem anderen sogenannten Christ, dem Bundesinnenschafkopf, zuständig unter anderem auch für Belange der Heimat, sei hiermit auf den weiteren Weg zur Erlangung der wenigstens mittleren Reife gegeben: Nehme dich, wenns'd einmal gar nicht mehr weißt, was'd machen sollst, nicht nur der weitgehend heimatlosen Schafkopfkartler an, sondern ausnahmsweise auch einmal, aus den oben genannten Kategorien, derer aus dem Bereich »Unten« respektive »Ganz unten«. Den Hungernden, Bettelarmen, Hoffnungslosen, demnächst im Mittelmeer Ertrinkenden. Nicht dass es dereinst, wenn es um dein persönliches Ankerzentrum im Jenseits geht, heißt »Korzz vuurn Abordd in die Huusn gschissn«. Weil merke: Herz is Trumpf. Kannst im Weniger seiner Nürnberger Schafkopf-Schule lernen, auch ohne Master-Plan.

Unser Saustall muss schöner werden

Wenn sich hierorts was Missliches, Unschönes, Widriges ereignet, dann fügen wir Nürnberger uns gern dem ja sowieso unentrinnbaren Schicksal und fassen es in dem Seufzer zusammen: »Sooderla, edzerdla hommer unsern Dreeg im Schächdala.« Neuerdings haben wir ihn wieder. Den Dreeg. Und zwar mitten im Schächdala, beziehungsweise im Schatzkästlein, in der Nürnberger Altstadt. Diese überraschende Feststellung haben jetzt einige Stadträte bei einem ihnen einmal jährlich zustehenden Freigang getroffen.

Dem Ergebnis der Exkursion zufolge wimmelt es hier innerhalb der Stadtmauern nicht nur von extrem bescheuerten Gebäuden, wie etwa dem Informations-Aquarium am Königstorturm, sondern auch von Kippen, Kaugummibflaadschn, Bierbechern, unzulässigen Plakatierungen, handgefertigten Inschriften aller Art, Bombombabierla, unverrottbaren Blechdosen, überquellenden Tempotaschentüchern, Stadtwurstschnerbfeln, überzähligen Bommfritz, teils mit Majo, teils mit Kedschubb, Hundehäuflein, Menschenbächlein, achtlos dahingespotzten Mundgeschossen und zahlreichen anderen Ornamentierungen, welche unsere der Spätgotik geweihte Stadt keinesfalls als Schatzkästlein ausweisen. Hat jetzt der Bodenspähtrupp der CSU nach akribischem Durchkriechen der Altstadt entdeckt. Und man muss was dagegen machen, sonst liegen demnächst die Kaugummibflaadschn meterhoch in der Stadt rum und pappen uns zu, dass wir bald dran ersticken werden.

Einer der Kippenforscher hat beim Anblick skelettierter Sardinenweckla verzweifelt in ein zufällig anwesendes Mikrofon hineingestöhnt: »Ja, da is ja seit Jahren nicht mehr sauber gemacht worden!« Zu diesem erstaunlichen Befund hätte man ihm raten mögen: »Ja, dann mach halt sauber, wennsd scho da bist!«

Aber jener magisträtische Abfalljäger ist sogleich auf eine viel bessere Idee verfallen. Und zwar BID. Dieses BID wird jetzt nicht jeder kennen, drum sei es kurz erklärt: BID heißt auf Deutsch Business Improvement District, also Geschäftsverbesserungsbereich. Auch darunter kann sich keine alte Sau – und um innerstädtische Säue geht es ja letztlich – was vorstellen. Darum eine weitere Erläuterung seitens des Wirtschaftsreferenten Fraas: »Hierbei handelt es sich um einen räumlich abgegrenzten

Bereich, in dem die Grundeigentümer sich selbst für eine bestimmte Zeit zur Finanzierung von Maßnahmen zur Aufwertung des Umfelds oder anderer gemeinsamer Interessen verpflichten.« Wer das Referenten-Chinesisch auch nicht versteht: Der Fraas hätt gern ein Money-Improvement; er macht sich also anheischig, von uns ein Geld abzukassieren. Und mit dem Geld könnte man dann in einem Gott sei Dank abgegrenzten Bereich den Dreck improven, sodass alles glänzt und gleißt und sich der Fraas darin sonnen kann.

Wenn jetzt jemand auf den abwegigen Gedanken käme, dass der Fraas vielleicht einen etwas zu nassen Hut auf hat und wir doch sowieso ansehnliche Steuerabgaben entrichten, mit denen man wenigstens alle heilige paar Jahre einen Dreck wegkehren könnte, dann hielten wir solche Gedanken zwar ihrer Natur entsprechend für bedenklich, aber insgesamt für richtig.

Jetzt sei der Ordnung halber noch darauf hingewiesen, dass der erwähnte Dreck in der Stadt keineswegs aus dem Boden wächst, sondern von uns persönlich dort abgelegt wird. Die jeweiligen Ableger bezeichnet der sauberkeitsorientierte Altstadtpassant meist als Dreegsai, ihr wegwerfliches Tun als Sauerei. Womit man aber nach neuesten Erkenntnissen der Tierforschung nicht ganz richtig liegt: Noch nie hat man in den knapp 1.000 Jahren der Stadtgeschichte Säue gesichtigt, welche Bierdosen, Kippen, Bombombabierla, Tempotaschentücher und so weiter in der Fußgängerzone auf den Boden schmeißen. Bommfritz schon gleich gar nicht. Dieses Tun ist uns städtischen Menschen vorbehalten, und zwar seit Jahrtausenden, da der Sinn unseres Lebens hauptsächlich darin besteht, 1. schöne überflüssige Sachen zu kaufen, 2. sie anschließend wegzuschmeißen und 3. weitgehend unermüdlich an dem Ast zu sägen, auf dem wir sitzen und dahindämmern. Und manchmal, wenn wir wie der erwähnte städtische Stoßtrupp Freigang haben, entdecken wir es, um es dann zwei Wochen später wieder zu vergessen. Und abschließend möchten wir uns eingedenk unserer sisyphusartigen Drecksarbeit auf Erden und in der Altstadt erdreisten, dem Wirtschaftsreferenten noch folgende Lösung anzudienen: Wenn wo seit Jahren, wie jetzt investigativ erforscht, nicht mehr sauber gemacht worden ist, dann könnte man doch die Möglichkeit ins Auge fassen, wieder einmal sauber zu machen. Und zwar mittels sogenannter Straßenkehrer. Diese, geschweige denn deren Funktion, wird der Fraas nicht kennen: Sie kehren, ebenfalls im Rahmen ihres Business Improvement Districts – die Straßen. Gemäß unserer Erinnerung ziemlich sauber.

Das Stangengässlein

Des einstigen Deutschen Reiches ebenfalls einstiges Schatzkästlein hat ja gemäß dem Urteil vieler Einwohner inzwischen keinesfalls mehr den Status eines Schatzkästleins, was immer das sein mag, sondern eher den eines immens großen Schrott-, Schutt- und Dreckhaufens. Vom Schatzkästlein bis hin zum heutigen sogenannten Dreeg im Schächdala war es sicherlich ein sehr mühseliger und beladener Weg.

Dazu muss man vielleicht wissen, dass die Einstufung als bestes Drecksloch Bayerns weitestgehend auf dem

Fachwissen jener Bewohner fußt, die unter großen Mühen nahezu täglich, nicht selten sogar nächtlich große Mengen Bierdosen, Kippen, auszullte Kaugummibflaadschn, Kaffeebecher, Pfandflaschen aller Art, Essensreste bis hin zum nahezu komplett erhaltenen Döner, Bratworschd-, Schnitzel- oder Sardinaweggla, in allen Ehren verrostete Fahrräder, gut gefüllte Plastiktüten, verschwitzte Unterwäschereste, Apfelbuudzn, Bananenschalen und entlaufene E-Scooter in die Fußgängerzonen schleppen, sich dadurch in vorbildlicher Weise daheim die Müllgebühren sparen und zusätzlich ihr ansehnliches Scherflein, wenn nicht sogar Scherf, zur Erhaltung der Artenvielfalt der innerstädtischen Fauna, also den hier beheimateten Radzn, beitragen.

Jene Scherflein oder Scherfe bestehen neben dem erwähnten Dreeg sogar noch, wenn es ganz günstig läuft, in diesem oder jenem stillen Hauseingang aus oft kunstvoll selbst gedrechselten exkrementalen Hinterlassenschaften, teils in liquider, teils in illiquider, fester Machart.

Einen der besten, ständig bestückten städtischen Wildfutterplätze bildet das Stangengässlein in der Lorenzer Altstadt. Dieses Stangengässlein nimmt seinen Weg vom Hintereingang des Karstadt-Kaufhauses in der Adlerstraße über gut unbeleuchtete Stiegen hinunter in die Lorenzer U-Bahn-Höhle und ist historisch nicht vollständig erforscht. Nürnbergs Stadtarchivar Michael Diefenbacher erwähnt es zwar kurz in seinem *Lexikon der Nürnberger Straßennamen*, hat aber nur eruiert, dass es 1877 erstmals urkundlich erwähnt und höchstwahrscheinlich nach der Stange benannt worden ist. Ob nach der Fahnenstange, Bohnenstange oder aber nach der Stange Wasser, die man dort gern einmal abstellt, ist wissenschaftlich nicht gesichert.

Ich kann zur Angelegenheit Stangengässlein höchstens noch beitragen, dass es seit vielen Jahrzehnten regelmäßig einmal pro Dezennium bei einigen Stadtverwesern, Abteilung Unrathaus, große Aufmerksamkeit erregt. Erst vor Kurzem, als wieder einmal zehn Jahre seit der letzten Aufmerksamkeit wie im Flug verstrichen waren, war es erneut Gegenstand erregter Erörterungen.

Im Zug dieser Erörterungen werden gelegentlich auch Maßnahmen ergriffen. Einmal hat man die Schluchten des Stangengässleins komplett weiß anmalen lassen, einmal sind die dort stalaktivenhaft herabhängenden Glühbirnen tatsächlich vollständig zum Glühen gebracht worden, für kurze Augenblicke, einmal hat man am letzten Absatz einen wunderschönen riesigen Spiegel anbringen lassen. Warum, weiß niemand; vielleicht dafür, dass der jeweilige Urinator sich und seine Sprinkleranlage auf das Genaueste beobachten und dadurch die doppelte Freude genießen kann.

Auf die ca. vierzigjährige Stangengässleinproblematik bin ich dieser Tage eher zufällig gestoßen, indem ich trotz meines schon vor längerer Zeit erfolgten Schwures, bei dem medial übermittelten Wörtchen »Trump« sofort die Zeitung weiterzublättern oder den Fernseher zum Fenster hinauszuschmeißen, aus Versehen einen womöglich frei erfundenen Artikel über den amerikanischen Dregröfaz (drittgrößter Feldherr aller Zeiten nach Napoleon I. und Adolf dem hoffentlich Letzten) gelesen hab. Er möchte, hat es da geheißen, aus strategischen Gründen und wegen der schönen Bodenschätze umgehend das zu Dänemark gehörende Grönland käuflich erwerben. Wenn er es wider Erwarten nicht kriegt, scheppert es im Karddong. Und schon hat es gescheppert. Seit dem abschlägigen Bescheid spricht der bekannte Multilinguist und Wortakrobat Donald der Reizbare kein Wort Dänisch mehr.

Jetzt war es natürlich äußerst unüberlegt von den Dänen, dass sie ihm ihr bisschen Grönland nicht verscherbelt haben; und durch diese furchtbare dänische Kurzschlusshandlung haben wir wiederum, ähnlich wie in Nürnberg, unsern Dreeg im Schächdala: Noch so eine Abfuhr, und der Donald platzt vor Wut, eventuell atombombenartig. Und da habe ich mir gedacht – bevor es noch einmal scheppert – verkaufen wir dem Immobilien-Mufti aus Waschingdon halt unser Stangengässlein, für zwei Euro fuchzich ungefähr. Oben in der Adlerstraße und unten in der Kaiserstreet hängen wir je eine Fahne mit Stars and Straps an die Stange, an beiden Stangengässleingrenzen installieren wir je einen mexikanischen, möglichst starkstromdurchflossenen Stahlzaun, und dazu gesellen sich eine Scharfschützenkompanie ausschließlich hellhäutiger Dschie Eis, MG-Stand, Bodenminen, aber natürlich nicht die ursprünglichen selbst gepressten, zwei Silvestermittelstreckenraketen, U-Boote in der Bengerz – dann ist der Trump bratwurstbesenftigt, die Nürnberger Dreeg-Inspekteure haben ihre Ruh und, Herrschaften, Obacht, gell: dann hat es sich aber endgültig and for ever ausbroonst im 51. US-Staat Stangengässline!

Spinnt der Oberbürgermeister gwiss aweng?!

Bei allem Respekt – manchmal ist der Maly ein richtiger Grawall-Gobel. Erst letztes Jahr hat er unter den ihm anvertrauten Nürnbergern und teilweise auch -innen eine derartige Panik angezettelt, dass es in einem Fall sogar zur Androhung von Handgreiflichkeiten gekommen ist. Und zwar mit der Einlassung eines zu recht sehr aufgebrachten Bürgers, der an der Einmündung der Theresienstraße in den Rathausplatz zum womöglich geöffneten Dienstfenster im 1. Stock folgende Worte hinaufgeschalmeit hat: »Fei obacht, Herr Oberberchermasder! A Bäggla Schelln is glei aafgmachd, gell!«

Was war geschehen? Es ist schnell erzählt – jener Herr Oberbürgermeister Maly hatte kurz nach dem Jahreswechsel angesichts einiger weniger Tonnen gezündeter Knallkörper allen Ernstes vorgeschlagen, die Bürgerschaft möge ihren Dreeg selber wieder zammkehren. Gut, jetzt ist die In-Aussicht-Stellung auf ein Bäggla Schelln vielleicht nicht ganz der richtige Umgangston mit einem hiesigen Lord Mayor, aber wie heißt ein gern genommener Satz in diesen jetzigen Zeiten: Fragen wird man schon noch dürfen, oder?

Also fragen wird man schon noch dürfen, ob der Herr Oberbürgermeister zu jener Stunde seiner befremdlichen Äußerung vielleicht noch unter der Einwirkung eines amtlicherseits eingepfiffenen Proseccos gelitten hat und infolgedessen nicht mehr Herr seiner Sinne und seiner aus ihm sehr unbedacht herausprudelnden Worte war. Unsern Dreeg selber zammräumen! So weit kommt's noch! Erstens einmal war es kein Dreeg, der damals an Neujahr die Straßen und Gässlein und Dächlein der Stadt malerisch ornamentiert hat, sondern es hat sich vielmehr um lediglich 50 Tonnen ehemalige China-Kracher, Kanonenschläge, Pfeifraketen, Vollheuler, Headbangers und andere wunderbare Luftangriffsmittel gehandelt, deren zig Millionen Kosten wir uns förmlich vom später dann schwerverwundeten Mund abgespart haben. Zweitens vertreten wir allerwall immer noch die These von der freien Himmelfahrt für freie Bürger. Und wenn drittens nach dieser Himmelfahrt ein bissla was auf den Straßen liegen bleibt – warum und vor allem wie sollen wir es denn selber wieder wegräumen? Kein Mensch weiß doch mehr, ob die in Schweinau niedergegangene, an den Dritten Weltkrieg gemahnende Zehnfach-Leuchtbombe von ihm selber oder von jemand ganz anderem gezündet worden ist! Soll er dann gwiss an Neujahr schweren Kopfes und schwankenden Schrittes nach Schweinau naushaadschn und was zammräumen, was er eventuell gar nicht abgeschossen hat?!

Und jetzt kommt's noch schlimmer: Die unbedachten Worte vom Oberbürgermeister machen schon Schule! Neulich bin ich eigenen Fußes durch die Karolinenstraße lustwandelt, wo sich manchmal Bäume befinden. Und um die Bäume rum Bänke und unter den Bänken schmiedeeiserne Gitterroste, die unter sich unglaubliche Schätze behüten – also für den Fall, dass man Nebenerwerbs-Kippensammler ist. Tausende und Abertausende sogenannte Hugos, Zigarettenstummel, bieten sich dort zur freundlichen Entnahme an. Vorausgesetzt, man hat ziemlich dünne Finger. Jedenfalls ein sehr schöner Anblick. Und was spricht da plötzlich ein neben mir sitzender, entsetzt nach unten blickender mutmaßlicher Nichtraucher vollkommen ungefragt zu mir? Ähnliche Worte wie sein geistiger Rädelsführer, der Maly. Also er

spricht: »Wos sin mir Menschen doch fiir Dreegsai?!«
Sehr bedenkliche Worte, denn zum einen soll er bloß
Obacht geben, dass er nicht von einer herkömmlichen
Dreegsau, einem Schwein, wegen grob beleidigendem
Vergleich mit Menschen strafrechtlich verfolgt wird. Und
zum anderen: Was bleibt einem Raucher denn anderes
übrig, als seinen Stumpen in den Gitterrost einzutau-
chen? Nix! Der für den Kippeneinwurf gedachte Abfall-
behälter steht gut und gern eineinhalb Meter entfernt
von jener Raucherbank in der Karolinenstraße.

Soll jetzt gwiss ein im verdienten Bleschen seines
Mittagszigarettleins befindlicher Herr mühselig seinen
Hinterschinken lüpfen, schwer schnaufend und ächzend
sich eineinhalb Meter bis zu dem Abfallkasten schleppen, unter Einhaltung aller Brandschutzvorschriften die
Glut löschen und dann auch noch die Kippe im Abfall-
behälter versenken? Man bedenke allein einmal den
Abstand zum städtischen Mistkübel – eineinhalb Meter!
Das sind 1.500 Millimeter! In Worten: Eintausendfünf-
hundert! Jetzt geh bloß einmal davon aus, dass dort täglich 10.000 Zigaretten ihrer Bestimmung entgegengehen,
nämlich dass sie rauchverzehrt werden. Dann wären das
nach Adam Riese oder einem seiner Nachfolger 15 Millionen Millimeter, die wir zurücklegen müssten! Gerade
wir Raucher sind doch keine Marathonläufer!

Und das ist ja leider immer noch nicht alles, was der
Maly mit seiner aufwiegelnden Bemerkung zur Selbst-
entfernung der Dreeghaufen in der Stadt angestoßen hat.
Man denke an das vor ein paar Wochen stattgefunden
habende Schwermetallkonzert am Dutzendteich. In nur
drei Tagen 300 Tonnen Abfall. Da sagt der Fachmann:
Des tritt si fest. Und nur der Laie wundert sich, warum
80.000 menschliche Grashupfer jedes Jahr ein sehr

schönes Mobiliar mitbringen, vom Vier-Mann-Zelt über Daunendecken, Sofas, Stühle, faltbare Küchenbüffets bis hin zu einigen Bierleichen und vollbrunsten Limoflaschen – und es dann nicht wieder mit heimnehmen. Die Antwort, mein Kind, weiß allein der Wind. Und ich. Sie haben es nicht wegräumen können, weil sie nämlich noch in der Nacht vom Sonntag auf Montag in aller Eile ohne Mitnahme ihrer Habfröhlichkeiten aufbrechen haben müssen. Zu einer Kundgebung anderntags mit dem Thema: »Schluss mit dem Plastikmüll – rettet die Weltmeere!« Und der Dutzendteich, das weiß jeder Depp, ist kein Weltmeer. Ahoi!

Verschönerung vom Adolf seinem Schuttberg

Gott sei Dank quält mich meistens nix und niemand, höchstens dann und wann einmal ein der sofortigen Löschung harrender Durst. Aber seit gestern quält mich eine Frage nahezu tantalusartig, und zwar: Was ist los mit der Nürnberger Stadtkasse, von der ich bisher immer dahingehend informiert war, dass sie deutlich weniger als nichts enthält, also ungefähr zwei Milliarden Miese? Und jetzt? Ist es, das gähnend überleere städtische Zigarrnkistla, von einem Geld-Tsunami geflutet worden, hat der Harry Riedel, unser Kämmerer, im Lotto gewonnen oder hat der Söder aus Versehen sein landesväterliches, der Stadt Nürnberg schon öfter sehr geneigtes Füllhorn im Rathaus liegen lassen? Weil Folgendes: Seit Jahren erschüttern gravierende Diskussionen die Stadt bezüglich einer sorgfältigen Restaurierung und Entbröckelung eines ansehnlichen Steinhaufens gleich hinterm Dutzendteich, auch Zeppelintribüne genannt. Wie man weiß, fällt sie in Bälde um oder kracht zamm, es sei denn, man hat siebzig oder achtzig oder vielleicht auch hundert Millionen Euro übrig, um sie wieder aufzumörteln. Mit minus zwei Milliarden Euro ein schwer zu lösendes Unterfangen, oder?

Aber ob Sie es jetzt glauben oder nicht: Neulich, höchstwahrscheinlich mitten in einer mondlosen Nacht und infolgedessen von jedweder Öffentlichkeit unbemerkt, haben einige städtische Bedienstete heimlich, still und leise mit den Instandsetzungsarbeiten des auch Nazi-Tribüne genannten, ursprünglich mit einem Haltbarkeitszertifikat von tausend Jahren versehenen Bauwerks begonnen – in Höhe der einstigen Adolf Schicklgruber-Gedächtniskanzel, an der dahinter befindlichen Granitwand. Dort haben bislang unbekannte Graffiteure im Juli 2018 mutmaßlich ebenfalls im Schutz der Nacht zwei Inschriften angebracht, die ich seinerzeit verhältnismäßig schonungslos gegeißelt habe. Links von der Schicklgruber-Kanzel ist damals gestanden »Nie wieder Krieg«, rechts »Nie wieder NSU«.

Inhalt und tiefere Bedeutung des Wortes Krieg ist einigermaßen bekannt, bei NSU handelt es sich (wie bereits berichtet) mitnichten um eine ehemalige, auch am dortigen Norisring gut bekannte Motorradmarke, sondern um den Nationalsozialistischen Untergrund. Das städtische Allzweck-Unternehmen SÖR hat damals bekannt gegeben, man werde die beiden schriftlichen Appelle »in der nächsten Woche« fachkundig entfernen. Nächste Wochen – das weiß jeder, der sich mit der Zeit ein bisschen auskennt – nächste Wochen kommen und gehen und münden wieder und immer wieder in erneute nächste Wochen, sodass die zwei Forderungen »Nie wieder Krieg« und »Nie wieder NSU« bereits an die fünfzehn nächste Wochen überstanden und, wie man sich denken kann, zur weiteren Baufälligkeit der Nazitribüne massiv beigetragen haben.

Und da haben das Hochbauamt oder der Kämmerer oder gar der Oberbürgermeister es nicht mehr mit anschauen können und in den erwähnten, wie auch immer entstandenen Geldschatz gegriffen, 2 Euro 95 für eine Familienflasche Meister Proper abgezweigt und die Inschriften der vollkommenen Unkenntlichkeit zugeführt. Dabei hat es aber das ausführende Organ SÖR (Servicebetriebe Öffentliches Radieren) keineswegs bewenden lassen. Mit weiteren finanziellen Zuwendungen in Höhe von 19,95 Euro pro Kübel haben die Übertüncher ca. 50 Liter Alpina-Weiß und Zartrosa beim OBI in der Regensburger Straße organisiert und zahlreiche, von den Buchstaben schwer geätzte Granitfurnierplatten sorgfältigst überpinselt. Natürlich mit dem Hintergedanken, dass diese bekanntlich sehr zähen und haftbaren Farben die bepinselten Platten ähnlich fest zusammenhalten wie Tapeten ein altes, baufälliges Haus. Folglich ist nunmehr ein durchaus beachtlicher Teil der Nazi-Tribüne durchaus preiswert restauriert, sodass man weiteren tausend Jahren sehr gelassen entgegenblicken kann. Und zusätzlich haben die Servicebetriebe Öffentliches Radieren mit ihrem Pinseleinfall der Stadt Nürnberg noch einen weiteren nicht zu unterschätzenden erzieherischen Dienst erwiesen. Man führe sich nur vor Augen, so man welche hat, dass dieser jetzt wenigstens teilrestaurierte Steinbruch jährlich von Hunderttausenden von Besuchern teils besichtigt, teils auch inbrünstig verehrt wird; von den weiteren hunderttausend Motor-sportfreunden des Norisring-Rennens ganz zu schweigen. Eines Tages wären es vielleicht Millionen und Abermillionen, in deren Gemüt und womöglich auch noch Hirn sich diese beiden Sätze förmlich hineinbohren, sodass sie auf einmal überzeugt sind, es wäre bei uns und im Rest der Welt ohne nationalsozialistischen Untergrund und ohne Krieg irgendwie ein bisschen schöner, lebenswerter. Und der Schreiber jener Zeilen habe eventuell recht. Ja, wo kämen wir denn da hin?! Habe ich jetzt auch einen guten, im städtischen Graffiti-Wesen einigermaßen bewanderten Freund gefragt: Wo kämen wir da hin? »Am besten«, hat er geantwortet, »käme man noch einmal zum Dutzendteich hin, am kommenden Mittwoch, 7. November.« Da sei nämlich wieder einmal Neumond und es herrsche da draußen in der Nazi-Wüste dann eine zufriedenstellende Finsternis, sodass man es auf den inzwischen alpinweiß und zartrosa bemalten Bruchsteinplatten sehr schön lesen könne, wenn man es wieder hinschreibt: »Nie wieder Krieg« und »Nie wieder NSU«. Ja, hab ich mir gedacht, so sollte man es machen.

Der braune Dichternachbar

Eine Nachbarschaft kann schön und sehr wohltuend sein, aber auch ganz im Gegenteil. Erstens. Und zweitens ist es noch die Frage, ob Straßennamenschilder unter ihrer Emailleschicht überhaupt Empfindungen beherbergen betreffs einer wie auch immer gearteten Nachbarschaft mit einem anderen Straßennamenschild, denn Empfindungen setzen ja eine Anwesenheit von Geist voraus; im vorliegenden Fall nicht nur den etwaigen Geist eines Blechschildes, sondern vor allem den des Verkehrsausschusses des Stadtrats zu Nürnberg.

Dieser hat vor einiger Zeit beschlossen, ungefähr hundert Meter der bisherigen Johann-Priem-Straße nach dem 2013 verstorbenen Vorsitzenden der jüdischen Gemeinde in Nürnberg, Arno Hamburger, umzubenennen. Nach jenem Arno Hamburger, der als fünfzehnjähriger Bub vor Nürnbergs oberstem Judenhetzer Streicher nach Palästina geflüchtet war, dessen Verwandte in Hitlers Konzentrationslagern ermordet wurden und dessen Eltern nur wie durch ein Wunder die Schoah überlebt hatten. Gut versteckt in einer Hütte am Nürnberger Judenfriedhof in Schniegling.

Und jetzt also die Sache mit der Nachbarschaft: Gerade einmal einen Katzensprung entfernt von dem Arno-Hamburger-Sträßlein zieht eine Wegspur stolz, erhaben und sauber asphaltiert ihre Bahn, welche ebenfalls vom Verkehrsausschuss vor vielen Jahren auf den vielfach unverstandenen Namen Pausalastraße feierlich getauft worden ist. Was sich hinter dem seltsam klingendem Wort Pausala verbirgt, ist scheint's unter dem erwähnten Asphalt sehr gut und für lange Zeit vor Nachforschungen geschützt. Eventuell tausend Jahre lang.

Es sei denn, man lenkt seine Schritte in das Nürnberger Dokumentationszentrum am Dutzendteich, wo immer wieder einmal ein Buch zur Besichtigung und zur Lektüre ausgestellt wird, eines davon mit dem anmutigen Titel *Festtage im lieben alten Nürnberg*. Untertitel: *Heitere und beschauliche Verse von Pausala.*

Bei jenem Pausala handelt es sich um einen Nürnberger, sagen wir, Dichter namens Paul Rieß, der unter
dem Künstlernamen »Pausala« wirkte. Sein »liebes altes
Nürnberg« war für ihn in allererster Linie die Stadt Strei-
chers, Hitlers weitgehend judenfreie Lieblingsstadt, die
Stadt der Reichsparteitage. Über sie hat er unter anderem
wie folgt gedichtet: »Kunstsinn war mit Schaffensfreude,/
Wissensdrang mit Fleiß gepaart,/Heimatliebe, Heimat-
treue/Blühten hier in seltner Art,/Und so mußte auch zur
Hegung/Für die Hitlersche Bewegung/Nürnbergs Boden
günstig sein./Streicher sorgte für's Gedeihn.« Und weiter
dichtet der Namenspatron der Pausalastraße: »Durch
die Straßen Hitler-Fahnen/Und die Massen packt ein
Ahnen,/Und der Sieg des Glaubens triumphierte,/Und
ein morsch gewordnes System krepierte!/Nürnberg aber
ward für wackres Streiten/Reichsparteitagsstadt auf alle
Zeiten.«

Und bereits im Jahr 1934, als man den Neptunbrunnen am Hauptmarkt wegen seines jüdischen Stifters Ludwig Gerngros des Adolf-Hitler-Platzes verwiesen hat,
ist Herr Pausala, dieses Mal im Dialekt, in den nur ganz
leicht holpernden, dennoch kulturell sehr wertvollen
Jubel ausgebrochen: »Als Wasserratz dou häitt er paßt/In
Stadtparkweiher naus,/Die Rosenau häitt für na taugt,/
Der Töirgartn ah draus./Doch naa – er hout si frech und
dreist/Nouch echta Judenoart/Ins Zentrum af'n Haupt-
mark g'hockt/Und hout dort zeigt sein Boart./Oeiz ower
hout er kröigt sein Paß/Und koh af's Wandern göih.«

Klar, 1957, im Jahr der Einweihung der Pausalastraße,
hat ein Verkehrsausschuss im Nürnberger Stadtrat nicht
den Hauch einer Ahnung haben können, dass es hierorts
einmal einen sogenannten Nationalsozialismus samt seinen Jubelschreibern gegeben hat. Auch kann ja ein Nati-

onalsozialismus, wie die Geschichte lehrt, immer wieder einmal kommen, und dann ist es natürlich gut, wenn man schon einmal ein paar einschlägige Straßennamen vorweisen kann. Jahrzehnte später hat es einigen ganz wenigen Stadträten dann aber geschwant, dass man – für den Fall eines Nichtwiedererscheinens des Nationalsozialismus – einen dichtenden Rassisten besser nicht mittels der größten Ehrung, die die Stadt posthum verleihen kann, auf den Sockel, beziehungsweise einen Schilderpfosten montiert. Aber der Antrag auf die Umbenennung der Pausalastraße ist mehrheitlich verworfen worden.

Und wie sich jetzt das Arno-Hamburger-Straßenschild in allernächster Nachbarschaft der Pausala-Straße fühlt? Ich nehme an: Ziemlich beschissen. Und nur für den Fall, dass der Verkehrsausschuss des Nürnberger Stadtrates aufgrund von ca. einen Zentimeter Hornhaut auf dem Fingerspitzengefühl keinerlei Skrupel in sich verspürt, empfehlen wir einen Betriebsausflug zum Dokumentationszentrum. Vom Rathaus zu Fuß bis U-Bahnhof Lorenzkirche, mit der U1 bis Hauptbahnhof, umsteigen in die Straßenbahnlinie 9. Fahrten mit den öffentlichen Verkehrsmitteln und der Eintritt im Doku-Zentrum sind für Stadträte kostenlos. Und bei der Bewerbung Nürnbergs als europäische Kulturbeutelmetropole die Pausalastraße nicht vergessen, gell. Nur suu göihts, nur suu triumphiert der Sieg des Glaubens.

Das Kleeblatt hoch und Färdd bleibt Färdd

Das weiß jeder dahergelaufene Stadt- und Landvermesser: Fürth ist von Nürnberg ziemlich exakt null Millimeter entfernt. Und Nürnberg von Fürth auch. Auf der Karte. In nicht wenigen, vor allem Nürnberger Köpfen kommt man gern zu ganz anderen Vermessungen. Da liegt Fürth, von Nürnberg aus gesehen, wenn überhaupt im Universum, dann höchstens hinterm Mond. Nürnberg wiederum bildet für den eingefleischten Gustavstraßen-Flaneur einen aufgeblasenen Windbeutel, einen Großkopf mit viel heißer Luft als Füllung. Manchmal, vor allem bei Fußballauseinandersetzungen, möchte man es als leibhaftiger Nürnberger fast glauben müssen – und dem harten Kern unserer rotschwarzen Hohligans dringend ein Familien-Bäggla Antiidioticum empfehlen für ihre chronische Hirnhöhlenvereiterung.

Aber wurscht, ob im Fußball, im Straßenverkehr, in der U-Bahn, im Wirtshaus, im Dialekt oder im Denken – seit es die zwei Städte gibt (Fürth zum Leidwesen der Nürnberger ein paar Jahrzehnte länger), gibt es auch die schärfste Demarkationslinie, die man sich zwischen zwei zusammengewachsenen Gemeinwesen vorstellen kann: Die geheimnisumwitterte Stadtgrenze. Heute vor genau 90 Jahren hätte sie sich in Luft auflösen sollen: Am 22. Januar 1922 sind 33.485 Wahlberechtigte der insgesamt damals rund 73.000 Fürther vor den Stimmzettelkästen Schlange gestanden, um über die vom Stadtrat schon ein Jahr zuvor mit großer Mehrheit beschlossene Eigenständigkeit ihrer Stadt endgültig abzustimmen. Damals, im Gegensatz zu den fast tausendjährigen und bis heute währenden Frotzeleien, Despektierlichkeiten und feindseligen Blödheiten, aus durchaus nachvollziehbaren, wahrlich rationalen Überlegungen. Die neue Großstadt Nürnberg-Fürth hätte mit vereinter Wirtschaftskraft der auch immer wieder gern geschmähten Metropole München tapfer und womöglich sogar erfolgreich trotzen sollen.

Aber die Fürther haben ihrem stromlinienförmigen Stadtrat was gehustet. Nach wochenlangen Propagandazügen rund um die Fürther Freiheit – vornweg der Pfarrer und Stadtrat Paul Fronmüller (1864–1945) und sein Heimatverein *Treu Fürth* – endete die Volksabstimmung desaströs für die Städtevereiniger: Treu Fürth siegte gegen Groß-Nürnberg haushoch – mit 21.684 zu 11.801 Stimmen. Und seitdem gilt das grünweiße Glaubensbekenntnis: Das Kleeblatt hoch, und Färdd bleibt Färdd!

Vermutlich gilt der Kleeblatt-Schwur bis in alle Ewigkeit, falls vorher nicht doch einmal jemand dahinterkommt, dass hier wie dort Menschen leben, und zwar ziemlich gleichartige; auf der einen Seite der Stadtgrenze manchmal ein bisschen großkobferd bis arrogant (eine Unterabteilung von doof), auf der anderen Seite manchmal ein bisschen kleinmütig und mumbflerd.

Wer indes grenzüberschreitenden Befindlichkeiten auf die Spur kommen möchte, der beißt zum Beispiel beim Fürther Oberbürgermeister Thomas Jung auf Sandstein. Wie ich ihn seinerzeit beim Fürther Stadtjubiläum extrem devot, dezent, praktisch von unten nach oben und wunderbar formuliert gefragt habe »Fürth ist älter als Nürnberg, Fürth hatte viel früher einen Flughafen, die Fürther gelten als deutlich toleranter im Vergleich zu ihren Nachbarn, hier werden und wurden die Spielwaren produziert, für die Nürnberg berühmt geworden ist – warum sind wir Nürnberger auch heute noch so schlecht zu sprechen auf alles, was aus Fürth kommt?« – da hat der Jung nicht minder wunderbar formuliert, aber kurz und bündig und mit Recht geantwortet: »Da müssen Sie sich schon selber fragen.«

Ein Selbst-Interview über die seltsamste aller heurigen Jubiläumsfeiern wäre aber 1. nicht nur ein Novum im Zeitungswesen, sondern 2. auch ein ziemlicher Krampf. Da trifft man sich dann schon lieber mit einem, der den Luxusproblemfall Nürnberg-Fürther Ein- und Zwietracht von allen Seiten kennt: Von oben und von unten, von vorn und hinten, von Westen nach Osten und jeweils umgekehrt. Günter Stössel also, Liederdichter, Bücherschreiber, Gitarren-Virtuose, Radio-Plauderer, Beherrscher zweier Dialekte und Nürnberg-Fürther Zwietracht-Forscher. In Nürnberg geboren, in Fürth aufgewachsen und zur Schule gegangen, in Nürnberg als diplomierter Maschinenbau-Ingenieur studiert, in der Nürnberger Nordstadt lebend, nicht selten beseelt von einer Sehnsucht namens Heimweh, wahrscheinlich nach Fürth. Wo er sich daheim fühlt, in Fürth oder in Nürnberg? »Des«, sagt der Stössel, »möcht ich auch gern wissen.« Vermutlich kann man zwei Heimaten haben. Und über die hat der Nürnberg-Fürther Poet (schon vor über 20 Jahren, aber immer noch gültig und im Handel erhältlich) sein umfangreichstes Werk geschrieben: *Nürnberg bei Fürth – eine städtegeschichtliche Zoff-Sammlung.*

In ihm hat er aus städtischen Archiven, aus Veröffentlichungen von Historikern, Heimatforschern und Politikern alles zusammengetragen, was es zum Spannungsverhältnis zwischen den zwei Nachbarstädten gibt. Wissenschaftler nennen so ein Spannungsverhältnis Ethnozentrismus (deutsch: Hirnverbrennungen 1. Grades), Günter Stössel sagt es so: »Ich glaube, es ist eine

Hassliebe. Mit Vernunft hat es sicherlich nix zu tun. Vernünftig – das erschließt sich aus den Stellungnahmen damaliger Stadtpolitiker aus Fürth und aus Nürnberg – vernünftig wäre damals, 1922, sicherlich ein Zusammenschluss gewesen. Aber die Fürther haben es nicht gewollt. Und den Nürnbergern war es wurscht.«

Hassliebe. Die Liebe zwischen Fürthern und Nürnbergern kommt wahrscheinlich gelegentlich vor, der Hass, wünscht sich Günter Stössel, könnte jetzt schon langsam seine Koffer packen. »Er hat seine Wurzeln in den unseligsten Zeiten beider Städte. Wie nach der letzten großen Judenvertreibung in Nürnberg 1498 sich kein einziger Jude mehr in Nürnberg aufhalten hat dürfen, und Fürth für die Ausgestoßenen ein stets offener Zufluchtsort geworden ist. Da ist der Hass auf das ›fränkische Jerusalem‹ entstanden.« Mit langer Haltbarkeitsdauer – womöglich bis ins Jahr 1940, als Nürnbergs Nazi-OB Willy Liebel die Nachbarstadt im geheimen Handstreich schon wieder eingemeinden wollte. Ein Herr Hitler – ausgerechnet – hat Liebels Übernahmepläne verhindert.

»Dass das alles«, sagt Günter Stössel, »heute noch eine Rolle spielt im Verhältnis der Fürther und der Nürnberger, möchte man fast nicht glauben. Genau so, wie man nicht glauben möchte, dass es bei uns noch Nazis gibt.«

Wie der Grenzgänger Günter Stössel die Städtefreund- und feindschaft zwischen Muggenhof und Espan, zwischen Bengerz und Gaggerlasquelln, zwischen Gostenhof und Fürther Südstadt, zwischen Goonsberch und Burgberg heute, zum Eingemeindungsversuchsjubiläum, einordnet? »Fürth ist und bleibt ein interessanter und liebenswerter Nachbar von Nürnberg. Und solang die aus Fürth stammenden, in Nürnberg lebenden und arbeitenden Persönlichkeiten aus Wirtschaft, Kultur und Politik nicht aus der Stadt gewiesen werden, ist ja alles in Ordnung. Das bisschen Nürnberger Frotzelei wird man auch in Zukunft ertragen können – und müssen.« Und wir Nürnberger Burgherrn das bisschen Frotzelei aus Fürth, wie zum Beispiel die: »Die Närmbercher hom ja nerblouß desweeng einen Burchberch, wall mir Färdder Jahrhunderte lang immer affn selb'n Haufn gschissn hom.« Ertragen wir Nürnberger heutzutage ohne Weiteres. Hoch- beziehungsweise großmütig, wie wir sind.

Die Prinzessin auf der Knallerbse und andere Hohlheiten

Also des is ja scho zimmli lang her, und eingli soll mer nedd dauernd nachkarddln – obber des mouß amol gsachd wern: Des woor anner der größten Fehler in der deutschen Geschichte, dass mer seinerzeit die Monarchie abgschaffd hodd. Und edzer – suu wäis momendan ausschaud – edzer bfeifds woohrscheins aa nu in Geldadel wech. Nou hommer ja ball goor kanne mehr, zu denni wou mir ehrfurchtsvoll aufschauer und unsern dreifach eingesprungenen Hofknicks machen kenner. Nerblouß nu Germany's next Topf-Model. Und in Närmberch Ihro Hohlheit Tatjana I., unser Prinzessin aff der Gnallerbse. Und däi is aa scho längsd nach Berlin abgwandert.

Obber Freunde des Blauen Blutes und der Kichererbsen-Monarchie – es gibt ja widder Hoffnung! Ich sooch blouß: Aischgründer Karpfen-Königin, Baiersdorfer Meerrettich-Prinzessin, Merkendorfer Sauerkraut-Köni-

gin! Stammer alle fei aus uralten fränkischen Odelsge-
schlechtern! Wou däi Durchlauchten edzer jeeds Jahr
frisch aus die Furchn gschdambfd wern, wass i aa nedd.
Obber irchendwie homs die fast 100 Jahr kaiser- und
prinzessinnenlose, die schreckliche Zeit überstanden (die
Kartoffelkönigin woohrscheins im Keller), und edzer sins
zimmlich geballt endlich widder da. Die Kulmbacher
Bierkönigin, Spalter Hopfenkönigin, Spargelkönigin, die
Kürbiskönigin, die Fußpilzkönigin vom Steckerlaswald,
150 Weinköniginnen, Nämbercher Glühweinkönigin,
die Schnaps-Germania, die Bumbermaßen-Königin, Ihre
Durchschnittlaucht die Wetzendorfer Suppengrün-Prin-
zessin und wäis der Reiher nouch alle hassn.

Noch im vurichn Jahrhundert, im Jahr 1931, hodds
in ganz Deutschland – moußder amol vuurschdelln,
wennsders konnsd – hodds nerblouß eine einziche Wein-
königin geem! Des mouß ja fast su furchtbar, suu trostlos
gween sei wäi 1918, wous in Kaiser und die Kaiserin
abgschaffd hom. Also in suu anner Zeit ohne Hohlheiten
hädd ich nicht leben wolln.

Haid dergeeng hodd jeder Bodenschatz, jedes Erd-
vorkommen seine Herrscherin. Worschd ob Brennessel,
Schwarzwurzl, Reengwurm, Maulwurf odder Feldsalat –
für alles hom mir eine Prinzessin, fiir jeeds fränkische
Weinbeerla a Königin. In der Kleingarten-Kolonie *Rote
Rübe* sugoor die Quecken-Queen.

Und auch im männlichen Adelswesen schaut's goornedd amol suu schlecht aus. Dou hommer zum Beispiel middn Uli Hoeneß in Närmbercher Bratworschd-
Könich, in der Südstadt in Fisch-Papst. Also der hodd
suu g'hassn, Papst. In Zahnarzt Dr. Müller, in Kronen-
prinz. Und in Bamberg in Erdbeer-Schorsch, bekannt
auch als Erzbischof. Und in die Sumpfgebiete vom

Dechsendorfer Weiher hommer nu in Froschkönig. Dou wird beim jährlichen Casting immer der gwählt, der wou die krummsten Baaner hodd. Und dann gräichder als Hofstaat nu a Mammalaadglas vull Wasser mit lauter Kaulgwabbn drinner.

Wall i sooch: Casting. Suu hodd fräihers ba die Majestäten die Wahl g'hassn. Also ein ganz wichdicher Vorgang, wäi mer vom Casting von Germany's next Topf-Model her wass. Dou moußd du ja singer, tanzen, rumhubfn, bläid derherreedn, halmi nackert auf- und abschreiten und wos wass iich nu alles. Dou is ba anner fränkischen Hoheit nerdirli wesentlich eimbfacher. Bam Casting vo der Aischgründer Karpfen-Königin wersd am Schluss vo der Jury nerblouß gfrouchd: »Derferd mer edzer amol Ihr Ingraisch seeng?«

Glücklich ist, wer vergisst

Mit dem Glück ist es sehr diffizil. Weil: Jeder Dichter, Denker, Dachdecker oder Depp weiß was über das Glück, und jeder was anderes. Nur ein kleines Beispiel, aufgezeigt an einem wunderbaren, leider längst verblichenem Spruch auf dem Gebiet des althochfränkischen Bleschens, der da gelautet hat: »Glück muss der Mensch haben und eine *Salem Nummer 6.*« Ich selbst habe am eigenen Körper aber erfahren müssen, wie jenes Glück ganz schnell in ein Pech münden kann, indem ich ungefähr im Alter von zehn Jahren genussvoll, glückselig und ein bisschen keuchhustend an jener filterlosen Zigarette namens *Salem*

Nummer 6 gezogen hab, vom Rübsamens Heinzi verpfiffen worden bin und sodann drümmer Schelln gefasst hab, dass man die Abdrücke der fünf Finger meiner Großmutter auf meinen Backen noch Stunden später ohne Weiteres entziffern hat können.

Weiteres Beispiel, um die erwähnten Denker auch zu Wort kommen zu lassen: Ludwig Wittgenstein (1889–1951) – ein Denker und Philosoph größten Ausmaßes, von dem es heißt, seine Philosophie verstehe niemand auf der Welt, nicht einmal er selber. Er hat über das Glück folgendermaßen und vermutlich sehr lang nachgedacht: »Die Welt des Glücklichen ist eine andere als die Welt des Unglücklichen.« Ja, wer hätt des denkt?! Recht viel wahrer kann man es gar nicht ausdrücken. Und es lässt sich auch leicht belegen: In Nürnberg haben wir den Professor und Glücksforscher Karlheinz Ruckriegel, der uns lehrt: »Geld macht nicht glücklich.« Bei der mutmaßlich ziemlich glücklichen Firma *Telekom* wiederum gibt es einen Sozialökonom, einen Herrn Bernd Raffelhüschen (hat bei der Nachnamensvergebung seinerzeit scheint's ein bissla Pech g'habt), der zum gegenteiligen Forschungsergebnis kam: »Geld macht glücklich.«

Die beste Glücksforschungsarbeit, die es gibt, stammt ebenfalls von jenem Herrn Raffelhüschen. Und zwar erforscht er jedes Jahr, wer in Deutschland am glücklichsten ist. Wer das wissen will, weiß man nicht, wahrscheinlich vor allem er, der Herr Raffelhüschen. Er kriegt nämlich für seine Erbsen- beziehungsweise Glückshormonzählung ein Geld, sodass nach erfolgter Zählung plus Zahlung das Glück bei ihm schon wieder am Konto steht. Heuer hat der Professor Raffelhüschen ermittelt, dass wir Franken, knapp hinter

Schleswig-Holstein und Hamburg, bei der Deutschen Meisterschaft im Glücklichsein an dritter Stelle stehen.

Wie der Raffelhüschen es eruiert hat, dass wir Franken oder Nürnberger, Einwohner also von Mumbfl-Ziddy, die Bronzemedaille im Mannschafts-Adrenalieren errungen haben, weiß ich nicht und ist mir auch vollkommen stadtworschd. Aber frag einmal einen jener im siebten Himmel schwebenden Nürnberger früh um halb sieben, wenn sein öffentlicher Personennahverkehr eineinhalb Stunden Verspätung hat, wenn er zweimal geschieden ist und einen Tag vorher der Gerichtsvollzieher da war wegen Unterhalt, wenn es gottserbärmlich von diesem seinem siebten Himmel runterschüttet und er daheim den Schirm hat liegen lassen, wenn er sodann mit einem Blick nach unten zuschaut, wie ihm der Starkregen sturzbachartig aus den zwei Raffelhöschenbeinen strömt und dabei der Tatsache ansichtig wird, dass er aus Versehen zwei verschiedenfarbige Schuhe angezogen hat, über die er sodann drüberfliegt, weil er vergessen hat, die Schuhbändla zuzuschnüren – frag diesen Herrn also, ob und in welchem Umfang er glücklich ist. Solche Schelln, Freund der Liebe und der Glücklichkeitsforschung, hast du in deinem ganzen Leben noch nicht in Empfang nehmen dürfen. Dagegen sind die Schelln meiner Großmutter seinerzeit, wegen widerrechtlichem Bleschen einer *Salem Nummer 6*, eine sanfte Liebkosung gewesen.

Und womit hätte der Volksbefrager Raffelhüschen oder -höschen, wäre er an einen solchen Herrn geraten, die Backpfeifen erhalten? Mit Recht! Denn wenn wir durch ihn auch wissen, dass wir heuer die drittglücklichsten Gustav Ganse der Republik sind – über das Glück an sich und was es ist, wissen wir nur so viel: Manchmal ist es nikotinhaltig, manchmal endet es in furchtbaren Abwatschungen, es verhält sich anders als das Unglück, es entsteht durch Geld, es entsteht durch kein Geld, man kann es erforschen, und es lässt sich in schöne Aphorismen fassen wie etwa jenem, teils vom Schopenhauer, teils vom Johann Strauß selig »Glücklich ist, wer vergisst, was nicht mehr zu ändern ist …« Aber wie man ein Glück erzeugt, in es voll hineintaumelt – das lehrt uns niemand. Außer zwei Leuten. Der eine Leut bin ich, der andere ein namentlich leider unbekannter englischer Volksmund, welcher (schon übersetzt) spricht: »Glückseligkeit ist ein Aufenthalt zwischen zu wenig und zu viel.« Und jetzt ich, muss aber unter uns bleiben: Als Aufenthalt wähle man, zum Beispiel, den trostgepflasterten Tiergärtnertorplatz gleich hinter dem momentan vollkommen kastanienlosen Kastanienbaum, begebe sich in das Doppel-Gasthäuschen *Bieramt & Café Wanderer*, nehme keinen wie auch immer gearteten Kaffee, sondern ein Herren-(Damen-)Gedeck bestehend aus einem Seidlein *Aktionsbier* und einem Schdamberlein *Ebermannstädter Schlehengeist* zügig zu sich und dann noch eines und noch eines.

Die Grenze zwischen dem vom englischen Volksmund ersonnenen »zu viel« und »zu wenig« ist in diesem speziellen Glücksfall, wie man sich denken kann, fließend. Aber es gibt sie, ich weiß es ganz genau und auch ungefähr, wo: Etwa zwischen dem dritten und vierten Seidla plus Schnäbsla schwebt zunächst nebelhaft, dann in voller Fülle das Glück in unser Gemüt. Es umarmt dich die Welt, küsst dich die Muse oder die Inge, weißt du die Weltformel, öffnet sich der schon erwähnte siebte Himmel, hoch oben singt jubelnd der Engelein Chor, Friede auf Erden und den Menschen ein Wohlgefallen – das Glück in Gestalt von drei Seidla *Hetzelsdorfer* und drei

Schlehen durchströmt deinen Astral-Körper, und deine Aura schwebt zwischen Himmel und Erde oder wo auch immer.

Genau jenen Augenblick zwischen dem dritten und vierten Seidla *Hetzelsdorfer*, hat mein Freund, der Nebenerwerbsglücksforscher Manfred R., schon vor Jahren gesagt, den müsste man für immer festhalten können, denn bei ihm handle es sich um nichts anderes als um das Glück. Aber Obacht: Schon beim vierten *Hetzelsdorfer* ist alles wieder vorbei. Oder um noch einmal mit dem Volksmund zu reden: Glück und Glas – wie leicht bricht das. Und du selber womöglich auch.

Unter Schwachstrom

Selbst physikalische Volldeppen, wie zum Beispiel ich, wissen oder ahnen es wenigstens, im Rahmen partiell verschütteter Schulerinnerungen, dass ein elektrischer Strom unter anderem durch Reibung entsteht. Und so reiben sich momentan wieder verstärkt gemein- oder auch eigenwohlorientierte Bedenkenträger und -innen massiv und enorm abkürzelhaft an einem Bayreuther Stromkabelsalatzüchter namens TenneT TSO GmbH, ob man im Fürther Landkreis, im Nürnberger Süden, in Wendelstein, Feucht oder gar in einem gewissen Ludersheim eine Hochspannungsleitung, wie der Name schon sagt, verhältnismäßig hoch spannen darf, gemäß O-Nep (Offshore Netzentwicklungsplan) oder § 12b EnWg oder BNetzA NEP 2014 oder wie oder was oder wohin. Natürlich darf man es nicht. Zwar sind einige namhafte Starkstromelektriker und Kabelwächter, hierorts auch Strom-Bolli genannt, der Ansicht, man müsse den durch sehr viel Nordseewind erzeugten Strom zu uns nach Franken, Nieder-, Ober- oder überhaupts Bayern herableiten, da wir hier derzeit noch keine Nordsee haben und in ca. 1.500 Jahren die letzten Kernkraftwerke unter Umständen einer teilweisen ASCH (Abschaltung) anheimfallen, aber es hat keinen Sinn. Warum auch immer.

Ob jetzt der durch die Reibung zwischen jener Firma TenneT TSO GmbH und den gemeinwohligen Interessensvertretern reichlich entstehende Redestrom ausreicht, die eventuell eines Tages oder auch des Nachts auftretende StroVelü (Stromversorgungslücke) zu füllen, steht bzw. fließt dahin. Aber infolge jener erst neulich wieder veranstalteten Redestromerzeugung ist jetzt erstmalig und höchstwahrscheinlich endgültig geregelt, wo HoSpaMa (Hochspannungsmasten) und HoSpaLei (Hochspannungsleitungen) positioniert werden dürfen. Kernpunkt dieser Regelung: Hochspannungsmasten und -leitungen dürfen ab sofort überall errichtet werden. Einzige Ausnahme: nicht bei uns. Also nicht bei uns in Raitersaich, nicht bei uns in Katzwang, nicht bei uns in Schwabach, nicht bei uns in Wendelstein oder Feucht und auf jeden Fall nicht bei uns in Ludersheim.

Wer jetzt nicht genau weiß, wo dieses »bei uns« genau liegt, dem kann geografisch auf die Sprünge geholfen werden: Es befindet sich ca. 400 Meter entfernt vor unserer Haustür, also vor jeder Haustür in Ober-, Unter- und Mittelfranken, Oberpfalz, Niederbayern, Oberbayern und Schwaben. An allen anderen Stellen in Bayern kann man ohne Weiteres Hochspannungsleitungen verlegen, über- oder unterirdisch, je nach der dort vorkommenden Tiefe oder Höhe.

In dem erwähnten StroTraPoPapi (Stromtrassen-positionspapier) ist auch festgelegt, dass der jeweilige StroTraPoWiSchEr (Stromtrassenpositionswiderstands-schadenserdulder) im Fall der Errichtung einer mindestens 50 Kilometer entfernten Stromleitungsumgehungstrasse die Nutzung einiger ohnehin leicht verzichtbarer Leistungen aus der Verkabelung sofort und freudig kündigt, wie etwa Mikrowelle, Herd, Heizung, Radio, Fernseher, Computer, Telefon, Kühlschrank, Geschirrspüler, Straßen-, S-, U- oder Eisenbahn, Bohrer, Schrauber, Flieger, Rasenmäher, Rasierapparat, Straßenbeleuchtung, Telefon, Arbeitsplatz, E-Auto, Licht und so weiter.

Allein schon bei dem Wörtchen »Verzicht« pflegen ja die Augen vieler Stromtrassengegner vor lauter Freude zu leuchten, leuchtender als jedes von Hochspannungs-leitungen betriebenes Nachttischlämplein. Als Entgegenkommen erhalten sie von der Firma TenneT TSO GmbH dann aber auch noch zu allem ÜfL (Überfluss) ein kleines Stromverzichtsgebinde bestehend aus zwei handbetriebenen ALeu (Armleuchtern), einem Schwarm GLüWü (Glühwürmchen), einem TaBliBlei (Taschen-blitzableiter), einem AFaDy (Antiker Fahrraddynamo), jährlich einem Bezugsschein für zehn Kilowatt weitgehend elektrosmogfreien Kriechstrom sowie zwei kleinen Kieselsteinen, die man nachts unterm Zudeck beliebig oft gegeneinander schlagen kann – schon erhellen einige Fünkchen unsere steinzeitliche Schlafhöhle. Strom in seiner ursprünglichen und fraglos schönsten Form.

Und wer in Raitersaich, Katzwang, Schwabach, Wolkersdorf, Wendelstein, Ludersheim oder sonstwo in Bayern nur ein bisschen Geduld hat, dem sei hoffnungsvollst angekündigt: Wenn wir so weiterblödeln wie in den letzten hundert Jahren, dann wogt und weht die Nordsee mit ihren Wassern und Winden bald auch bei uns, und wir brauchen keinen einzigen Hochspannungsmasten. Allerhöchstens vielleicht einen HoSpaMa in Feucht, zum Festmachen unserer handgeruderten Rettungsboote, älteren Insassen der Erde auch als Arche Noah mehr oder weniger bekannt.

So ein Tag, so wunderschön wie heute

Auch in früheren Zeiten haben Jahre meistens aus 365 Tagen bestanden. Aber damals sind Tage wie etwa ein Dienstag, ein Donnerstag, ja selbst, beziehungsweise vor allem, ein Sonntag an uns vorbeigebrettert wie nix. All diese Tage, zu denen man durchaus auch noch Montage, Mittwoche, Frei- und Samstage zählen kann, sind selten in unser Bewusstsein vorgedrungen, also auch nicht ins Sein. Da mögen teilweise wunderschöne Tage dabei gewesen sein, aber sie sind vergessen, verschlafen, vergeigt.

Das furchtbare Defizit im nationalen wie internationalen Tagbau hat erst in neuerer Zeit einigermaßen ausgeglichen werden können, und zwar mit der Einführung verschiedener Gedenktage. Inzwischen darf man von der völligen Komplettierung des Jahres mit Gedenktagen sprechen. Gedenktagfreie Kalenderzonen gibt es nicht mehr: Muttertag, Vatertag, Butterbrottag, 25. Mai Welttelefontag, 31. Mai Weltnichtrauchertag, Internationaler Tag der zivilen Luftfahrt, Welttoilettentag (19. November), Tag zur Erhaltung der Ozonschicht, Welttourismustag, 27. Juni Weltdufttag, 13. August Linkshändertag,

28. September Welttollwuttag, um nur einige wenige zu nennen.

Erich Kästner hat in den Dreißigerjahren des vergangenen Jahrhunderts noch den 35. Mai erschaffen – ein Tag also, an dessen Ziffern man unweigerlich spürt: Die Tage innerhalb nur eines Jahres für Gedenktage werden knapp.

Und noch ein Manko: So ein Gedenktag ist eine Medaille mit zwei Seiten, also praktisch Tag und Nacht. Ein Tag wie der Weltaborttag, der gräbt sich natürlich einerseits unvergesslich in unser Gedächtnis ein. Andererseits hebt er sich praktisch durch den Internationalen Tag der zivilen Luftfahrt wieder auf, weil man wegen der Erhaltung der Ozonschicht (Ozonschichterhaltungswelttag am 16. September) bereits vor Antritt, auf keinen Fall aber während eines zivilen Fluges bieseln soll. Und natürlich null Butterbrot im Flugzeug, auch nicht am Butterbrottag. Dann beißt sich zusätzlich noch der Ozonschichterhaltungstag ein bisschen mit dem Welttourismustag, während der Internationale Kriegsverhütungstag weltweit noch keine einzige Sekunde lang von Erfolg gekrönt war, zumindest nicht auf der Erde.

Warum wir das alles erwähnen? Es gibt einen Gedenktag, der stellt jetzt schon seit sieben Jahren alle anderen Tage voll in den Schatten, der ragt aus dem Labyrinth der jährlich circa 600 Mahn-, Gedenk-, Erinnerungs- und Vergesstage heraus wie die Säule der Rot- und Weißheit. Nicht etwa der Tag des roten und weißen Presssack, sondern – genau! Der Tag der Franken! Und zwar Ober-, Unter- und Mittelfranken.

An was aber gemahnt uns dieser Tag der Franken, und wann und wo findet er statt? Er gemahnt zunächst einmal daran, dass zahlreiche Landtagsabgeordnete am

Weltkantinentag (18. Mai) des Jahres 2006 in der Kantine des Maximilianeums bei Leberkäs und Brez'n geweilt haben und somit die Abstimmung durch die Vegetarier in CSU und SPD über die baldige Einführung eines Tages der Franken inklusive der anschließenden Nacht glatt über die Bühne gegangen ist.

Diskussionen über den tieferen Sinn, das genaue Datum und die historischen Hintergründe gibt es seitdem nur noch in Franken. Dazu muss man wissen: Dieses in Oberbayern für eine Abart des Bodennebels gehaltene Franken ist ein Land mit einem massiven Willen zur Einigkeit, der von jedem darinnen Lebenden vehement verfochten wird.

Hier, wo Zigtausende Dialekte gesprochen werden, Hunderttausende verschiedene Bratwurstdarmbefüllungsrezepte existieren, Millionen von Trainern des sagenumwobenen 1. FC Nürnberg wöchentlich neue Mannschaften aufstellen, hier werden natürlich auch die Tage der Franken an allen möglichen Tagen gefeiert. Außer am 2. Juli auch noch am 3., 4., 5., 6., 7. bis teilweise sogar zum 8. Juli. So haben wir etwa in Ochsenfurt am 5. Juli einen Bieranstich, am 6. Juli in Feucht am Gauchsbach ein Bürgerfest mit Hüpfburg, am 7. Juli in Bechhofen, dem Sitz des weithin berühmten Deutschen Pinsel- und Bürstenmuseums, ebenfalls einen Bieranstich sowie die Verleihung des Goldenen Pinsels. Bieranstiche werden aber auch in Wilhermsdorf, Gößweinstein, Hundshaupten, Thuisbrunn, Hohenschwärz etc. zelebriert. Wir erwähnen sie vor allem deshalb, weil einer der zahlreichen fränkischen Regierungspresssäcke für den Tag der Franken 2013 dringlich gefordert hat, wörtlich: »Der Tag der Franken soll eine Strahlkraft haben, die weit über unsere Grenzen hinausgeht.« Mit, sagen wir, sieben

Maß *Hetzelsdorfer* auf der Abfließrampe könnte unsere Strahlkraft ohne Weiteres bis weit über unsere Grenzen hinausgehen.

Letztes Jahr hat auch ein gewisses Schwarzach (nicht zu verwechseln mit Braunau) nahe Mainleus eine zufriedenstellende Strahlkraft ausgeübt, indem dort die NPD ihren eher nationalen Frankentag gefeiert hat. Ursprünglich war er vielleicht sogar am Ochsenkopf geplant. Aber auch in Schwarzach hat man dann einige, allerdings nicht bewaldete, sondern vollkommen kahle Ochsenköpfe bewundern können. Diese Ochsenköpfe fußen auf der Haartracht von Franken-Gauleiter Julius Streicher (1885–1946), dem eigentlichen Erfinder des Frankentages.

Der unter anderem auch als Pornograf und Rassenforscher tätige Streicher hatte den »Heiligen Berg der Franken« schon um das Jahr 1925 herum als Kultstätte entdeckt und dortselbst von 1933 an, immer Ende Juni, seine Braune Messe namens Frankentag jeweils vor über 100.000 sehr begeisterten Franken, später dann alle Widerstandskämpfer, gelesen. Auch damals schon sind zum Bier schöne Lieder gesungen worden, wie zum Beispiel »Sieh, auf des Hesselbergs Höh'n erstrahlet ein Feuerzeichen. Sie rufen in fränkische Lande hinein: Die Nacht muss dem Tage weichen. Auf Deutschland, du schönes, du heiliges Land, erwache zu neuem Leben. Dem Führer, den dir der Höchste gesandt, ihm folge durch Sterben und Leben.«

Die jetzigen Schöpfer des Frankentags haben aber schon einmal durch eine kunstvolle Wortumstellung eine ganz klare Remarkationslinie gezogen: Statt Frankentag Tag der Franken. Und statt auf die fränkisch-schwäbische Reichsglatze beruft man sich jetzt auf den Reichsgreis, beziehungsweise Kreis, der am 2. Juli des Jahres 1500, vermutlich um 9.30 Uhr, am Reichstag von Augsburg ins Leben gerufen worden ist. Bis er 1806 das Zeitliche gesegnet hat.

Nicht nur, dass sich also in Zukunft jeder raussuchen kann, an welchem Tag und mit welcher Strahlkraft der Tag der Franken gefeiert wird – man kann auch den historischen Anlass frank und frei wählen: Streicher, Reichsgreis, Freie Bundesrepublik Franken, Freibier, Goldener Pinsel. Und wie wir uns Franken kennen, wird es in nicht allzu ferner Zukunft an die 365 Tage der Franken geben: Tag der Oberfranken, Tag der Hochfranken, Tag der Churfranken, Tag der Mittelfranken, Tag der Unterfranken, Tag der fränkischen Thüringer, Tag der versprengten Franken in Württemberg, Tag der Untergrundfranken in München bis hin zum Tag der Schweizer Franken, und gefeiert wird auf möglichst vielstimmige Beschlüsse der fränkischen Freistaatskanzlei vom 35. Mai bis 400. Juli auf allen staatlichen Hüpfburgen.

Bayern, deine Franken

Jeder braucht zum Leben jemanden unter sich. Sonst weiß er ja nicht, dass er oben ist. Wenn man in München gar nicht mehr weiter weiß bei der Herstellung des eigenen Wohlbefindens, dann holt man sich seinen Knalldepp aus Franken. Auch kein Wunder. Die rotweiße Demarkationsfahne ist ausdrücklich kleinkariert, alle fünf Kilometer spricht man einen anderen Dialekt, in Nürnberg hat man die Rostbratwurst heilig gesprochen. Hier ist – davon ist die ganze Welt fest überzeugt – der Quell einer braunen Odelbrüh, der Faschismus, entsprungen, hier läuft das Bier direkt durchs Hirn.

Je mehr dicke Bücher über die Großartigkeit fränkischer Würdenträger verfasst werden, desto mehr muss man über die Nordbayern lachen. Wer sich wehrt, hat Dreck am Stecken. Im Jahr 1806 hat alles begonnen. Damals hat sich der Herr Kaiser von seinem Heiligen Römischen Reich deutscher Nation vorübergehend verabschiedet, der Revolutions-Tribun Napoleon hat die Revolution erneut revolutioniert und das Land neu eingeteilt, und die vollkommen bankrotte Stadtrepublik Nürnberg samt dem auch nicht gerade prosperierenden fränkischen Kreis ist feierlich dem neuen bayerischen König zugefallen.

Ein gewisser Georg Wilhelm Friedrich Hegel war damals in Nürnberg Lateinlehrer. Er hat über den eigenäugig gesichteten Napoleon seinerzeit philosophiert: »Ich habe an mir die Weltseele vorbeireiten sehen.« Kurz danach ist infolge verschiedener Verfügungen der Weltseele vom bayerischen König in seiner neuen, abbruchreifen Stadt Nürnberg ein Polizeichef namens Wurm inthronisiert worden. Er hat im Namen der Weltseele und seines Münchner Stadtverwesers alles verscherbelt, was noch einigermaßen zum Rausschrauben, Abreißen, in die Luft sprengen oder sonst wie zum Pulverisieren gewesen ist. So schnell haben die Patrizier das Ihrige oft gar nicht auf ihre Landsitze wegtragen können bei Nacht und Nebel, dass es der neue Stadtsanierer Wurm nicht erwischt und nach München gebracht hätte. Sogar die ganze Stadtmauer hätte den Weg ins gelobte weißblaue Oberland antreten sollen, wenn sie im angenehmen Gegensatz zu Dürer-Bildern, Altären, Goldstücken, Reichskleinodien und anderem leicht liquidierbarem Geraffel nicht so unhandlich gewesen wäre. Aus diesem Jahr 1806 stammt die große Liebe der Franken zum Münchner Loden- und Jodel-Regiment. Und jenseits der Donau hat man es sogleich mit überschwänglicher Gegenliebe vergolten.

Seitdem kommt die zwischen Isar und Pegnitz hin und her katapultierte Zuneigung nicht mehr zur Ruhe. Mal werfen die Landeshauptstädter den Franken ihre Maulfaulheit vor und die Unfähigkeit, harde Konsonanden zu schbrechen, mal mogierd man sich nördlich der Donau über die Münchner Maßkrug-Mafia, wo die Bärte nicht am Kinn, sondern oben aus dem Trachtenhut rauswachsen.

Der Höhepunkt der bayerisch-fränkischen Freundseligkeiten war ungefähr in den Achtzigerjahren des letzten Jahrhunderts. Da haben ein paar hirngeröstete Radikal-Franken ein eigenes Bundesland gründen wollen, und die gemäßigteren Eigenbrötler haben frei nach Victor von Scheffel das Lied gedichtet: »Oh heiliger Veit von Staffelstein, hilf bitte deinen Franken, und jag die Bayern aus dem Land, wir werden es dir danken. Wir wollen freie Franken sein und keine Rucksackbayern. Das wär der Wunsch ganz allgemein, das wollen wir gern feiern.« Inzwischen ist die fränkische Freiheitsbewegung im Dunkel der Geschichte verschwunden. Die Franken haben jetzt auch jemanden, auf den sie herabschauen können, nämlich die Thüringer und Sachsen. Und der König von Bayern, Uli Hoeneß, kämpft in Nürnberg für die Unversehrtheit und den weltweiten Markenschutz der Rostbratwurst.

Fränkisch-bayerisches Glaubensbekenntnis

1. »Man muss Gott für alles danken – auch für einen Mittel-, Ober- oder Unterfranken.« 2. »… wir wollen freie Franken sein und keine Rucksackbayern. Das wär das Glück so allgemein, das würden wir dir danken. Valleri, Vallera.« (aus dem umgeschriebenen Frankenlied. Eigentlich ist es ein sehr schönes, vollkommen hass- und neidfreies Lied von Victor von Scheffel)

Zu diesen zwei hurrapatriotischen, verblödeten Haltungen fällt mir ein:

Dass ich schon lange aus dem Alter raus bin, in dem man Bayern, Franken, Schwaben, Oberpfälzer, Indianer, Afrikaner, Männer, Frauen und so weiter für die jeweils besseren Menschen hält.

Dass solche hirnverbrannten Positionen in ihrem tiefsten Ursprung eigentlich ein völkischer, tiefbrauner Scheißdreck sind, aber offenbar am 8. Mai 1945 nicht mit beerdigt worden sind.

Dass es mir zwar nicht am Arsch, aber am Kopf vorbei geht, ob jemand aus Dasing oder Hiesing oder Dorting ist. Entweder ich mag einen Menschen oder nicht.

Dass ich einen oberbayerischen Dialekt genauso gern höre wie einen fränkischen (aber ich rede, wie mir der Schnabel gewachsen ist, nämlich nürnbergerisch).

Dass ich es sehr schön finde, wenn sich – wie etwa bei unseren G'müshändlern am Nürnberger Hauptmarkt – türkisch und nürnbergerisch mit der Zeit vermischt, sprachlich und im Kopf.

Dass ich meinen Glauben an ein multikulturelles Zusammenleben bei uns und anderswo, trotz gegenteiliger Meinung der meisten Polit-Würdenträger, aufrechterhalte. Auch den Glauben an ein Zusammenleben von Bayern und Franken. Das wär mein Glück ganz allgemein.

Im Strafraum

Der Club und ich

Es gibt auf Erden sehr viele Irrtümer, wahrscheinlich mehr als Sterne am Himmel. Einen wesentlichen Irrtum bilden die angeblich sieben Welträtsel. Ihnen zufolge rätseln vornehmlich Philosophen seit langer Zeit, wie der Name schon sagt, insgesamt sieben Mal, und zwar 1. darüber, wo eigentlich die Materie herkommt, 2. warum es eine Bewegung gibt, 3. wer die Sinneswahrnehmungen erfunden hat und 4. die Willensfreiheit, 5. woher wir kommen, wohin wir dereinst gehen, 6. wie das Denken und das Sprechen in die Welt gelangt ist und schließlich 7., ob die Natur zweckdienlich ist. Und der große Irrtum betreffs der sieben Welträtsel besteht darin, dass sich ihr Entdecker verzählt hat, es gibt nämlich acht Welträtsel.

Dieses 8. und mit Abstand größte, niemals lösbare Welträtsel stellt sich uns dar als ein kaum definierbares Wesen, als Phänomen, als unfassbares, oft knallgasförmiges Gebilde, flüssig, nebulös, geister-, schleier- oder untersuchungshaft, dann und wann an einen Deppen gemahnend. Es, das Wesen, ist am 4. Mai des sowieso denkwürdigen Jahres 1900 erstmals in Erscheinung getreten und treibt sein Unwesen infolgedessen seit ca. 118 Jahren, vormals auf der Deutschherrnwiese, anschließend in Zerzabelshof, am Valznerweiher und am Dutzendteich.

Manchmal verwandelt es ursprünglich durchaus als normal zu nennende Menschen in wandelnde Schimpfwörterlexika, was dazu führt, dass sie, die Menschen, jenes Wesen in stundenlangen Fachvorträgen abschäumig als Luschn, Gurgn, mehr oder weniger lustwandelnde Litfaßsäulen, Bfeifn, Flaschn, Drimmer Oorschlecher, Riesnrimbfiecher, dahergloffne Abkassierer etc. einordnen.

Manchmal, eher ganz selten, steigt es auf, häufiger allerdings ab. In der Regel schüttet es hohe bis höchste Gehälter aus, und zwar aus dem scheint's unerschöpflichen Fundus seines negativen Vermögens. In den 118 Jahren seiner Existenz hat es circa eine Milliarde Kilometer Nervenbahnen zerstört und an Flüssigkeit (Tränen, Angstschweiß, Erleichterungsbrunserla) eine mit den acht Weltmeeren (Pazifik, Atlantik, Indischer Ozean, Karibik, Mittelmeer, Ostsee, Nordsee, Dutzendteich) durchaus vergleichbare Menge erzeugt. Es verursacht Hals- und Kopfweh, Propellerfodzn, Herzinfarkte, Sardinawegglavergiftungen, Leberzirrhosen, Thrombosen, Niedergeschlagenheiten, Schnappatmung.

In seinem Namen sind schon Schiedsrichterbestechungen durchgeführt worden, Unterschlagungen, Steuerhinterziehungen, Rufmorde, Menschenhandel, Knallkörperverletzungen und die vorübergehende, partielle Verwüstung von Städten wie Düsseldorf, München oder Fürth.

Das achte und überhaupts wichtigste Welträtsel lautet also wie folgt: Warum zittern wir wie ein Stadionrasenhalm im Wind, meistens ein Leben lang, Woche für Woche um dieses seltsame Wesen namens 1. Fußballclub Nürnberg, zahlen verhältnismäßig viel Geld, um es eineinhalb Stunden lang anzuschauen, glotzen, wiederum für viel Geld, in ein Pay-TV hinein und grämen uns in Grund und Heimatboden, wenn es erwartungsgemäß verliert? Niemand weiß es. Ich auch nicht.

Die lahmoorscherdsde Mannschaft aller Zeiten

Sehr geehrte Damen (sin aa a boor dou) und Herren,

nedd dass Sie maaner, ich steh freiweillig dou heroomer. Ich bin eiteilt worn vom Oberbürgermeister, der vom Fußballn bekanntlich unendlich viel versteht. Edzer unter uns gsachd: Nix. Und desweeng hodder mich als Ghost-Speaker verpflichtet. Und speaken, hodder befohlen, speaken soll ich zum Thema »Erinnerungen eines Fans«. Herr Oberbürgermeister, unter uns gsachd, dassi fei nedd lach: Ich soll a Fän sei vo der lahmoorscherdsdn Fußballmannschaft der Neuzeit? Wer hoddern den Grambf eigflüstert?

Edz bloß amol a glans Beischbiel: Wo sind's nern herkummer damals die Spieler, vo denni wo ich angeblich a Fän bin? Vo Paris Saint Germain, vo Bazzelona, Madrid, Chelsea, Beşiktaş oder sunsd an führenden Gebrauchtmenschenhandel? Nix – vo Schweinau sin däi gween, Gleißhammer, Falkenheim odder wenn's weit wech gween is, vo Unterreichenbach oder Haßfurt. Gut, der Brungs vo Dortmund. Ner ja, der hodd si sprachlich a weng verbessern wolln. Inzwischen wasser, dass a Mamalaadaamala ka altpersische Göttin is, dera ihr Moo Babbalaadaamala hassd. Und der Čebinac und der Starek sin aa a weng vo weiter wech her gween. Obber däi hom si glaab i verloffn. Hosd ja scho beim Čebi sein Spitznamer gseeng: Zick-Zack-Čebinac. Bam Wandern immer Zick-Zack laafn – dou konns scho amol bassiern, dassd aus Verseeng in Zabo Mitte rauskummsd.

Odder, dass i amol an andern Spieler sooch, nimmst in Leupold: Oogfangd als glanner Bou bam Club in Zabo und aafg'heerd middn Foußballn immer nu bam Club.

Also praktisch der bewegungsärmste Abwehrspieler, den der Club jemals g'habt hodd! Abwanderungsmäßig gseeng. Ja, es ganze Foußballer-Leb'n nerblouß baran aanzichn Verein – dou hosd auch in unserer Milliardärs-Epoche nach vielen Jahren an Marktwert wäi a altbaggns Weggla.

Ja und dann: Wäi die damals ausgschaut hom. Der Ferschl, der Hilpert, der Wenauer und suu weiter in ihrn Lotto-Laden, wennsd dou nei bist und die sin hintern Ladentisch g'standn – wassd du, wäi die ausgschaut hom?? Fei masdns wie ganz normale Menschen! Des moußder amol vuurschdelln. Menschen wie du und manchmal auch ich. Die aanziche körperliche Extravaganz, wo ich mich nu droo erinnern kann, des woor – nu vuur 1968 – woor des bam Morlock. Der hodd a Zeit lang immer an Einmachgummi ummern Kopf rum g'habt, dass nern die Haar nedd ins Gsicht neihänger. Obber sunsd? Nix! Zum Beispiel denni ihr Haut damals, wo mer manchmal untern Trikot gseeng hod: Suwos vo langweilich! Wos hosdn damals aff anner Haut g'habt? A boor Biggl, vereinzelt a Häärla und im Summer an Sunnerbrand. Und des woors nou. Haid, dou siggsd du fiir dei Geld Kunstwerke affn Platz, dassd nedd wassd: Binni edzer im Stadion odder in München in der Alten Pinakothek. Dinger hom däi aff ihrer Haut draff und am Kubf aa, wousd hiischausd und efendwell sugoor dou, wousd nedd hiischauer konnsd, suu – wäi hassds glei widder, ganz schwierigs Wort, mit drei hardde d: Suu Dädduu. Dadaa und Dodoo iiberool Dädduu. Vo weidn schaut's aus wäi a schwere Neurodermitis. Obber wemmer näher hiiderf an die ambulanten Kunstwerke – ich wass nedd, ob wer scho amol in Vidal aus der Näh naggerd gseeng hodd: Iibern ganzn Buckl eine lodernde Glut, odder gluternde Lot, wäi's der Stoiber nennt, und derzou vom Hals bis aff die Hüftn noo a Drimmer Kreuz. Bereits vuurn Söder sein Erlass hodder si des neisticheln loun. Und als Frisur den Vidal-Gockl. Außerdem hommer nu es Ibrahimović-Schwänzla am Kubf, toupierte Frühlings-röllchen, an komplettn Adlerhorst odder an rot und blau lackiertn Nudeleintopf.

Ja, liebe Spottfreunde, dou hosd du doch als Zuschauer wos dervoo! Vo suwos kommer ohne Weiteres a Fän sei. Und sugoor nach ihrer Laufbahn, wenn's aafheern mit'n Foußballn – konnsd in Vidal als Altarbildla in die Lorenzkirch neihänger. Odder in Münchn in die Staats-kanzlei. Und wall i sooch Foußballn: Wissen Sie, wäi däi damals Foußball gschbilld hom? Ja, scho gloor, wäi haid aa: Naaf und roo und niiber und riiber und nach der Halbzeit andersch rum. Des maan i obber nedd. Ein Volkert zum Beispiel – der hodd sein Geengschbiller affern Bierfilzla schwindlerd gschwanzt, affern Bierfilzla houchkant, also total unansehnlich zum Zouschauer. Odder maaner Sie, dass zum Beispiel die zwaa Müller damals, der Hanni odder der Luggi, oder ein Strehl oder ein Popp mit drei hardde b, dass däi gwissd hom, wos des is: A Doppel-Sechs, a Falscher Neuner, Stoßstürmer, hängende Spitze, ein strukturiertes Gegenpressing, ein bespielbarer Zwischenlinienraum, eine situative Mann-orientierung odder gar a flache Raute odder flache Traudl odder wäi die hassd? Ob edzer die Bedienung im alten Clubhaus, die Frau Sturm, ob die Traudl middn Vorna-mer g'hassen hodd, wass i nimmer, obber flach woors auf gar keinen Fall. Des bloß nebenbei edzer.

Jedenfalls, wenn dou der Mannschaftskapitän, der Strehl, in der Kabiner gsachd hädd: »Horchd amol her alle! Mir schbilln haid in den bespielbaren Zwischenlinienräumen mit hängender Spitze ein strukturiertes Gegenpressing mit situativer Mannorientierung oder wie oder wos oder warum.« Wissen S', wos däi mit dem gmacht häddn? Den Heinz häddn vier Mann zur Böhms Mutter, der Chefin aller aufblasbaren Hiidschn, gschleifd und gsachd, sie soll nern in die Kabiner neischberrn und erschd widder raus loun, wenn es Schbill vorbei is. Suu rückständich sin däi gween! Und hom vo die häichern Sachn null Ahnung g'habt.

Ich wass, vo wos i red, wall ich hob damals scho übern Club a weng schreim derfn im *8-Uhr-Blatt.* Und wäi ich es allererschde mal über die Mannschaft, die nedd gwissd hodd, wos eine situative Mannorientierung mit hängender Spitze aff der flachn Traudl is, wäi ich über die wos verfasst hob – dou hodd nou am Montag ba mein Scheff, in Hucks Fritz, ein gewisser Herr Wabra oogruufn und gfrouchd, wörtlich fei!, wos fiir ein saubläider Doldi haid den Club-Bericht in die Zeitung neigschmiert hodd. Ob der vielleicht scho lang nimmer frisch gfodzd rumgloffn is.

Und vo denni soll ich, maand der Oberbürgermeister, vo denni soll ich ein Fän sei. Erschdns amol bin ich vo ibberhabbs nix ein Fän. Wall Fän, wersd wissen, Herr Oberbürgermeister, kummd vo den lateinischen Wort »fanum« und des fanum des is, konnsd nouchschauer, *der der Gottheit geweihte Ort, das Heiligtum, der Tempel,* und später is aus den fanum der Fanatiker entstanden. Gut, inzwischn is die weltweit aanziche anerkannte Gottheit es Gerschdla, der Mammon, und dou konnsd nerdirli scho a weng fanatisch wern. Vuur allem, wennsd kanns hosd. Obber edzer fiir mich, der wo ich vo Vuurgestern bin, fiir mich is es Stadion ka Tempel gween, und die Foußballer vo seinerzeit woorn a kanne Götter, es Stück zu 220 Millionen Euro zum Beispiel. Sondern wäi ich vuuring scho gsachd hob, zimmli normale Menschn. Abg'huum homs häigsdns, wenns nachn Schbill im Čebinac sein *Dortmunder Fässla* (suu hodd des Werzhaus damals in der Ludwigstrass g'hassn) amol a boor Seidla eigwiesn g'habt hom.

Und edzer soochis numol alle midnander aaf (und hoffendli vergess i kann, nedd dass widder anner ba mein Scheff ooruft): Wabra, Toth, Leupold, Popp, Hilpert, Luggi Müller, Wenauer, Ferschl, Čebinac, Strehl, Hanni Müller, Brungs, Volkert, Starek, Schöll. Und däi sin damals Meister worn – ganz ohne Doppelsechs und strukturiertes Gegenpressing, ohne Mannschafts-Friseur, Team-Tätowierer und gruppendynamischer Kreisbildung, ohne die beste Erfindung aller Zeiten vom DFB, in Videobeweis, und fast ohne Mammon (wall den hodd der Merkel mit nach Wien gnummer) – also vo denni, dou bin ich wahrhaftig ka Fän. Sondern suu lang dassi leb und mei Kubf nu einigermaßen funktioniert ein ganz ehrfürchtiger und großer Bewunderer, aa wenn i bloß 1 Meter 65 mess, und ich zäicherd mein Houd. Wenn i an aafhädd. Danke für die schennsde Fußball-Saison in mein Leb'n. Und danke fiirs Zouhorng.

Max Morlock

Es klingt wie Grimms Märchen. Und zwar wie Sigi Grimms Märchen. Es war also einmal im alten Zabo ein Clubhaus und in ihm ein Gastwirt namens Sigi Grimm. Seine Spezialität war ein Noris-Weinbrand, eine Zitronenscheibe, ein Löffel Kaffeepulver drüber. Das hochexplosive, gern gegen jegliche Art von Weltschmerz eingenommene Getränk hat einen schönen Künstlernamen gehabt: »Grimms Märchen«.

Man nehme also drei, vier oder fünf Stamperla Grimms Märchen, am besten am Stück, und schon kommen die alten Zeiten zurück. Wie in Zabo, wo jetzt viereckige Betonburgen oben den Himmel, unten einen ehemaligen Flachpassrasen bedecken, die Linden gerauscht haben, wo am Sonntag Nachmittag um drei ein Oberliga-Spiel stattgefunden hat und ein kleiner Herr mit einer abgewetzten Sporttasche durch die Vorstadt gegangen ist. Eventuell ist er geschwind noch beim Endress auf ein Seidlein eingekehrt. Vom Endress direkt in die erste Halbzeit. Keine Pressekonferenz, kein Stretching, kein Warmlaufing, kein Physiotherapeuting. Von der Böhms Mutter, der Sauberfrau im alten Zabo, die frisch geputzten Schuhe abgeholt, die schwarzrotweißen Stutzen, die graue, früher schwarze Hose, das weinrote Trikot, eingelaufen ins Stadion, drei bis fünf Tore geschossen, mit Kernseife gschwind die Heimaterde abgewaschen, noch ein Seidlein im Clubhaus und wieder heimgelaufen. Begleitet vom Schulterklopfen der letzten Nacherlastrinker und vom Rauschen der Linden.

Dieser Herr mit der abgewetzten Sporttasche, dem immensen Tor- und winzigen Girokonto ist der Max Morlock gewesen. 1954 ist er Weltmeister geworden, später Fußballer des Jahres, Deutscher Meister, lebende Legende. Er ist ein Familienvater gewesen und ein Freund aller Zerzabelshofer Fußballknirpse. Angebote aus Italien hat er abgelehnt, mit der Bemerkung, dass er nicht weiß, was er in Mailand oder Turin soll, wenn er doch in Zabo daheim ist.

1994 hat er sich von seiner kleinen Welt verabschiedet. Manchmal meint man, es wäre sehr schön, wenn wenigstens sein Geist noch ein bisschen über der Vorstadt schweben möchte. Allerdings: Wenn man diesem Geist erzählen würde, dass man heute für zwei einigermaßen genau getretene Pässe pro Spiel drei Millionen Euro im Jahr verdient, dass ein durchschnittlicher Ballstolperer an die drei Spielerberater braucht, einen Motivationstrainer, einen Psychotherapeuten, einen Masseur für jeden einzelnen Muskelstrang, ein Warmbad, zwei Krisensitzungen pro Tag, einen Maserati mit Goldlenker, und dass man alle drei Wochen den Verein wechselt von Barcelona bis China – dann würde der Geist vom Max Morlock wahrscheinlich auf und davon wehen. Für immer.

Pokalfinale

Seit ungefähr drei Wochen stehen wir früh auf mit dem Kaiser-Michala-Jodler auf den Lippen »Berlin, Berlin, wir fahren nach Berlin!«, seufzen des Abends, wenn wir vor Freude trunken ins rotschwarze Himmelbett torkeln, ins Kopfkissen »Berlin, Berlin, wir fahren nach Berlin!«, und nachts fahren wir im Traum schon wieder nach Berlin. Oder gar nach Liverpool, Barcelona, Paris, Mailand und Madrid. Tagsüber trainieren wir im Fitness-Zenter die 120-fache La-Ola-Welle, verspüren in unseren Lebkuchenherzen bereits eine dringende Sehnsucht nach einer gewissen Salatschüssel oder schließen Wetten ab, ob wir es am Samstag gegen den VfB zwei- oder dreistellig gewinnen. Wer in diesen Tagen der frenetischen Freude öffentlich Sorgenfalten zur Schau stellt oder gar argwöhnt, wir könnten es in Berlin verlieren, wird mit einer Viererkette gefesselt in die Lochgefängnisse eingewiesen. Schutzhaft. In der gesamten Metropolregion herrscht Zwangsoptimismus.

Aber ganz seltene Knalldeppen, wie zum Beispiel ich, fragen sich in diesen Tagen und vor allem in den einsamen Nächten manchmal ratlos: Woher sollen wir uns jetzt auf einmal das Mega-Quantum Jubel, Trubel, Heiterkeit, Zuversicht, Vollfreude, Dauerlachen, Mundwinkel auf Ohrläppchenstellung hernehmen? Notoperation am offenen Zwerchfell, oder wie?

Den Frohsinn hat uns der Club in den letzten vierzig Jahren doch exorzismusmäßig aus dem Gemüt geblasen, raustransplantiert. Berlin, Berlin, wir fahren nach Berlin! Jahrzehntelang sind wir Glubb-Gimbl nach Bürstadt, Homburg oder Hettelleitelheim gefahren, nach Hinterschwanzing, Naufhauing, Vollpacking, Verschnaittach und so weiter. Warum sind wir mittelmäßigen Mittelfranken denn praktisch Berufsbfobferer, Hängemaulinhaber, Sodderhoofn? Wissenschaftler haben unseren unauslöschlichen Hang zur Selbstkasteiung als einen irreparablen Geburtsfehler ermittelt. Aber weit gefehlt! Wir haben unseren Treffer von der größten Seelenprägeanstalt der Welt erhalten – vom ruhmreichen 1. FC Nürnberg.

Zum Lachen, so lautet ein ungeflügeltes Wort, zum Lachen geht der Mittelfranke, teilweise inzwischen ja auch der Fürther, in den Keller, zum Weinen ins Stadion. Und wer in diesem Stadion fast vier Jahrzehnte lang am Werk gewesen ist, das waren die berüchtigten drei großen D: Driefel, Dolleroggl, Draumdänzer. Vor einem sogenannten Fußballspiel in diesem Stadion, da hat es dich jedes Mal geschüttelt wie einen Betonrüttler auf Wechselstrom, Albträume in der Nacht, Höllenqualen am Tag. Am schönsten waren noch die Abendspiele. Wenn das Flutlicht ausgefallen ist. Alles andere: Passionsspiele, Oberammergau im Franken-Stadion. Betonung auf GAU. Der größte anzunehmende Unfall, das war der Glubb.

Der erste Verein, der in der Bundesliga einen Trainer gefeuert hat, den Herbert Widmayer. Wegen Tabellenplatz 4! Später wäre dann häufig Platz 40 an der Tagesordnung gewesen, wenn es so viele Tabellenplätze gegeben hätte. Das waren die Zeiten, wo man uns Glubb-Doldi gern auch als Meteorologen eingesetzt hat. Denn immer im Herbst haben wir schon geahnt: Das Wetter ändert sich, die Trainer in Zabo fliegen ziemlich tief. Aus dieser Zeit stammt auch ein weiteres Wort aus Heinz Hirnheiners Zitatenschatz: »Der schdelld sein Grisbaum aa nedd in Närmberch auf.« Nämlich jeweils jener Trainer, der im Spätsommer auf schweres Drängen der Vorstandschaft einen 20-Jahres-Vertrag feierlich unterzeichnet hat. Dann einmalig in Deutschland, auf der Welt, im Universum: 1968 Salatschüssel, Deutscher Meister, ein Jahr später Abstieg. Was noch hat uns unser Ein und Alles, unser allwöchentliches Kaschberlatheater für immer in Herz und Hintern eingebrannt? Erpressung, Steuerhinterziehung, Schwarzgeld, Unterschlagung, Bankrott, Abfindungen im Schuhkarton, Schiedsrichterbestechung, Untersuchungshaft, Gefängnisstrafen, Spiele verschoben, Schlagzeilen wie Sand im Steckerlaswald. Und den Präsidenten ist häufig vor lauter Freudenbotschaften das Herz aufgegangen, sodass die Goschn davon schon ziemlich voll war.

Und Fußball? Keine Spur! Wir haben Heimspiele erleben dürfen, da haben Lastenhubschrauber Heu über dem Stadion abgeworfen. Für die letzten Rindviecher, die immer noch zum Club gehen (beiläufig auch ein mehr oder weniger geflügeltes Wort aus Heinz Hirnheiners großem Kompendium). Und außer Heu: Alkoholfreies Bier, brühwarm, totenbleiche Bratwürscht, eiskalt, durchweichte Sardinenweckla – davon haben wir uns vierzig Jahre lang im Stadion ernähren müssen. Und statt Schmerzensgeld am Kassenhäusla nicht selten einen Top-Zuschlag – für die schönsten Eigentore in der zweiten und dritten Liga. Jedes Jahr hat der Deutsche Abstiegsmeister die Lizenz erhalten, die Lizenz zum Flöten, auf dem letzten Loch.

Und jetzt, wo wir vom 1. FC Nürnberg in jahrzehntelanger psychologischer Feinarbeit zum perfekten Dauergaaferer geformt worden sind – jetzt stehen wir wieder dumm da: Grantig, aber ohne jeden Grund. Berlin, Berlin, wir fahren nach Berlin! Aber ohne mich. Denn die bringen es fertig und gewinnen in diesem Berlin schon wieder. Nur damit sie uns gscheit dredzn können.

Erst kommt der Fußball, dann kommt die Moral

Fußball in seiner heutigen Eigenschaft als kulturelles, völker- und schienbeinverbindendes, weit- und hochkulturelles wie vor allem verhältnismäßig kriminelles Betätigungsfeld war in früheren, Gott sei Dank vergangenen

Jahrzehnten ein wahrlich exorbitant zu nennender Grambf. Damals (und ich weiß, wovon ich in meine Tastatur neistanz, der Fußballgott Max Morlock ist mein Zeuge) hat es unter den Kombattanten null Millionäre gegeben, noch weniger Milliardäre, kaum Steuerhinterzieher, keine Spieler mit der Rückennummer 43 oder 128 am Buckel, keinerlei interessante Reklame auf der Hühnerbrust wie zum Beispiel für gähnmanipulierte Henner oder Gieger in Käfighaltung oder irgendwelche dahergelaufene beziehungsweise -geflogene arabische Lufthansala und andere für unseren Lebensinhalt extrem wichtige Wegwerfprodukte.

Weiters hat es im seinerzeitigen sogenannten Fußball überhaupts keinen Menschenhandel gegeben, keine Hände-auf-und-zu-Hälter, keine Leihspieler und keine Schwanzkistn, die sich im Besitz einer Bank befunden haben.

Das heute gebräuchliche Zahlungsmittel, der Schlotfeger-Dollar oder auch Schwarzgeld genannt, hat zwar in der damaligen Zeit ebenfalls existiert, aber buchstäblich in Maßen, will heißen: in Form von Bumber- oder Bockbiermaßen.

Hat ein seinerzeitiger Fußballspieler seine Lauf- oder auch Aschenbahn beendet, so ist er mitnichten in ein zirbelholzgetäfeltes Schlösslein in Kitzbühel und Konsorten umgezogen, sondern im besten Fall in eine Lotto- und Toto-Annahmestelle in der Pillenreuther-, Humboldt- oder Frankenstraße.

Auch war in den Hungerjahren des Fußballs das Wort »Taktik« in mannigfaltiger Beziehung ein Fremdwort, und eine Philosophie, welche heute jeder Halbdepp mit der Lizenz zum Treten geschmeidigst über die Lippen schnalzen lässt, hast du im Wortschatz der Trainer erst recht vergeblich gesucht. Doppel-Sex vor der Abwehr, Stoßstürmer, Flache Raute, spitziges Dreieck, Falscher Neuner, Mittelfeldpresssack, Führerkette, 120 Prozent Ballbesitz – von wegen! Alles, was an Taktik, Philosophie oder anderem höheren Gedankengut aus der Hiidschn-Epoche des Fußballs (Hiidschn = von der Böhms Mutter zu Zerzabelshof nur halbherzig aufgepumpter Lederball) überliefert ist, kann im Keller des Germanischen Nationalmuseums auf einer von fragwürdigen hiesigen Archäologen aus Versehen geborgenen Zigarettenpapyrusrolle mühselig entziffert werden: »Männer, flach schbilln und houch gwinner!« Und eine Mannschaft hat aus folgenden, in schlimmer, langweiliger Reihenfolge von 1 bis 11 durchnummerierten Parterre-Akrobaten bestanden: 1 Torwart, 2 Verteidigern, 3 Läufern, 2 Halbstürmern (jeweils einbeinig) und 3 Stürmern (1 in der Mitte, 1 links außen, 1 rechts außen). Die Flache Traudl, oder wie die Dame heißt, hast du niemals auf einem Fußballplatz gesichtet. Höchstens nach dem Schlusspfiff unterm Tisch im alten Clubhaus.

Und das Alleraller wichtigste, was Fußballspieler von heute und vermutlich auch von morgen und übermorgen auszeichnet, hat damals nicht einmal im Ansatz existiert: Auf der Haut wunderbare Höhlenzeichnungen, hierorts auch unter der Bezeichnung Dädduu bekannt, und knapp überm Hirn, so vorhanden, wolkenkratzerartige Kunstwerke, bei deren Anblick etwa ein Herr Ernst Schreitmüller (Altmögeldorfer Äädschnhanni, vulgo Frisör) im Grab in Bezug auf seine Drehzahl an einen Flugzeugpropeller gemahnen möchte. Auf den erwähnten Köpfen der am restlichen Knallkörper vielfach von Neurodermitis oder der Dunkelblauen Pest befallenen Spieler sichten Zuschauer so ornamentalische Gebilde wie den undergecutteten Vidal-Gockl, das Ibrahimović-Schwänzlein mit und ohne Gummizug, Frühlingsröll-chen, die vermutlich aus dem Knoblauchsland stam-mende Schnittlauchtolle, den blau und rot eingefärbten Nudeleintopf, die Spaghetti-Polonäse, die flachrasierte Dachrinne, einen kompletten Adlerhorst oder aber den bei Zuschauern aus den Reihen der patridiotischen Abendländler sehr beliebten Julius-Streicher-Gedächt-nis-Doofkopf-Landeplatz.

Und diese aus Haaren, manchmal auch aus Spar-gelstänglein oder hin und her bambelnden Mottenku-geln geformten Kunstwerke werden zweimal täglich vom Vereinsfrisör binnen drei Trainingseinheiten gezwirbelt, eingefettet und mundgeblasen und dürfen dann in der Regel eineinhalb Stunden lang frei herumlaufen, bei Verlängerung (des Spiels, nicht der Haare) noch einmal 30 Minuten zusätzlich. Vor einem etwaigen Elfmeter-schießen tritt wieder der erwähnte Vereinsfrisör in Kraft sowie ins bereitgestellte Gel-Näpfchen. Wessen Frisur, Adlerhorst oder Nudeleintopf am Kopf länger hält, hat gewonnen. Und zwar den mit 10 Millionen Kopfläusen dotierten Ernst-Schreitmüller-Pokal.

Die abschließende rhetorische Frage lautet: Kann Fuß-ball noch schöner sein, oder wer hat den größten Sprung in der Schüssel?

Von Bieren und Bäuchen

Gravitationswellen vom Fass

Hut ab vor dem Homo sapiens! Also vor uns. Und zwar, weil wir im Verlauf von nur wenigen Millionen Jahren im Gegensatz zu unserem nächsten Verwandten, dem Affen, kraft unserer Sapientia, unserer Weisheit, lauter gute Sachen erfunden haben. Zum Beispiel den Faustkeil, die Panzerfaust, die Kalaschnikow, die Atombombe, den Krieg, essbare Gummiweggla, das bayerische Reinheitsgebot, das Wisch-Telefon et cetera, während der Schimpanse, der Depp, seit Menschengedenken im Tiergarten hockt und Bananen frisst und weisheitsmäßig stark zu wünschen übrig lässt. Ich erwähne unseren niemals zu bremsenden Erfindungsgeist im Zusammenhang mit dem Affen deswegen, weil erst neulich mindestens drei Tage lang in sämtlichen Presssackorganen bis hin zur Leber wieder von zwei weiteren großartigen menschlichen Erfindungen die Rede gewesen ist, nämlich 1. von den Gravitationswellen und 2. von einer Sache namens Glyphosat. Bei beiden Erfindungen war der Ursprung ein derartiger Aff', dass man schon fast von einem Granatenrausch, einem Zünderer größten Ausmaßes sprechen kann.

Auf die Gravitationswellen komm ich später. Zunächst das Glyphosat, welches sich mit dem Glywein insofern in einem gewissen Zusammenhang befindet, als man von ihm in sehr zufriedenstellend deliriöse Zustände versetzt werden kann. Eigentlich ist das Glyphosat bereits in den Fünfzigerjahren des Gott sei Dank vergangenen Jahrhunderts von einem mir namentlich unbekanntem Hollerfiggl im Bereich des Unermesslichen erfunden worden. Warum, weiß man nicht, und wird auch jener Hollerfiggl nicht genau wissen. Und beim Homo sapiens verhält es sich nun meistens folgendermaßen: Wenn man über was einmal Erfundenes nix Gewisses weiß, dann produziert man es zunächst einmal in großen Mengen und verstreut es massenhaft auf der ganzen Welt – im Fall vom Glyphosat als Unkrautvernichtungsmittel. Inzwischen weiß der Homo sapiens, dass es ein Unkraut eigentlich nicht gibt und dass dessen Vernichtung folglich ein grober Unfug ist. Und an diesem Punkt angelangt hat sich also neulich die Wissenschaft in zwei Gruppen aufgeteilt. Die eine Gruppe hat erforscht, dass das Glyphosat inzwischen ins Bier eingewandert ist und dort in Gestalt von 0,35 Mikrogramm einen Krebs erzeugt. Und die andere Gruppe hat zweifelsfrei nachgewiesen, dass es sich zwar möglicherweise im Bier befindet, dort aber vielleicht alles Mögliche, jedoch keinesfalls einen Krebs erzeugt. Es sei denn, man trinkt täglich 1.000 (in Worten: Tausend) Seidlein Bier.

Ich neige zu dem Forschungsergebnis der letzteren Forschungsgruppe, wollte es dann aber schon wissenschaftlich ganz genau wissen. Also: Was passiert nach dem täglichen Genuss von 1.000 Halben, sagen wir, *Hetzelsdorfer* oder *Hebendanz*. Ein Proband in Gestalt eines gut ausgepichten, allabendlich heimkriechenden Altstadt-Vierbeiners war schnell gefunden, 1.000 Liter Märzen ebenfalls und wir haben zur chemisch-physikalischen Einpfeifung im Dienst der Wissenschaft schreiten können. Der erste kritische Punkt war bereits nach dem zügigen Verzehr von 25 Seidlein erreicht. Auf meine Frage, ob er eventuell schon was pathologisch Relevantes, Krebsartiges in seinem sich am Sofa windenden Körper aufsteigen spürt, hat er, in allerdings schwer verständlichen Worten, geantwortet: »Ächäch, chunni, urbf, bschombl Brmmmbf!« Es hat höchstwahrscheinlich lauten sollen, dass nicht. Nach einer nicht ganz ohne

Zwang und Magensonde erfolgten Einpressung weiterer fünf Seidlein hat er mit basedowhaft herausgewälzten Augen plötzlich gebrüllt: »Achchchd, edza! Vuhulle Deckeckeckengbeng!« Gemeint war, wie ich jetzt im Nachhinein nur bestätigen kann: »Obachd edzer! Vulle Deckung!« Alte Zeitzeugen des öffentlich nur mehr sehr selten durchgeführten Schweinauer Bierschießes und andere Kenner werden jetzt schon ahnen, was sich bei Erreichen der Schwallgrenze von 30 Halben Bier ereignet hat: Eine Detonation unvorstellbaren Ausmaßes, welche nicht nur die hintere Hosenpartie des Probanden in tausend Fetzen zerrissen, sondern auch sämtliche Wohnzimmerfensterscheiben in starke Vibrationen versetzt hat. Zahlreiche Ruß- und Hopfenpartikel haben zudem die Versuchsanlage rund ums Sofa in einen nebelhaften Zustand versetzt – bei dem gewaltigen, furchteinflößenden Vulkanausbruch kein Wunder. Von Glyphosat oder gar Krebserregung allerdings keine Spur.

Doch jetzt zurück zu jenen von Albert Einstein seinerzeit lediglich theoretisch vermuteten Gravitationswellen: Die Schallwellen dieses mühselig und im Dienst der Wissenschaft erzeugten Bierschießes sind Sekunden später im Weltraum-Observatorium in Amerika zweifelsfrei gemessen und eindeutig zugeordnet worden – Einstein'sche Gravitationswellen, herrührend von einem Urknall aus einem Schwarzen Loch in Schweinau!

Der Erzeuger der Gravitationswellen hat sich nach nur knapp zweiwöchiger Rehabilitationszeit bereits wieder auf dem Weg der Besserung befunden und lässt ausrichten: Ob sich im Bier 0,35 Mikrogramm, also 3 Millionstel Gramm, Glyphosat befinden oder nicht, geht ihm seit dem Selbstversuch voll am Arsch vorbei. Er sei vielmehr überzeugt, ein manchmal von einem verärgerten Ober verstohlen ins Bierglas hineingespotzte Kuddala wiege wesentlich schwerer. Im Übrigen wünsche er ein fröhliches Bierfest, und falls Schieß, dann bitte Obacht – die Kaiserburg steht unter Denkmalschutz.

Der Hopfenblütentee-Sommelier

Hochverehrte Bierdimbfl,

im Fall, dass Sie sich beim Lesen folgender Zeilen bereits an, auf oder unterm Tisch des Nürnberger Bierfestes befinden, erreicht Sie unsere dringliche Warnung vor dieser im Burggraben zelebrierten Schluckimpfung leider zu spät. Andernfalls: Bleiben S' um Godzwilln dahamm! Zwar werden während dieser fünf sturzbachartigen Tage zahlreiche Biere jedweder regionalen Provenienz und Kreszenz verabreicht, dito Bratwürste, Presssack, Stadtwurst mit und ohne Musik, gut eingeweichte Sardinaweggla etc., aber was wir auch heuer höchstwahrscheinlich wieder schmerzhaft vermissen werden: Bier-Sommeliere in zufriedenstellender Anzahl.

Da und dort mag hinter der Burg vielleicht einer jener volldiplomierten Gurgel-Gourmets einhertaumeln und seine profunden Erkenntnisse gegen ein kleines Entgelt zum Besten geben, aber das wird wieder nur ein Tropfen auf unseren heißgelaufenen Halsknorpeln sein. Und ohne Sommelier, ohne seine höchst flüssigen, um nicht zu sagen überflüssigen Kenntnisse, macht das Einpfeifen von Bieren wenig, ja eigentlich überhaupt keinen Sinn. Allenfalls löscht es den Durst, erzeugt Knie-Insuffizienzen größten Ausmaßes und regt nicht selten zu Verbrüderungen und -schwesterungen an; unter seinem Einfluss kann es sogar zu Unterhaltungen zwischen völlig fremden Menschen und Menschinnen kommen, zu fränkischen Minnesängen gar; auch Ansätze von vermeintlicher Schwerelosigkeit sind schon beobachtet worden. Das aber ist nicht der Sinn des Biertrinkens. Diesen Sinn kann uns nur einer zügig vermitteln: Der Bier-Sommelier.

Andere Branchen auf dem Gebiet des seismologischen Geschmackswesens haben dies längst erkannt und bedienen sich der mündlichen Kenntnisse etwa eines kaltgepressten Oliven-Sommeliers, Mineralgewässer-Sommeliers, Apfelsaftschorle-, Himbeergeist-, Antarktisschmelzwasser-, Benzin- und so weiter-Sommeliers. Oder nehmen wir den herkömmlichen Wein-Sommelier. Er hört, im übertragenen Sinn, mittels seiner Zunge nicht nur das Gras wachsen, sondern kann seine diesbezüglichen Rezeptionen anschließend auch in sehr schöne, filigrane, feinst ziselierte, poetenhafte Worte kleiden. Nach dem großartigen Genuss von zwei, höchstens drei sofort wieder ausgespotzter Tropfen irgendeiner Flüssigkeit kann er feststellen, dass diese folgende verwunderliche Eigenschaften in sich birgt: Fruchtige Eleganz mit Tanninstruktur, feinen Rosenduft, einen weichen, runden Körper, grüne, jugendliche Reflexe, delikate Aromen von Veilchen, Ananas, Mandarine und Glühbirne.

Auch hat ein namhafter Sommelier schon einmal einen Wein wie folgt gepriesen: »Im Abgang grüner Apfel.« Im Abgang grüner Apfel! Da mag sich jetzt natürlich der den Segnungen des Sommelierwesens etwas abholde Weindimbfl fragen: Grüner Apfel im Abgang – wos sachd nern dou mei Schließmuskl derzou?! Eine Frage, die man vielleicht nicht gänzlich von der Hand wischen sollte.

Aber wieder zurück zum Bier-Sommelier. Nur von ihm erfährst du, teilweise bereits aufgrund der Schaumfrüherkennung, an welchem Elixier du gerade nippst: An einem Grapefruit-Champagner-Dünnbier auf Ayurveda-Basis, an linksdrehendem Kefir-Weizen, Bananenbier mit Agavensirup, Jahrgangsbier mit Braumeisterzertifikat oder gar an einem belgischen Schoko-Malz-Kirschextraktbier in Bombomform zum Lutschn. Nur er, der Sommelier, entscheidet, ob etwa ein Seidlein Unterzaunsbacher einen samtig-fruchtigen Nachhall mit perlenden Spuren urgesteinshaltiger Minerale in sich birgt. Nur er weiß, welche mannigfachen Düfte dem gefürchteten Schweinauer Bierschieß entströmen können, oder wie hoch man nach sieben bis acht Maß im Liegen speien kann. Auch kann er Ihnen ohne Weiteres Auskünfte über Ihren persönlichen Body-Maß-Index erteilen – je nach Body zwischen einer und zwölf Maß. Sind Sie also an gesicherten, schön formulierten Resultaten aus dem Reich der Schäume eines Sommeliers interessiert, meiden Sie das Bierfest! Ansonsten: Mir seeng si, immer im Nachmittagsnebel, direkt unterm Eppeleinsprung.

Frankens Biere – ein Fass ohne Boden

(nicht ganz nüchtern geschrieben)

Momentan brütet draußen bereits zum dritten Mal nicht nur die Amsel, sondern auch eine laut Stoiber dermaßen gludernde Lot in Höhe von ungefähr 30 Grad über dem Gefrierpunkt, herabgesendet von unserer süldenen Gonne persönlich, sodass ich die folgenden Zeilen unter dem bereits stattgehabten Einfluss von vier Seidlein Bfrobfnhüh, beziehungsweise Hobfnbrüh, verfassen muss. Wenn also in den Text jetzt dann gleich Fehler aller Art neischnalzn, is es das Natürlichste von der Welt. Ob auch vom Universum, entscheidet dereinst die Wissenschaft.

Und jetzt also gleich zum Thema: Ich glaub, Ding, äh, Bier, oder? Und da darf ich unter gar keinen anderen Umständen in diese Seite neischreiben, was für ein Bier ich voring im Zuge der erwähnten vier Seidla einschießen hab lassen. Weil dieses Bier wird am Bierfest niemals nicht ausgeschenkt, nicht einmal weggeschüttet. Ähnlich wie seinerzeit das Konzern-Bräu Batterizier, welches von unseren Gaumen verfemt war wie für den Puther der Lapst, ist auch das von mir behutsam eingeschleuste Bier in Nürnberg bis nüber nach Fürth sehr verpönt. Ich weiß nicht, warum, aber es bleibt mir nix anderes übrig, wie dass ich es in unentschlüsselbarer Geheimschrift hinschreib: Es hat sich um vier Halbe Bucher-Tier gehandelt. Und das Schlimmste: Sie haben mir gemundet und gehalst und gelebert, und selbst am Abort haben sie noch ein letztes Mal aufjauchzend gebrunst, dass es nur so geschbrazzld hat.

Und wemmer schon dabei sind, gestehe ich gleich noch dazu, dass ich ein Grüner, ein Dirnzorfer, ein Wucher

Teizen oder gar ein Altnürnberger Bellerkier ebenfalls sehr gern in mich hineinsäufze. Alles aus dem Kudsessel, der, mit einem Arschbackn auf Fürther, mit dem andern auf Nürnberger Gemarkung, am Main-Donau-Kanal sich mitten auf der heiligen Stadtgrenz hingebfoonzert hat.

Dass mir den Stadtgrenzverletzern ihr Bier in Höhe meines Halsknorpels oft eine große Freude bereitet, hat drei Gründe. 1. Wer in Latein seinerzeit auch einen Fünfer im Abo gehabt hat, der weiß trotzdem, dass es schon der alte Cicero nach fünf Maß lauwarmer Cervisia gelallt hat: »De gustibus non est disputandum«, sinngemäß übersetzt »Mei Katz mooch Mäus, mir schmeckns nedd.« 2. Gilt seit Menschengedenken der einwandfreie Sinnspruch »Wes Freibier ich trink, des Lied ich sing« und 3. hat vor einigen Dezennien der längst im Plastikautohimmel weilende Gourmet und Eigenbierbrauer Ernst Bettag im Bobby-Car durch Stadeln und Umgebung düsend verkündet, dass er sein selbst eingemalztes Edelst-Bier bereits nach dem ersten durch den Hals perlenden Tropfen von jedwedem Fabrik-Blembl sofort unterscheiden kann. Und es hat unter notarieller Aufsicht von drei namhaften ortsansässigen Schluckspechten eine Blindverkostung stattgefunden, die der intime Bierkenner Bettag voll vergeigt hat.

Sein eigenes Bier hat er mit den verbrieften Worten »Asuu a Gsief« alsbald in einen bereitgestellten Eimer geschbodzd, während er das damals noch habhafte, aber gern gemiedene *Patrizier* feierlich zum Testsieger erklärt hat. Ich erwähne diese immer wieder aufschäumenden fränkischen Biergeschmacksknospenzwiste auch deswegen, weil zum Beispiel der vortreffliche Mehrbereichskünstler und Spurensicherer Matthias Egersdörfer Gallenstein und Bein schwört: Die wahre, ans Paradies gemahnende Freude entsteht im Menschen nur, wenn dich ein *Hebendanz* Export Hell zügig durchflutet. Hebendanz aus Forchheim, seit 1579 in Familienbesitz, und der Öffentlichkeit mit dem schönen Werbespruch ans Herz gelegt: »Wer probt, der lobt.« Das ist die eine Seite vom Bierfilzla, die andere, von meinem Freund Kalter Wipferlein einstmals nach zwei trüben Tassen *Hebendanz* geäußert, lautet: »Zum Nausbrunsn gäihds scho.«

Die fränkische Biervielfalt also in allen Ehren – aber wie soll ein hiesiger, einigermaßen ausgepichter Mensch in dem ihm zur Verfügung stehenden einzigen Leben feststellen, welches Bier für seinen Hals notdürftig zufriedenstellend maßgeschneidert ist. Bis du dich durch ein *Gutmann, Wiethaler, Mönchshof, Nikl-Bräu, Landwehr, Drummer, Hetzelsdorfer, Neder, Pyraser, Hembacher, Hofmühl, Zwanzger, Rittmayer, Zeltner, Held, Alt, Weißenoher, Stöckel, Kreuzberg, Hummel, Hersbrucker, Buttenheimer, Prechtel* und tausend andere Sorten jeweils mit ihrem Bock, Doppelbock, Pils, Märzen, Keller, Zwickel, Rauch, Maibock, Weihnachtsbock, Weizen und so weiter und so weiter durchgearbeitet hast, da liegen deine Getränke-Organe von der Galle bis zur Leber längst in Eigenspiritus im Nürnberger Prellerhaus, deinen Knallkörper hat's in Millionen Freibiermarken zerrissen, und wie viel Prozent und Stammwürze dann nach deinem Abheben ein Manna hat, das weiß der Himmel, und der nicht genau. Also Hand auf die Leber: Es ist doch ziemlich Stadtworschd, was wir in uns hineinfleußen lassen. Hauptsache, es läffd, löscht den Dorschd und kommt wieder raus. Lieber unten als oben, lieber vorn als hint. Damit Prost – auf ein unfall-, kopfweh- und blemblfreies Bierfest!

Die Craft und die Herrlichkeit, oder: Im Abgang Holz

Obacht, gell: Weil es schreibt hier der verhältnismäßig herkömmliche Bierdimbfl von vorvorgestern. Und zwar ist es mit dem Bier, beziehungsweise beer, fast genauso wie mit dem Nürnberger Stadion. Nicht nur, dass der Gang in dasselbe nicht selten mit einer an schwerer Überhopfung gemahnende Bitternis in Verbindung gebracht werden muss, sondern es gibt seit geraumer Zeit auch mit der jeweiligen Nomenclatura Gemeinsamkeiten (wer nicht über das große oder kleine Latrinum verfügt: Namensverzeichnis). Während der altvordere Fußball-Märtyrer des Samstags (inzwischen auch des Freitags, Sonntags, Montags, Dienstags oder Mittwochs) den Trauerflor gegürtet, eine Überdosis Mir-doch-worschd-wenns-abschdeing-Tablette eingeworfen und sodann den Seinen zugmumbfld hat »Ich gäih edz zum Glubb, gell«, hat es Jahre später unter allen Umständen heißen müssen: Ich geh ins Franken-Stadion, ich geh ins Isi-Greddid-Stadion, ich geh ins Grundig-Stadion, ich geh ins Stadion Nürnberg, und jetzt war geplant, dass man ins Max-Morlock-sponsored-by-Consors-Bank-Stadion geht oder auch nicht. Pro vollendetem Aussprechen des jeweiligen Geld- und Namensgebers hat man eine Prämie erhalten, und zwar 0,00 Euro plus Zinsen.

Und jetzt zum Bier. Der oben bereits erwähnte, am Eichenstuhl gut eingewurzelte Wirtshaus-Hocker hat von frühester Jugend an bis jetzt ins hohe Alter den Mund kaum geöffnet und durch den so entstandenen schmalsten Spalt der Welt gehechelt: »A Seidla!« Zwei Minuten später: »Nu ans!« Weitere zwei Minuten später: »Hosd nu ans?!« Und so weiter, ungefähr bis zum zwölften Seidla. Inzwischen kommt man aber mit diesen eintönigen Bestellungen, die da unter Umständen auch lauten können: »A Bier, wenn's gäihd, haid nu« oder »Lou numol die Luft raus!« – kommt man also nicht weit. Also nicht weit in den Hals hinein, vielmehr bleibt er einem trocken bis dorthinaus.

Nur einmal angenommen, du nimmst in einer wohlbeleumundeten und noch wohler aufgepreisten Bier-Nipperei Platz, so lausche dem dort tätigen Craft-Beerpanscher in äußerster Aufmerksamkeit. Bei altersgemäßer, einigermaßen chronischer Synapsenträgheit durchaus mit Kugelschreiber und Notizblock in der Hinterhand. Was jetzt das erwähnte Craft-Beer ist, muss man dazu gar nicht wissen, da inzwischen jedes Bier, beziehungsweise Beer, ein Craft-Beer darstellt.

Der Wirt also pariert deine anfängliche Bestellung aus dem schönen Reich der Stereotypie »A Seidla!« anfänglich mit verächtlichem Schnauben aus der Nase und entschwindet sodann. Erst auf dein Gebrüll »A Seidla, hobbi gsachd!« kehrt er wieder, schaut mit geschlossenen Augen (eine der schwierigsten Übungen eines Craft-Beer-Ausschenkers) über dich hinweg und spricht in die Leere des Gastraums, ins Off hinein, quasi virtuell, folgende Worte: »Wünschen Sie ein handgefertigtes Duvel in der typischen gelben Farbe mit einer sehr großen fein- bis mittelporigen Konsistenz? Das Aroma in der Nase ist aber deutlich anders. Citrus und Honig kommen bei ihm zur Geltung, der Citrushauch wird durch HBC 291 aber noch intensiver. Zitrus, schwarzer Pfeffer, Lavendel und Rosennoten ergeben einen unglaublichen Mix, den man nicht mehr missen möchte.«

Während dieses ornamenthaften Vortrags schwillt dir der Kamm, dein einen gehörigen Sturzbach erwartendes Zäpfchen im Hals bäumt sich im Todeskampf des nahen Verdurstens ein letztes Mal auf und du brüllst: »Iich wer der edzer glei an Zidrushauch und Lafendl und an Schbruuz aus mein Pfefferspray geem! A Bier edzer!« Und schon sprudelt es aus dem Master of Craft Beer heraus – nicht das Bier, sondern die Worte: »Oder darf es ein Lemke Imperial Stout sein, mein Herr? Ein anspruchsvolles Bier für den fortgeschrittenen Genießer. Einst wurde es von den Engländern als Geschenk für die russische Zarin gebraut. Deutlich holzig-würzige Noten steigen als Erstes in die Nase, ergänzt von Feige und Amarenakirsche; Vanille, Kräuter, Thymian mischen sich darunter. Dem zartöligen Antrunk folgen Pinie und ein Kräuterbouquet. Der Abgang ist weich, aber trocken, wieder mit Holz und schwarzem Pfeffer.«

Worte, die man sich auf der nunmehr völlig ausgedörrten Zunge zergehen lassen soll: Nicht nur die Sache mit der russischen Zarin, sondern auch und vor allem den weichen Abgang von Holz und schwarzem Pfeffer. Da wird sich der antike, jeglichen Craft-Beers noch unkundige Biertrinker denken, dass er hinsichtlich des – wenn auch weichen – Abgangs von Holz unter Umständen eine Windeleinlage mit sich führen hätte sollen. Und eine Penaten-Creme. Und womöglich gedenkt er während des einschmeichelnden Vortrags betreffs Craft-Beer aus dem Hause Lemke, Abgang Holz etc. an jenen Nachmittag des vergangenen Nürnberger Bierfestes im Schatten der Eppelein-Mauer. Wo er nach Genuss einiger völlig ungeholzter Seidlein *Hetzelsdorfer* in sich deutlich das Nahen eines Abgangs verspürt hat, den er zunächst, irrtümlich, als ganz normalen, außerordentlich würzigen Jahrgangs-Bierschieß eingeordnet hat. Und dann aber beim Abgang ein letztes Stöhnen: »Allmächd! Iiich glaab edzer is a weng Land miidkummer.« Holz ist aber Gott sei Dank keines mit abgegangen. Ich wünsch einen schönen Hingang zum Nürnberger Bierfest und nach dem Abgang daheim dann viel Vergnügen mit Ihrer fränkischen Zarin!

Wenn die Seele taumelt

Es naht edzer oder ist vielleicht sogar schon da, und zwar – wie der seit geraumer Zeit in unsere Stimmbänder nei-implantierte Ami sagt – also, es naht der oder die Spring-Deim, der Frühling mit seinem Jogging, Walking, Biking, Climbing, Kreuzfahrtschiffing, Sprachverwirring, Insel-Hopping and so on. Not to forget: Peeling. Peeling ist ein ganz wesentlicher Bestandteil der Wellness, und die Wellness ist im Unterschied zur Bettnäss eine extrem wohltuende Sache, ohne welche du keinen Urlaub buchen kannst.

Worschd, wo du hindreifst oder -fleist – die Wellness samt ihrem unsichtbaren Schwesterlein, der baumelnden Seele, ist immer dabei. Oder um es so zu formulieren: Nur einmal angenommen, du möchtest die nächsten zwei Wochen *nicht* alle fünf Minuten deine Seele baumeln lassen, weil es ihr dann vielleicht vor lauter Baumeln speiübel wird; und du legst darüber hinaus auch keinerlei Wert drauf, dass du infolge verschiedener Gesichtsbeläge wie Joghurt, linksdrehendem Kefir, Bio-Gurkenscheiben, Honig oder handgeschöpfter Lebberi und anschließender orientalischer Hamam-Bäder nach vierzehn Tagen aus der fernöstlichen Wellnesserei heimkehrst wie eine

Mischung aus Kaulquappe und Pizza-Vierjahreszeiten; und du lehnst es drittens auch ab, die Nächte deines sogenannten Urlaubs jeweils mit einem Kräutersäckchen zwischen den Beinen, gefüllt mit heißen Lavasteinchen, Spritzwegerich und frischem Wickensalat aus biologischem Anbau zu verbringen – dann, liebe Gesundheitsapostel und -apostelinnen, dann schaut es urlaubsmäßig ziemlich beschissen für euch aus. Kann man leider nicht anders sagen. Denn Ferienunterkünfte aller Art ohne einen Wellness – ob auf der Insel Sylt, der Insel Schütt oder auch in Unterzipfelshaupten – sind praktisch ausgestorben. Wurscht, wo du deinen ausgemergelten Körper zwei Wochen lang hinbetten möchtest, überall herrscht strengste Wellness-Pflicht. Die Wellness des Menschen ist unantastbar.

In jeder ehemaligen Trichinen- oder Staubmilbenzuchtanstalt begrüßen den Gast und die Gästin als Wellness-Welcome-Drink zunächst ein Gläslein frisch gepresster Brennessel-Juice sowie eine Komposition makrobiotischer Feldfrüchte, und es stehen während dieser Odel-Einnahme vor dir Spalier: einige Beauty-Direktricen, Anti-Aging-Controller, Problemzonen-Forscherinnen, Visagistinnen und Magnetfeldtherapeuten. Die Wellness hat inzwischen auch im Bayerischen Wald, in der Hersbrucker wie Fränkischen Schweiz oder im Fichtelgebirge tiefe Schneisen in die Gesichter ihrer Kundschaft gegraben.

In früheren Zeiten hat dich dort ein Wirt zur Sommerfrische mit der typischen fränkisch-oberpfälzischen Freundlichkeit bzw. Friendlyness und mit den Worten begrüßt: »Zimmer fuchzehn, erschder Schduug! Abodd is hintn am Gang, Duschn kost extra!« Heute umsäuseln dich die Sphärenklänge eines tibetanischen

Holzklöppelspiels, in dessen Takt der Master of Wellness vor dir einhertänzelt und dazu tiriliert, du mögest jetzt erst einmal alles Ungemach sowie deine Credit-Card von dir abfallen und deine Seele baumeln lassen.

Seit Kurt Tucholsky vor ungefähr 80 Jahren das Wort von der baumelnden Seele geprägt hat, befindet es sich auf einem Siegeszug ohnegleichen in Milliarden und Abermilliarden von Prospekten aller Wellness-Hotels zwischen Ursulapoppenricht, Ochsenkopf und Sankt Abkochel a. V. (am Vollbadscherkofel). Falls also jemand während seinem Wellnessing aus Versehen von einer baumelnden Seele am Kopf getroffen wird, no problem – eine kleine Thalassoanwendung, ein Neptunbad mit Naturquellwaterfall oder ein ayurvedischer Tropenregen, auf Wunsch auch mit Pfefferminzgeschmack, helfen schnell über den ersten Schmerz hinweg.

Danach hüllt man sich in den immer wieder gern dargereichten Kuschelbademantel aus selbst geklöppeltem Wollgarn des nordtibetanischen Lach-Yeti, in Fachgreisen auch Dalai Lama genannt, also eines sehr seltenem Tiers. Zur Nachmittags-Sauermilch nimmt der erfahrene Wellnässer gern eine kamasutranische Lomi-Lomi-Tempelmassage, anschließend ein Honigzirbelbad mit Lotus-Regenerationsperlen. Das bereits erwähnte Kräutersäckchen gefüllt mit heißen Lavasteinchen, Spritzwegerich und Wickensalat aus biologischem Anbau rundet den ersten Tag unserer Quälness-Ferien ab. Und zwar dahingehend, dass du das Säckchen aus dem Fenster hinaus in die frische Heuluft schmeißt, die Bio-Gurkengesichtsmaske abradierst, dich auf Schleichwegen in ein nahes, möglichst übel beleumundetes Wirtshaus begibst und vorsichtig anfragst: Ob hier zufällig Seelen in der Gaststube rumbambeln, ob hier Peeling, Lomi-Lomi-

Tempelmassage, Arschfaltenbügling, Lebberi-Einsalbungen, Gurkengesichtsmasken, Mineralwasserungen in alle zur Verfügung stehende Köperöffnungen etc. durchgeführt werden. Wenn nein, und wenn dir der Wirt stattdessen entgegenmumbfelt: »A *Hetzelsdorfer* hommer und a Schdaddworschd mid Gurgn is nu dou. Und Zimmer fuchzehn is nu frei. Erschder Schduug, Abodd is hindn am Gang. Duschn kost extra!« – dann frag nicht lang und verweile dort für den Rest deiner Wellness-Tage zum Beer-Gardening und Outdoor-Drinking.

Ein Bild sagt mehr als 1.000 Lungenzüge

Falls Sie den Rainer Rilke (1875–1926), zweiter Vorname Maria, nicht kennen, ist es nicht so schlimm. Weil auf jeden Fall kennen Sie sein weltberühmtes Herbstgedicht, welches mit den extrem nachdenklichen Worten beginnt: »Herr, es ist Zeit, der Sommer war sehr groß …« Und ich möchte es dahingehend ergänzen, dass der Sommer nicht nur sehr groß, sondern betreffs der Sitzplatzordnung in unseren Biergärtlein auch sehr einfallsreich war. So hat zum Beispiel ein guter Freund von mir, Nebenerwerbs-Hedonist und Vollblescher, ein selbstklebendes Hinweis-Bläbbala für Biergartentische entworfen. Auf ihm folgender Text: »RAUCHERZONE – Bitte haben Sie Verständnis dafür, dass der Biergarten im Sommer nur für Raucher reserviert ist. Sie haben jahrelang für rauchfreie Indoor-Räume gekämpft. Bitte nutzen Sie diese nun auch im Sinne Ihrer Gesundheit!«

Jetzt aber wieder Herbst, Schluss mit dem Schmoken, wo vorn die gludernde Lot (Originalzitat aus dem Volks- und Edmund Stoiber) deines Aufputsch-Stengleins brennt und von hinten auf den Pelz die güldne Sonne. Sondern, wie es bei Rilke heißt: »... und wird in den Alleen hin und her/unruhig wandern, wenn die Blätter treiben.« Beim unruhig Wandernden handelt es sich um den Raucher. Und weil es natürlich noch viel zu wenig an Ent- und Erziehungsmaßnahmen ist, wenn man draußen in den Alleen bei 10 Grad unter Null seine nikotinhalti- gen Herbstnebel wallen lassen muss, hat sich die Berliner Gesundheitswacht jetzt noch einmal eine Abschreckung ausgedacht: Das Schockbild in Form der ältesten Kunst, die der Menschheit kenntlich ist – der Mundhöhlenmale- rei. Auf dem Zigarettenschächdala kann der Käufer des- selben nach Herzenslust halbverfaulte Zähne betrachten, Unterkiefer in Form von kleinen Bombentrichtern, ver- wüstete Gaumen oder sogar eine breitflächig angelegte Mundfäule. Aber obacht bei Letzterer – dieselbe ist nicht zu verwechseln mit der fränkischen Sprachgepflogenheit ähnlichen Namens. Außerdem naturgetreu abkonterfeit: einwandfrei zugeteerte Lungenflügel, handkolorierte Fehlgeburten oder Bronchien, die notdürftig und zum Schlussakkord aus dem letzten Loch pfeifen.

Wie und ob jetzt die vom Gesundheitsapostelausschuss der Bundesregierung entworfenen Schockbilder wirken, weiß man nicht. Man vermutet inzwischen allerdings, dass sie zum Beispiel in Bayreuth eher entgegengesetzt zum erwünschten Ergebnis wirken. In Bayreuth befindet sich nämlich nicht nur das ebenfalls einem Schockbild gleichende Richard-Wagner-Festspielhaus, sondern auch die größte Zigarettenfabrik der Welt, wo 10 Millionen Packungen Lullen hergestellt werden. Nicht pro Jahr, sondern 10 Millionen täglich. Und da sichtet jetzt so ein noch einigermaßen fest angestellter Bayreuther Zigarettenstopfer, gesetzlich verankert, an jedem Arbeitstag 10 Millionen morsche Mundhöhlen, 10 Millionen abgefaulte Raucherbeine, 10 Millionen wie von Ratzn abgeknabberte Gaumenfragmente, 10 Millionen Fehlgeburten im Vierfarbdruck. Das sind, über den Gaumen gepeilt, dreieinhalb Milliarden Schockbilder im Jahr! Und nur einmal angenommen, der Mann ist leidenschaftlicher Nichtraucher. Wie hält er die milliardenfache Konfrontation mit der missbildenden Kunst aus? Er wird sie dergestalt aushalten, dass er nach einigen Tagen in hohem Bogen die Ärmel seines Arbeitsmantels vollspeit, und wenn diese gefüllt sind, wird er in seiner Not zu sich selber folgende Worte sprechen: »Wenn i mer den Scheißdreeg scho in ganzn Dooch ooschauer mouß, nou konn i glei raung aa.« Und schon wird er, eine *HB* zwischen den blaugefrorenen Lippen, draußen vor dem Werkstor in den Alleen unruhig wandern. Und zwar erst hin und dann wieder her. Wenn die Tabakblätter treiben.

Bei denjenigen Rauchern aber, die nicht bei *HB* in Bayreuth unter Vertrag stehen, werden eines Tages, Jahres, Jahrzehnts oder Jahrhunderts – da ist der Bundesrauchzeichenminister fest überzeugt – die Schockbilder zur vollkommenen Enthaltsamkeit führen. Denn die Wirkung eines Bildes ist, wie jeder weiß, ungeheuerlich. Man nehme nur das Beispiel Krieg. Jeden Tag sehen wir im Fernsehen, in der Zeitung, im Internet oder in echt grauenerregende Schockbilder vom Krieg. Und das Resultat? Genau! Dauerhafter Frieden auf dem gesamten Globus, wie ihn die Welt noch nie erlebt hat. Außer in der Ukraine, Russland, Israel und Palästina, in Syrien, im Irak, Libyen, in der Türkei, im

Jemen, Afghanistan, Uganda, Nigeria und allerhöchstens noch in 25 anderen Staaten. Oder, um noch einmal Rilkes Herbstgedicht leicht abgewandelt zu bemühen: Wer dort ein Haus gehabt hat, der baut keines mehr. Tut aber eventuell noch den einen oder anderen tiefen, wohltuenden Zug.

Mein Kanalgarten

Blöd, dass es vom Glück keinen Plural gibt. Weil: Wie will dann jemand beschreiben, dass er vielleicht mehrere Glücke hat? Ich zum Beispiel hab viele Glücke, die aber keinen was angehen. Doch eines davon ist sowieso öffentlich, da es sich an dem von mir sehr gemochten Alten Kanal in Wendelstein befindet. Es ist ungefähr fünfundzwanzig Meter lang, zehn Meter breit, schaut manchmal aus wie eine Zuchtanstalt für Quecken, Giersch und Vogelmiere, manchmal wie ein Urwald, und hin und wieder ist es mein Kanalgarten.

Wobei das »mein« eigentlich fehl am Platz ist, weil die zweihundertfünfzig Quadratmeter der berühmten Marktgemeinde Wendelstein (berühmt unter anderem, weil hier der Hans Sachs seine Ehefrau, die Kuni oder auch Kunigunde, zu sich heim nach Nürnberg geholt hat) – wo waren wir jetzt? Ach so, ja: »mein« Kanalgarten gehört also der Gemeinde Wendelstein, die ihn mir vor ungefähr 35 Jahren gütigst verpachtet hat. Mit dem Hinweis damals, dass mir dort das Gartenglück höchstwahrscheinlich nicht sehr hold sein wird: kein Wasser, kein Strom, viel Sand und vier sehr stämmige, verständlicherweise unter Baumschutz stehende Eichen.

Vom Pech gibt es auch keine Mehrzahl, sonst könnte ich jetzt anfügen, dass diese vier Eichen manchmal vier Peche sein können. Sie werfen nämlich nicht nur einen Schatten, sondern im Herbst auch – geschätzt – Millionen von Blättern und Eicheln, die ums Verreckn nicht verrotten.

Jetzt aber folgendes Bild zum gefälligsten Sich-Ausmalen: Ich sitz auf meiner Gartenbank teils unterm Flieder, teils unter einem vollkommen krumm gewachsenen Apfelbaum, vor mir ein Seidlein *Grüner* naturtrüb mit vier bis fünf Zentimetern Schaum, ein Zigarettenrauch steigt infolge der Windstille kerzengrad in den Himmel, in den Beeten streben vielfältige Unkräuter ihrer Reife entgegen, es geht aber trotzdem schon der erste Radieschensamen auf, über mir wahrscheinlich ein blauer Himmel, den man aber wegen der Eichen nicht so genau sieht; im Ludwigskanal schwimmen ein paar Karpfen gemächlich spazieren, und es blühen die Heckenrosen, der Zwetschgerbaum, die Mirabellen, die Schlehen, bald erscheinen vielleicht drei bis vier Freunde zum Schafkopfkarteln in der Laube – weiß jemand, was sich dann in mir für ein Gefühl zusammenbraut?

Viele Jahre meines Daseins im Kanalgarten hab ich es nicht gewusst, bis ich es eines Tages bei der Frau Eva Demski (eine von mir verehrte, aus Regensburg stammende Dichterin) in ihrem Buch *Gartengeschichten* endlich gelesen hab: »Vielleicht ist Gartenwollust das kurze und wunderbare Gefühl: Etwas Besseres kann es nicht geben. Dieser Moment, dieses Zusammenspiel aus Duft und Sonne, aus Wohlbefinden und dem Geschmack von Basilikum und selbsterschaffenen Tomaten: Der Gipfel.«

So schaut's aus, meine Damen und Herren Strebergärtner! Weil in meinem Krauterer-Paradies kann mir die große weite Welt gern und auf Wunsch mehrfach den Buckel nunterrutschen. Ich hab, wenigstens für ein paar Stunden in der Woche, meine kleine Welt. Und auf Pacht sind wir ja, auch in der richtigen Welt, sowieso, es will nur niemand wissen. Jetzt hab ich aber den Inhalt meines Gartenglücks noch lange nicht zur Gänze aufgezählt. Also Obacht, sauber in Flora und Fauna aufgeteilt.

Erst die Flora: Gänseblümchen, Vergissmeinnicht, Kuhblumen (für den Conny Wagner und sein gleichnamiges Lied gehütet und behütet) oder auch Löwenzahn, zwei Weinstöcke aus der Wachau, Phlox, Rettich, Stangenbohnen, Gurken, Gelberruum, Rote Rüben, Kohlrabi, Johannisbeeren, Rhododendron, Ringelblumen, Stockrosen, Stachelbeeren, Sonnenblumen, Kletterrosen sowie die von der Frau Demski schon erwähnten Tomaten.

Und jetzt die Fauna: Tauben, Ratzn, Mäus, Ringelnattern, Blindschleichen, Bienen, Hornissen, Eichhörnla, Schnecken (teils nackert, teils mit Wohnmobil am Buckel), Siebenschläfer, Igel, Rotkehlchen, Spatzen, Amseln, Meisen, Maulwürfe, 1 Leih-Katze und 1 drehbares Windhuhn aus Blech, im Gedenken an seinen Erschaffer Toni Burghart. Und zu allem Überfluss noch sehr angenehme Nachbarn, jahrzehntelang der Hans und den Fritz, die mir seinerzeit einen Brunnen mit echtem Wasser drin gegraben haben. Oder der Sigi, oder der Herr Landrat, oder der Bund Naturschutz.

Die Gespräche über den Gartenzaun heben meist wie folgt an: »No Nachber, demmer aa a weng im Garddn ärwern?« Dann besprechen wir die Eichen und ihre Millionen und Abermillionen Blätter und Eicheln, dann das Wetter und dann wünschen wir uns einen schönen Tag. Und im Herbst, wenn mein Kanalgärtla Feierabend hat, setz ich mich manchmal in die gemeindlicherseits gerade noch geduldete Hütte, öffne andächtig das Geschenk vom Hans und vom Fritz, eine Flasche Schlehengeist, und trink ein Schdamberla oder zwei. Auf mein gepachtetes Glück. Alles ziemlich spießig, oder? Aber, sag ich mir immer nach dem dritten Schdamberla, lieber ein bissla spießig als stumpf.

Obacht, Ludwig!

Das Schönste
Am Ludwig-Donau-Main-Kanal
Ist:
Dass er noch nie in seinem Leben
Ein Wirtschaftsfaktor war
Höchstwahrscheinlich deswegen
Lebt er noch
Sehr anmutig, sehr beschaulich
Was man von der Donau
Und vom Main nicht sagen kann
Aber Obacht, Ludwig!
In den mondlosen Nächten
Da schleichen die Raumordner
Durch unser Land
Mit ihren Zinsfüßen
Und Planquadratlatschen
Dann ist es aus
Mit der Beschaulichkeit

Schöne alte Volksbäuche

Ein sehr schöner alter fränkischer Bierbrauch ist unter anderem der fränkische Bierbauch, auch Überhangmandat oder fränkische Biervielfalt genannt. Zu seiner vollkommenen Schönheit entfaltet, soll er sich an seiner weitesten Stelle etwa bis auf den Umfang einer Litfaßsäule ausdehnen und einen Hosenverkäufer beim Wöhrl zur Verzweiflung bringen.

In früheren Jahren ist der Bierbauch häufig durch einen Spazierstecken abgestützt worden, heute kann man ihn aber auch in einem Einkaufswäächala durch die Lande fahren. Die Idealmaße des fränkischen Bierbauchs errechnen sich aus dem sogenannten Body-Mass-Index. Durstschnittlich zwischen drei und fünf Mass möglichst alkoholreiches Bier pro Tag in den Body ergeben schon nach wenigen Jahren einen stattlichen Bierbauch.

Jetzt aber warnen Ärzte, Apotheker, Ernährungsmediziner, Ayurveda-Tee-Hersteller schon seit geraumer Zeit vor dem Besitz eines Bierbauchs. Er sei in höchstem Maße ungesund, stehe beim morgendlichen Schnürsenkelbinden erhablich im Weg und verwehre – etwa dem Mann – die regelmäßige Blickkontrolle seiner Geschlechtsorgane. Die vereinigten Warner raten dringend zu einem Waschbrettbauch.

Der Forderung nach einer Abschaffung des Bierbauchs ist aber entgegenzuhalten, dass er gerade jetzt zur Urlaubs- und Ferienzeit ein beliebtes Freizeitgerät für Jung und Alt ist. Durch ihn liegt man beim Schwimmen fest wie ein Ozeandampfer im Wasser und trotzt durch seine hohe Zahl von Bruttoregistertonnen jedem Wirbelsturm. Auf einem Bierbauchinhaber kann man zum Beispiel bis zu Windstärke zwölf vollkommen gefahrenfrei segeln, indem er als Kiel und am Grund des Meeres schleifender Treibanker gleichzeitig wirkt. Kindern ersetzt der Bierbauchträger ein ganzes Gebirge, in dem sie oft wochenlang auf Klettertour gehen können. Ein Bierbauchträger in der Familie ersetzt eine kostspielige Himalaja-Tour. Auch zum Sandburgenbau am Strand ist der Bierbauch gut geeignet. Und wer schon einmal für viel Geld jene schöne aufblasbare Kinderbelustigung angemietet hat, weiß einen Bierbauch besonders zu schätzen – denn ihm steht die familieneigene Hüpfburg immer und kostenfrei zur Verfügung. Oder wer sich zum Beispiel einen Inselurlaub nicht leisten kann: Einfach den bierbauchhaltigen Familienvater im Stadionbad zum Rückenschwimmen veranlassen – schon hat man seine ganz persönliche kleine Insel Schütt.

Pflegen wir also unser erhabenes Zentralmassiv durch regelmäßiges Gießen. Einen Waschbrettbauch kriegen wir dereinst als Gerippe am Westfriedhof noch früh genug.

Das weiß der Himmel

Alles in Butter, Herr Luther ...

Dieses Mal bitte ich die geneigte Leser- und -innenschaft mit äußerster Dringlichkeit, sich Buchstabe für Buchstabe an die Parole zu halten: »Des muss aber unter uns bleim, gell!« Weil nämlich Folgendes: Es geht um die jeweils anderen, speziell jetzt um die ganz anderen, also Papisten einerseits, Lutheraner andererseits und selbstverständlich ums Jenseits, wo die einen womöglich hinkommen, die andern eventuell nur einen Stock tiefer, oder alle zwei miteinander überhaupt nicht. Oder um mit der alten Marcharedd zu reden: Nix Gwieß wass mer nedd.

Um jetzt wieder auf den Luther zu kommen: Ich habe ihn seinerzeit im zarten Alter von ungefähr sieben Jahren kennenlernen dürfen. Und zwar in der Form, dass eine ebenfalls ziemlich zartaltrige Nachbarin, nennen wir sie Bärbl, eines schönen Sommertages einen meiner Arme ergriffen hat, an ihm, dem Arm, mit ihrer rechten Hand emporgekrabbelt ist, dabei geheimnisvoll die heiligen, sich teilweise reimenden Worte murmelnd: »Doktor Martin Luther, geht mit seiner Mutter, auf die grüne ...« Bei »grüne« hat mich die wahrscheins orthodox-katholische Bärbl dermaßen in den Oberarm gezwickt, dass ich laut und schmerzerfüllt »Au!« gebrüllt und dadurch den Satz wie von der Bärbl beabsichtigt vervollständigt habe: »Doktor Martin Luther, geht mit seiner Mutter, auf die grüne – Au.«

Was mir damals widerfahren ist, könnte man ganz im Sinn der christlichen Mystik als eine Art Offenbarung bezeichnen, denn es hat sich mir damals schon offenbart, dass ich zum Doktor Martin Luther infolge eines blauen Fleckens am Oberarm ein gespaltenes Verhältnis habe. Jetzt, anlässlich des mindestens zwei Jahre währenden

Megafestivals wegen fünfhundertjähriger Wiederkehr von seinem Prothesen-Hinnageln an die Schlosskirche zu Wittenberg, spaltet sich das Verhältnis immer tiefer. Ein Spalten, das keine Schlosskirche aushält. Die von Wittenberg schon gleich gar nicht.

In jungen Jahren war es bei mir also der blaue Flecken am Oberarm, dass mir der einstige, extrem gottesfürchtige und flagellantenhaftige Mönch, spätere Transformator und noch spätere Playmobil-Plastik-Kaschber nicht ganz geheuer war. Viele Jahre danach war es folgende, meiner Meinung nach einigermaßen geradlinige Zeitenabfolge: Schlosskirchen-Nageln, Reformation, Bauernkriege, Gegenreformation, 30-jähriger Krieg. Letzterer ungefähr mit sieben Millionen Toten, also 30 Prozent der damaligen Bevölkerung. Alle erbärmlich verreckt im Namen des einen Gottes oder aber des anderen. Da habe ich mir dann mit meinem nicht weniger erbärmlichen Kopf gedacht: War's des wert?

Zu meiner Zeit sind jedoch solche Fragen im Geschichtsunterricht nicht beantwortet worden. Im Religionsunterricht schon gleich gar nicht. Und mit Beginn meines persönlichen Spätmittelalters ist, betreffs Luther und seiner Angst vor der Hölle, dann ein schon mehr als blauer Flecken dazugekommen, und zwar nicht am Oberarm, sondern in der Seele, und eigentlich auch kein blauer Flecken, sondern eher ein Bombentrichter – und zwar durch die Kenntnisnahme vom Berufswechsel des großen Reformators, genauer gesagt: Sein Amtsarschtritt, korrekt natürlich Amtsantritt als evangelischer Hassprediger. Mit seinem 160-seitigen Pestseller des Titels *Von den Juden und ihren Lügen*. Niedergeschrieben vermutlich auf der bereits erwähnten grünen Au, wo einem aufgrund der dort vorherrschenden Lieblichkeit verwunderbare Gegensätzlichkeiten zu jener Lieblichkeit nur so zufliegen. Wie etwa folgende Sätze: »Die Juden sind junge Teufel. Wenn ich einen Juden taufe, will ich ihn an die Elbbrücke führen, einen Stein an seinen Hals hängen und ihn hinabstoßen und sagen: Ich tauf dich im Namen Abrahams.« Oder: »Es stimmt aber alles mit dem Urteil Christi, dass sie giftige, bittere, rachgierige, hämische Schlangen, Meuchelmörder und Teufelskinder sind, die heimlich stechen und Schaden tun, weil sie es öffentlich nicht vermögen.« Die Juden nämlich. Oder: »Man soll ihre Synagogen oder Schulen mit Feuer anstecken, und was nicht brennen will, mit Erde überhäufen und beschütten, dass kein Mensch einen Stein oder Schlacken davon sehe ...« Und mit meinem schon zitierten Deppenkopf hab ich sinniert: Eine wahrlich anschauliche Bedienungsanleitung für die Herren Hitler, Himmler, Eichmann, Streicher und so weiter, die sie dann auch sehr erfolgreich angewendet haben.

Und weiter hab ich eigenköpfig gegrübelt: Muss man zum 500-jährigen Jubiläum von unserem Heiligen Hulzermärddl jetzt wirklich eine Gedenkorgie universalen Ausmaßes feiern, dass es nur so raucht in den Gedächtnislücken? Ja, sagt mir die alleinseligmachende Kirche, ja, man muss. Und zwar deswegen, weil wir momentan ungefähr zwei Jahre lang die Befreiung vom päpstlichen Ablass damals, dem käuflichen Freifahrschein fürs Paradies, begehen. Jene Befreiung, die 1517, also vor 500 Jahren, stattgefunden hat, sodass wir seitdem kostenlos in den Himmel kommen. Die paar hundert Millionen Tote im Namen des einen oder des anderen Gottes sind vor allem deswegen vernachlässigbar, weil die inzwischen sowieso nicht mehr unter den Lebenden weilen würden. Und das da und dort geforderte kritische Gedenken an den

Hass- und Rassen-Doktrinär Martin Luther wird schon auch noch zelebriert, korrekterweise natürlich auch zu seiner Zeit, nämlich erst im Jahr 2034. Denn erst dann hat das Erscheinen des Buches *Von den Juden und ihren Lügen* 500-jähriges Jubiläum. Und erst dann sind unsere Gedächtnislücken so weit und breit, dass wir direkt, ohne Hirn dazwischen, ins Blaue schauen können. Nicht ins Blaue unseres eingezwickten Oberarmes, sondern in jenes Blaue, das wir uns manchmal vom Himmel herunterlügen.

Und zum Schluss noch einmal mit allem Nachdruck: Des muss fei unter uns bleim, gell! Weil, ich möchert ja auch gern in den Himmel kommen.

God bless playmobil

Als Erstes einmal, dass ich es nicht vergess: God bless America! Muss man jetzt immer vorab hinschreiben, wenn man was schreibt, andernfalls läuft man Gefahr, dass drüben in Waschington jemand auf den roten Knopf drückt und dann geht's derhii. Also: God bless America, und Veitshighhome is over. Nächstes Jahr soll es acht Stunden lang im Fernsehen übertragen werden oder vielleicht sogar zwölf Stunden, und als was sich der Söder dann maskiert, wird in möglichst baldiger Bälde auf höchster Ebene – entweder am Gänsberch-Gipfel, am Hasenbuck, am Max-und Moritz- oder am Underberg – entschieden. Im Gespräch sind jetzt schon folgende Verkleidungen: Als Biene Maja, als Betonmischer, Massenbierhaltung oder als Blässhuhn. God bläss bitte auch Bavaria.

Veitshighhome is also lighter Gottes Vergangenheit, und wir haben Springtime. An dieser Stelle sollte ich muchlight (vielleicht) einfügen, dass in den folgenden, wieder verhältnismäßig vielen Zeilen dann und wann ein amerikanisches Wort auftaucht. Und zwar deswegen, weil – wie bereits erwähnt – der God America sauber geblesst hat und infolgedessen die gelegentliche Einstreuung amerikanischer Wörter seitdem ebenfalls Pflicht ist. God bless America auch farer dead (weiter hin). Betreffs America kommt jetzt aber nicht nur merry customer (frohe Kunde) aus Waschington, sondern auch aus Zirndorf. Wenn God zwischendurch einmal Zeit hat, möge er auch Zirndorf ein bissla blessen. Denn in Zirndorf werden ja seit Menschengedenken täglich einige Millionen Playmobil-Männla gepresst und hin und wieder aus gegebenem Onlet (Anlass) sogenannte Sonder-Editionen. Da haben in der Vergangenheit schon ein Secret Council (Geheimrat) Wolfgang von Goethe, ein Bamberger Reiter oder ein Dr. Martin Luther die Presserei als Plastikmännla verlassen dürfen. Oder sogar ein Otto der Große. Und jetzt zur großen Freude von Waschington, nach Otto dem Großen, Donald der Doofe! Der Kaiser von America als playmobiles Plastikmännla! Und zwar in limitierter Auflage. Limitiert heißt: beschränkt. Also beschränkt im Sinn des hiesigen Vollbadschers.

Die Frisur originally brunsyellow gefärbt in Form eines Schiebedächleins. Schiebt man das Schiebedächlein auf, befindet sich drunter nothing, also nix, und zwar in reichem Maß. Noch mal drunter der Mund ist schnutenartig geformt. Öffnet sich diese Schnutn, entströmen ihr mittels einer kleinen Batterie, wie beim echten Donald auch, Worte. Insgesamt kann der plastifizierte Zirndorfer wie der wirkliche Waschingtoner Donald insgesamt zwei full standing (vollständige) Sätze, bestehend aus fünf Wörtern, sprechen: »America first« und »God bless America«. Sein Ess-Jäcklein (I please much times around excusation, ich bitte vielmals um Verzeihung – es muss heißen »Dinner-Jacket«), also sein Dinner-Jacket ist blau-weiß-rot gefärbt und bildet die Flagge der momentan scheint's ein bisschen Verunreinigten Staaten von Amerika: Stars and Straps.

Das Dinner-Jacket kann, wie es bei playmobil-Männla seit je her der need (Brauch) ist, weggeschnalzt werden. Im Fall des Wegschnalzens wird dann dem Donald sein thing (Ding) sichtbar, sein leider ins Amerikanische unübersetzbare Schnerbfala. Bei ihm, dem Schnerbfala oder auch Szepter, handelt es sich um das für den Donald wichtigste Organ. God bless your Schnerbfala!

Weiters kann die extrem limitierte Zirndorfer Sonderedition vollautomatisch mit dem rechten Zeigefinger auf jemanden deuten. Ein Fingerzeig, der hierzulande ein bisschen befremdlich wirkt, deswegen sei es hiermit erklärt: Wenn er deutet, deutet er meist auf eine Frau im Publikum und will damit dezent sagen »Hobb edzer, in five minutes on a jumperla in the bunga bunga chamber (in fünf Minuten auf ein Hubferla in der Besenkammer).« God bless your jumperla.

Und jetzt, dear Mr. and Mrs. Half-eight-o'clock-paperreader (Halbachtuhr-Blatt-Leser und -in), wird in Ihnen höchstwahrscheinlich die Frage nach oben drängen: Wo gibt es den Zirndorfer Plastikkaschber, kann man ihn trotz seiner extremen Limitierung käuflich erwerben, und was kostet er? In dem Fall muss ich Sie – was natürlich ziemlich uncourtly (unhöflich) ist – back asken (zurückfragen), ob Sie schon einmal was von dem ganz frisch eingetroffenem Begriff »alternative Fuckten« (Fakten) gehört haben? Es handelt sich dabei um die ebenfalls in Waschington kürzlich erfundenen, in hohem Maß unfaktischen Fakten. Wir hier, im Sumpf unseres sehr fragmentarischen Wortschatzes umeinanderquatschend, würden die alternativen Fakten ungefähr so aussprechen: »Der läichd, dassi die Balgn bieng.« God bless your Biegungen! Will heißen, dass es den kunststoffernen, grenzdebilen, voll geblessten Lackaff' leider nicht gibt und er infolgedessen auch nicht käuflich ist. Obwohl der echte Donald fest überzeugt ist, dass alles und jeder auf der Welt käuflich ist. Und wenn ich noch einmal höre oder lese »God bless America!«, dann answere ich free from the liver away: »You me also!« (Du miich aa).

Von Kopftüchern und Haubentauchern

Kleider waren ja ganz früher überhaupts kein Problem. Zum Beispiel Adam und sein Schälrippchen von Gottes Gnaden, die Eva, waren vollkommen textilfreie und deswegen überaus glückliche Menschen. Das Blöde an Adam und Eva ist nur, dass es die zwei nie gegeben hat. Und drum: Kleider beim einzigen Wesen im Universum mit Intelligenz, beim Mensch, sind extrem kompliziert. Nicht nur in der Umkleidekabine beim Wöhrl, sondern auch sonst.

Nehmen wir nur einmal das Kopftuch. Gscheiter wär, wir nähmen es nicht. Weil ein Kopftuch ist bei Weitem kein Stück Stoff am Kopf, sondern alles Mögliche, vielfach verwendbar. Es ist ein Symbol für die Unterdrückung der Frau, ein Symbol gegen die Unterdrückung der Frau, eine Flagge des Sexismus, ein Fanal gegen den Sexismus, ein Sakrament, kein Sakrament, ein religiöses Pflichthütchen, kein religiöses Pflichthütchen, ein Staubfänger, eine Wetterhex, vom Friseur manchmal dringend empfohlen, vom obersten bayerischen Gerichtshof seit ein paar Monaten dringend verboten. Eine verbeamtete Christin könnte es sich rumbinden, eine verbeamtete Muslimin auf gar keinen Fall. Und wer bis jetzt ein bisschen doof war und immer gedacht hat, bloß Stahlhelme drücken massiv aufs Hirn, der muss umdenken, falls er was zum Denken einstecken hat: Kopftücher muslimischer Herkunft drücken verfassungsgemäß ebenfalls aufs Hirn, und zwar vorzugsweise auf die Hirne von Schulkindern.

Das hat man schon vor längerer Zeit in Baden-Württemberg herausgefunden, und jetzt ist man auch in Bayern zum gleichen Forschungsergebnis gekommen. Auch in Bremen, Hessen, Niedersachsen, Nordrhein-Westfalen und Thüringen sind Kopftücher was Grausames, das Schlimmste, was man sich vorstellen kann, noch schlimmer als Baseball- oder Zipfelmützen. Nämlich ein Politikum!

Ein Schulkind, das mit dem Anblick des Kopftuchs seiner Lehrerin gefoltert wird, ist für sein Leben gebrandmarkt. Da hilft nicht einmal mehr ein kirchlich beglaubigter Teufelsaustreiber. Der Satan hält es fest in seinen Krallen und lässt es nie mehr los. Auch kommt es später nicht mehr in den Himmel.

Wie es sich jetzt in den Ländern verhält, wo Kopftücher mit ausdrücklicher staatlicher Genehmigung getragen werden dürfen, weiß man wissenschaftlich noch nicht ganz genau, aber das sind sowieso die Achsenmächte, der Achse des Bösen zugehörig. Unter anderem die USA. Dort kann man sich Kopftücher rumbinden. In Österreich auch, da herrscht seit dem Jahr 1912 völlige Kopftuchtoleranz. Unter Umständen sogar Kopftuchpflicht für alle. Drum rennt der DJ Ötzi in der Öffentlichkeit immer mit einer Kopftuchvariante rum, selbergehäkelter Klopapierschoner am Gniedlaskubf. Oder was ganz anderes: Wer hätt des denkt – in der Türkei ist das Kopftuch polizeilich verboten. Und bei uns in Bayern also umgekehrt.

Weltweit und in Bayern sind über das schwierigste Kleidungsstück aller Zeiten, das Kopftuch, innerhalb kürzester Zeit schon 100.000, wenn nicht Millionen und Abermillionen Blätter Papier vollgeschrieben worden, Waggonladungen voll Bücher, da befinden sich Heerscharen von Doktoranden, Professoren, Wissenschaftlern, Verfassungsrechtlern, obersten Richtern, Verfassungsschützern, höchsten Politikern in erregten Diskussionen in gravierenden Auseinandersetzungen, manchmal sogar mithilfe von Schusswaffen. Und zwar deswegen, weil das Kopftuch, wie jeder weiß, Gott sei Dank das größte, drängendste Problem unserer aller Existenz bildet.

Und um jetzt wieder auf unsere menschliche Intelligenz zurückzukommen: Von einer Diskussion in der Tierwelt, ob ein verbeamteter Haubentaucher eine Haube tragen darf, ist weit und breit nichts bekannt. Daraus erkennen wir sofort, wie brunsdumm die Tiere sind, im schroffen Gegensatz zu uns Menschen.

Rohe Ostern!

Unsere zweibeinigen Gaggalas-Maschinen

Es Wichdigsde an Ostern wär ja eingdli, dass des Nest-Fest endlich aa amol suu berühmd wird wäi Weihnachdn, Mudderdooch, Valentinsdooch, Hällowien. Also dass wos kaffd wird, dass schebberd im Geldbaidl. Wall umsatzmäßich konnsd du däi zwaa Dooch Ostern ja bis edzer vergessn. Am Ostersunndooch fräih im Morgengrauen a boor Nougat-Eier in der Heckn verschdeckn, wou dann bam Soung a boor Schdund schbeeder die Kinder draffgwaadschn und in ganzn Dooch greiner, walls ka Playstation gräichd hom, ka zweimodoriches, computergeschdeuerdes Dreiräädla, nichd amol a vierwöchige Reise in die Karibik. Also des konns doch nedd sei. Asuu a christlicher Feierdooch – dou mouß si wos riirn, dou mouß abgäih, dou mäin scho schbeedesdens nachn zweidn Weihnachdsfeierdooch die Osderhoosn durch die Schaufensder hobbln!

Ba uns in Frankn, dou simmer ja deilweise scho affn richdichn Weech. Und zwoor mid den uraldn, fasd scho zehn Jahr beschdehenden Brauch – mid däi Osderbrunnen. Des endwiggld si ganz schäi mid der Zeid. Osderbrunnen hodds ja fräihers im Grund gnummer nerblouß an aanzichn geem. Des woor in Färdd die Gaggerlas-Quelln. Obber edzer: Vo der Fränkischn Schweiz bis naaf in die Rhön, vo der Bengerz bis zur Aldmühl, vom Franknwald bis zum Schdeggerlaswald – wousd du hiischausd, alles vuller Osderbrunnen. Zehndausende vo Osderbrunnen, Millionen vo ausblousne Gaggerla. Nix schenners wäi an Osdern eine Fahrt mid der ganzn Familie vo Osderbrunnen zu Osderbrunnen. Dou bisd a Värddljahr underwegs. Und mer sichd aa wos fiir sei Benzingeld. An einem Osderbrunnen, dou bambln Gaggerla annern Schniirla vo oom nach undn, annern anderen Osderbrunnen, dou hänger die Eier vo und nach oomer. Widder annern andern Osderbrunner, dou hänger zu unserer grouñn Iiberraschung Eier vo oom nach undn und vo undn nach oomer. Manchmal glabberns aweng im Wind, manchmal verwerddln ser si, manchmal beißd nachds bam Hammgäih vom Werzhaus a Bsuffner nei und gräichd vo den Haufn Lufd, wou innern suu an Windei drinner is, widder an Dorschd. Also ein wunderbarer, uralder Osderbrauch, däi Osderbrunnen.

Seid a boor Jahr wern etzer aa scho neuardiche Brunnen wäi Gully, Feierwehrschlaich, Wasserhähn und Hydranten mid Eier gschmüggd. Wall däi Osderbrunnen, däi bringer ja aa wos – im eigendlichn Sinn vo suu an Osderfesd, also einen Umsadz. Wall däi Millionen und Abermillionen vo Gaggerla, däi mäin ja wou herkummer, däi fläing ja nedd vom Himml roo! Des wissen ja die wenigsdn: Däi Eier, däi wern nichd in anner Nudlfabrigg gschdanzd, sondern däi wern vo Henner gleechd. Henner – des sin suu Dinger mid zwaa Schdeggerlasbaaner, Gralln, an Schnabl, an Kamm am Kubf und hindn kummer die Eier raus. Henner kennd desweeng kanner mehr, wall däi sin alle in der Eierfabrigg. Dou schdengers mid ihre zwaa Baaner dorddn, manchmal aa blouß weechern Bladzmangl aff an Baa und mäin alle fimbf Minuddn a Gaggerla rausschnalzn. Tiere in den Sinn odder Lebewesn sin däi Henner nichd. Des sin Eierwurfmaschinen. Drodzdem schdäid ihner laud Tierschutzgesetz in der Fabrik ein Platz zu von der Größe vonnern DIN-A4-Blatt. Also äußersd großzügich, wäi Hennerzüchder mid ihre Gaggerlas-Maschiner umgenger. Und sie sin auch nichd einsam, masdns sin an die Zehadausnd Henner in anner Fabrik banander und kenner nach Lusd und Laune mid ihre Nachbern gackern. Im Grund gnummer is däi großzügiche Haldung vo Legebadderie-Henner a ziemliche Gefühlsduselei. Ich maan, des mäißerd im Sinn vo Osdern und vonnern gscheidn Eier-Umsatz eingli nedd sei. Drum sins edzer aa derbei, dass Henner züchdn, wou blouß nu es Nodwendigsde hom, damids am laufenden Band aff ihrn Schdengler Eier leeng kenner: Also an Oorsch mid Gralln undn droo. Wenn däi Züchdung amol in Serienprodukion gäid, nou heerd aa des dauernde Gackern aaf. Es Gackern vo die Henner, walls ja dann Kubf und kann Schnabl mehr hom, und es Gackern vo die Tierschützer. Es gibd ja Tierschützer – mäin S' Ihner amol vuurschdelln –, däi fordern, dass mer in Zukumbfd an unsere schäiner Osderbrunnen kanne Eier mehr hiibindn doud, sondern die Inhaber vo Henner-Zuchdhäuser. Und die Henner feiern Auferstehung. Des, soongs, des wär der eigendliche Sinn vo Frohe Ostern.

Lieben und lieben lassen

Das trifft sich sehr gut, dass die Themenkommission vom Straßenkreuzer neulich wie folgt die Dialektik aufgegriffen hat: »Wo du hinschaust, überall Hass. Wir machen jetzt ein Heft über die Liebe, und dann seeng mer's scho.« Also These, Anti-These, und jenes »dann seeng mer's scho« bildet, wie man sich denken kann, die Synthese.

Bevor sie eintrifft, die Synthese, hockst aber als Hinterhofdichter dieser gravierenden 180 Zeilen wie immer ehrenamtlich, Tage zu spät und bis in die tiefe Nacht hinein am sogenannten Schreibtisch und knabberst stundenlang an den letzten noch zur Verfügung stehenden Fingernägeln. Aus Fingernägeln aber, das weiß jeder Kenner einer sich anbahnenden Verzweiflung, kommt nicht ums Verreckn ein schönes Liebesgedicht raus, auch kein an die Himmelsmacht gemahnender Aphorismus oder gar eine wissenschaftliche Erkenntnis betreffs der manchmal in uns aufflammenden Zuneigung. Im letzteren Fall müsstest du schon ein vollkommen in dich gekehrter, verhältnismäßig namhafter Neurobiologe sein, welcher die Liebe ohne Weiteres als einen neuroendokrinen Prozess einstuft, bei dem endogene Opiate des Hypophysenzwischenlappens eine dominierende Rolle spielen. Aber das schwant ja auch uns nicht-neurobiologischen Deppen, sobald wir zwölf Bier eingepfiffen haben.

Trotzdem trifft es sich, wie eingangs schon erwähnt, sehr gut, dass hier jetzt dann gleich was über die Liebe, und zwar nicht über die im Hypophysenzwischenlappen ansässige, ihren Niederschlag findet. Weil nämlich gerade bei uns wie auch in der Momentanität der Zeit diese Liebe wieder allerhand mitmacht, wenn etwa ein 15-jähriger angehender Mann vom Dutzendteich her taumelnd heimwärts kurvt, eine antiquahafte Aufschrift am Di-Schörd »Ich bereue diese Liebe nicht« und gleichzeitig diese seine nicht bereute Liebe mit den Worten bekundet »Oorschlecher, brunsverreckde!« Er liebt, man ahnt es schon, den 1. FC Nürnberg heiß und innig und arschlochmäßig. Und da tut sich uns nicht nur die Frage auf: Wie liebt man einen 1. FC Nürnberg? Sondern es erhebt sich auch ein Nachhaken im Fall der Diskrepanz zwischen zwei verhältnismäßig sehr entgegengesetzten Begriffen: Liebe und brunsverreckde Oorschlecher.

Fragst du den Stadionheimkehrer nach dem Mysterium seiner vielgestaltigen Liebe, erhältst du als Antwort ein paar drümmer Schelln. Als spürbares Zeichen seiner Liebe.

Andere Liebe, ähnliche Fragen: Die Vaterlandsliebe. Sie hat vor wenigen Wochen das 25-jährige Jubiläum des 9. November 1989 begangen, teils in Berlin, teils in Mödlareuth, also Silberhochzeit. Was dabei in den sehr vielen, intensiv von Vaterlandsliebe handelnden Reden leider nicht zur Sprache gekommen ist, wahrscheins aus Zeitmangel: Wie liebt man ein Vaterland? Weitere Frage: Warum heißt es nicht Mutterland, wenn es doch meistens die Väter sind, die ein Kinderland ungefähr alle 25 Jahre verheerend auf den Kopf stellen? Um es einmal ganz vorsichtig auszudrücken. Und wie hat es sich mit unserer Liebe am anderen 9. November, an jenem des Jahres 1938, verhalten? Wahrscheinlich haben sie uns da gerade den Hypophysenzwischenlappen rausoperiert und durch einen Blinddarm ersetzt.

Um die oben erwähnte Jetztzeit nicht zu vergessen: Es naht das Fest der Liebe, um nicht zu sagen der Nächstenliebe. Unter anderem mit seinen zahlreichen, von tätiger Nächstenliebe und Prosecco tief durchdrungenen Betriebsweihnachtsfeiern. Zu der bei Betriebsweihnachtsfeiern in Kraft tretenden Nächstenliebe darf ich aus dem letzten Jahr einen Herrn zitieren, der beim Erscheinen des Betriebsweihnachtsmannes zu bemerken beliebte: »Wos, scho widder der Mehmet!! Seid drei Joohr is unser Weihnachtsmann a Wirtschaftsflüchtling! Suu weit hodds kummer mäin!«

Und weil Weihnachten von der Kirche erfunden wurde, fällt mir jetzt gschwind noch die biblische

Liebesgeschichte vom alten Abraham ein, dem der liebe Gott seinerzeit befohlen hat, er möge bitte umgehend seinen Sohn erstechen und ihn anschließend als Feueropfer darbringen. Das war als Überprüfung der Kadaverliebe des Abraham zu seinem Gott gedacht. In letzter Sekunde ist dann noch ein Engel eingeschritten und hat dem Abraham gesagt, es ist gut, er kann seinen Sohn leben lassen, der Gott weiß jetzt von seiner ungeheuren Liebe. Zu wem? Zu Gott. Dabei ist der liebe Gott doch allwissend und er hätte es auch ohne den Mordbefehl wissen können, oder?

Leider bin ich kein Theologe und kann in meiner hermeneutischen Einfalt jetzt nur noch hinschreiben: Ich liebe keine Vereine, keine Schelln, keine Länder, keine Väter, die freudig ihre Söhne opfern und auch keine Götter. Vielmehr liebe ich einige Menschen, welche, sage ich nicht, weil sie es wahrscheinlich schon ahnen. Und außerdem liebe ich es, wenn ich nicht über die Liebe schreiben muss. Weil: sie dann und wann spüren oder spüren lassen, ist viel schöner. Wenn nicht sogar sinnvoller.

Rette sich, wer kann

Des muss jetzt endlich einmal gesagt werden: Da hockst du dich in regelmäßigen, aber viel zu kurzen Abständen hin, schreibst dir die Finger und die Seele wund, und wofür? So wie's ausschaut, für nix und wieder nix. Und zwar hab ich im vergangenen hochheiligen Dezember schriftlich gebittelt und gebettelt, dass wir alle miteinander in unsere erhabenen Herzen halt ausnahmsweise ein paar Tröpfla Weichspülmittel einträufeln lassen sollen. Damals wegen Weihnachten. Und was passiert, höchstens ein paar Tage nach meiner Bettelei um wenigstens gedankliche Almosen, also um Mitgefühl? Genau das Gegenteil, Herzverhärtung höchsten Grades in drei Fällen. Am Stadtrand von Zirndorf.

Falls Sie nix dagegen haben, muss ich ein bisschen ausholen (wenn Sie doch was dagegen haben, is es mir auch wurschd; Papier ist ja geduldig).

Am besten fange ich mit dem seltsamen Notruf aus der christlichen (!) Seefahrt an, der da lautet: »Rette sich, wer kann!« Da muss man die christlichen Seefahrer doch einmal ganz vorsichtig fragen dürfen: Was ist mit denen, die nicht mehr können? Soll man ihnen kurz vor dem Ersaufen gwiss noch gschwind zurufen »A bissla Schwund is immer, Auf Wiedersehn im Paradies!« Oder, um einen Kernsatz der Thilo-Sarrazynismus-Doktrin zu zitieren: »Hast halt Pech g'habt, das Rettungsboot is voll!«

Natürlich hat es sich damals im Dezember am Stadtrand von Zirndorf nicht um ein Rettungsboot gehandelt, sondern eher im Gegenteil um das Asylbewerberheim. In ihm sind, möchte man manchmal meinen, Menschen der untersten Handelsklasse eingepfercht. Zwei von ihnen, Claudia und Jovica Petrovic aus Serbien, warten seit drei Jahren auf die Huld der Behörden, dass sie für immer bei uns in Deutschland bleiben dürfen. Scheint's sind aber die Handlanger dieser Behörden (wie oft von ganz hoch droben dringend anempfohlen) der Meinung, dass diese Petrovics und Konsorten wieder dorthin abmarschieren sollen, wo der Pfeffer wächst. Als Wegweiser für den Abmarsch dienen kleine, mittlere und, wenn gar nichts mehr hilft, ziemlich grobe Schikanen. Weil ja unser Boot, beziehungsweise Luxusdampfer voll ist.

Also haben damals zwei Pförtner und ein leibhaftiger Doktor des in höchst euphemistischer Weise »Heim« genannten Lagers den zwei Petrovics, als sie mit ihrem ein Jahr alten, todkranken Söhnchen Leonardo im Arm um ärztliche Hilfe gefleht haben, mehr laut als deutlich mitgeteilt, dass hier im Erziehungsheim eine Ordnung herrscht. Erstens bräuchten sie einen Krankenschein, zweitens sei die Krankenscheinausgabestelle jetzt zu, drittens gehe ohne medzinische Sichtung des Kindes überhaupt nix, viertens hat der sodann gnädigerweise doch informierte Doktor zielsicher lediglich »ein leichtes Fieber« diagnostiziert und wenn man, fünftens, jetzt wirklich eine Klinik behelligen will mit dem mutmaßlichen Simulantenkind, dann solle man sechstens gefälligst die paar Kilometer zu Fuß gehen. Siebtens wäre dann der einjährige Bub um ein Haar gestorben, hätte ihn nicht ein zufällig vorbeikommender, ausnahmsweise barmherziger Autofahrer sofort zu einer Kinderärztin und von dort ins Krankenhaus gebracht.

Der Leonardo hat nicht an einem »leichten Fieber« gelitten, sondern an einer lebensbedrohlichen Meningokokkeninfektion. Mit sehr viel Glück hat er nach zwei Wochen im künstlichen Koma überlebt. Mit unzähligen Narben am ganzen Körper. Eine Zehe und ein Finger haben amputiert werden müssen.

Die seelischen Narben der Petrovics möchten vermutlich unzählig sein. Narben, fürchte ich, die ihnen ein Leben lang bleiben werden – auch wenn sich die drei an akuter oder chronischer Herzverhärtung und schwerem Hornhautbefall der Seele leidenden Lagerordnungshüter wegen Körperverletzung und unterlassener Hilfeleistung zurzeit vor dem Amtsgericht in Fürth verantworten müssen. Um nun wieder auf die unchristliche Seefahrt zurückzukommen: Rette sich, wer kann vor solchen Lagerinspektoren und -doktoren! Und wer nicht kann, der mache einen möglichst großen Bogen um Zirndorf oder gleich um ganz Deutschland.

Lieber die Hand am Domspatz ...

So, Herrschaften (und Frauschaften selbstverständlich auch)! Jetzt schauen wir Wohltäter, wir Jubeldeutschen, Moraloberlehrer, wir Selbstgerechten unter den Völkern, Gutmenschen etc. aber ganz schön blöd aus der vorsichtshalber einmal noch nicht gespendeten Wäsch. Da bringen wir den Migrationshintergründlingen buchstäblich unser letztes Hemmerd dar, liefern in extremer Selbstlosigkeit fünf Paar Wollsocken ab, davon einige sogar ungestopft, den nur 30 Jahre alten Smoking, falls ein Flüchtling den heuer vermutlich wieder stattfindenden Nürnberger Opernball besuchen möchte, einige sehr gut eingelaufene, weitgehend geruchsfreie Adiletten, verhältnismäßig lange Unterhosen, Bikini-Oberteile, Bikini-Unterteile, nur ganz leicht angebissene Schnuller und viele, viele andere vom Mund oder vom Arsch, je nachdem, abgesparte Wertgegenstände, zeigen also Spendabilität in extremo und in excelsis deo. Und was ist der Dank dafür?! Ich sage nur: Silvesternacht in Köln. Und nicht nur Köln, sondern auch Nürnberg, Ansbach und Feuchtwangen, wo jeweils arabisch lallende Vollknalldeppen in Zusammenarbeit mit nicht minder vollknalldeppenhaften Schwarzafrikanern im Rahmen einer organisierten Griffl-, Grabsch- und Geschlechtsverkehrsorgie Frauen überfallen haben.

Dank eines beispielhaften Polizeieinsatzes, speziell in Köln, wissen wir über die Täter und ihre unter Umständen von Allah persönlich eingegebenen Motive einiges, und zwar nicht viel.

Aber immerhin lässt sich aus jenen Vorfällen in Köln, Nürnberg, Ansbach und Feuchtwangen schließen, dass alle 1 Million oder mehr Flüchtlinge (genaue Zahlen will das Nürnberger Bamf spätestens bis zum Jahr 2050 ermitteln) Griffler, Grabscher und sexuelle Ungeheuer sind. Selbstverständlich auch deren mitgeführte Kinder, denn auch ein momentan vielleicht erst zweijähriger Muslim wird, reichlich ernährt durch unsere Steuergelder, von Tag zu Tag älter und sexueller und langt uns dann in ca. 17, 18 Jahren am Kölner Domplatz, in Nürnberg, Ansbach oder Feuchtwangen in die Hose.

Ich erwähne rückblickend unsere so schlecht gedankten Wohltaten nur deswegen, weil uns kurz nach jenen Silvesterübergriffen weitere Missetaten auf dem gleichen Gebiet und in ähnlichem Umfang gemeldet worden sind. In diesem Fall allerdings nicht aus Köln, Nürnberg, Ansbach oder Feuchtwangen, sondern aus Regensburg. Und zwar Griffln, Grabschn und Vergewaltigung, Prügelstrafen, Körperverletzungen, grobe Demütigungen aller Art, begangen von kirchlichen Oberhirten an den ihnen anvertrauten Kindern der Regensburger Domspatzen. Und es sind jetzt da und dort sehr leise Stimmen nicht direkt erhoben, eher gesenkt worden, die da gelautet, besser: geleist haben: Recht viel besser als jene Brachial-Baraber sind wir Christen scheint's manchmal auch nicht. Diese Haltung aber zeugt erstens von

Unkenntnis und ist infolgedessen zweitens ein vollkommener Schmarrn.

Zum Beispiel ist der pastorale Missbrauch in Regensburg nicht in der Silvesternacht 2015 auf 2016 passiert, sondern im Zeitraum zwischen ungefähr 1960 und 1995. Und ein Gutachter hat dieser Tage öffentlich festgestellt, es seien seiner Opferbefragungen zufolge bis zu 700 Kinder in allen erdenklichen und womöglich auch unerdenklichen Handhabungen missbraucht worden. Nur 700 Kinder in 35 Jahren oder umgerechnet 12.775 Tagen! Das macht pro Tag oder auch pro Internat-Nacht lediglich 0,05 Opfer. Also nie und nimmer vergleichbar mit der Silvesternacht von Köln. Erwähnt werden muss im übrigen, dass der Missbrauch nach ursprünglicher Überzeugung des seinerzeit in Regensburg tätigen, bzw. tätlichen Bischofs Gerhard Müller überhaupt nicht stattgefunden hat. Vielmehr habe es sich um eine Hetzkampagne gegen ihn gehandelt. Und wie es dann auf einmal keine Hetzkampagne mehr war, hat die katholische Kirche reumütig bis dorthinaus und sehr tief in den Klingelbeutel gegriffen. Für jedes Opfer – damals waren es erst 72 – hätten sage und jubiliere 2.500 Euro als Entschädigung ausbezahlt werden sollen. Das Vermögen der katholischen Kirche in Deutschland beläuft sich auf 270 Milliarden Euro.

Im Übrigen haben sich die geistlichen Herren damals lediglich an einen schönen Merksatz aus der Lehre der Gewinn- und Verlustrechnung gehalten: Lieber die Hand am Domspatz als die Taube als Symbol des Heiligen Geistes am Altar. Und wenn man schon den unsinnigen Vergleich zwischen der Silvesternacht in Köln und dem Alltag in Regensburg anstellen will, dann soll man sich gefälligst die neulich geäußerten Worte des

Bundesjustizministers Heiko Maas durch den Kopf gehen lassen: »Wer an den Taten beteiligt war, ist ein Krimineller, und so muss er auch behandelt werden.« Der ehemalige Bischof Müller ist jetzt Kurienkardinal in Rom und Präfekt der Glaubenskongregation, und der damalige Chor-Chef Georg Ratzinger befindet sich mehr oder weniger im Ruhestand, schreibt schöne Bücher, unter anderem über seinen Bruder den Papst, und ist vor einigen Jahren von Gerhard Müller zum Ehrendomherrn des Regensburger Doms ernannt worden. Amen!

Nur noch zwölf Glühwein
bis zur Bescherung

Der Heilige Morgen

Manchmal hat man solche Erledigungsanfälle. Ungefähr
Ende Juli der erste Schub, dann kurz danach der zweite,
und Mitte August praktisch überfallartig der volle Wahn:
Jetzt schon die Weihnachtseinkäufe tätigen! Souverän, in
aller Ruhe und ganz allein in einem fünfstöckigen Kauf-
haus was Schönes, Erhabenes und gleichzeitig Praktisches
aussuchen für die Lieben. Also: nie mehr Panik am Heiligen Vormittag, nie mehr Nervenzusammenbruch hinter
der wohnzimmerlichen Fichtenschonung, Weihnachten
in dulci jubilo.

Aber solche schönen Gedanken unterliegen leider
auch dem Naturgesetz vom Kommen und Gehen. Wie
diese Anfälle kommen, gehen sie auch wieder. Bereits
in den ersten Septembernächten verflüchtigt sich der
Erledigungsdrang in uns. Draußen fallen die Blättlein, es
naht der Herbst in Gestalt des Oktobers, hinter ihm verbirgt sich am Kalender schon der November, die ersten
23 Tage im Dezember kommen uns wie 23 Hundertstel
Sekunden vor, und dann türmt er sich vor uns auf wie
der Mount Never-Rest persönlich, der mit Abstand kür-
zeste Tag im Jahr, der lediglich drei Stunden während
Heilige Vormittag mit seinen nahezu unmenschlichen
Anforderungen: Parkplatzsuche, Glühweinschlürfungen,
Christbaumwahl, Kinderfahndungen, Geldautomatenab-
hebungen, Mastganstreibjagd sowie das Inferno an sich –
die traditionellen Geschenke in letzter Minute!

Behaftet mit vielleicht zwölf Glühwein, einer weitgehend zweigfreien Notfichte dritter Wahl sowie keiner
Gans vernehmen wir gegen 14 Uhr das schöne Weih-
nachtslied »Karstadt schläft, einsam wacht, nur das traute
hocheilige Paar«, nämlich Wart und Wärtin von der

Tankstelle in der Bucher Straße. Hier und nur hier erhalten wir am Heiligen Vormittag, der gerade vom Heiligen Nachmittag in den Heiligen Spätnachmittag abgleitet, alles, was in knapp einer Stunde die Herzen unserer Lieben höchstwahrscheinlich begehren: Für die Oma fünf Liter Diesel, fluoreszierende Wäschezwicker, Flaschenöffner, Zigaretten, Frostschutz, Felgenreiniger. Für den Opa einen Unterbodenschutz, Wischblätter, Handfeuerlöscher, Playboy, Sexkantschlüssel, Kabeltrommel, Feuchtigkeitsmesser. Und die Ehefrau wird jetzt dann auch gleich voll aufjauchzen, wenn sie am Gabentisch ein Eiskratzersortiment erspäht, einen nagelneuen Wagenheber, Hot Dogs, Blinkwarnweste, eine Familienpackung Meisenringe und einen Satz Fußmatten.

Kinder, Kindeskinder, Schwiegertöchter erhalten vom Christkind in der Tankstelle heuer je ein Paar Arbeitshandschuhe, Schraubenzieher, ein Abschleppseil, eine Abdeckplane, fünf Kilo Kartoffelchips, ein Batterieladegerät, einen Kanister Marderschutz, eine Fußluftpumpe, einen Schlüsselsatz für den Ölablass sowie drei Sack der jetzt im Angebot befindlichen Grillkohle.

Wunderschöne Weihnachtsgeschenke in letzter Minute, die uns teilweise selber sehr nützlich sind – wenn nach Heiligem Vormittag, Heiligem Nachmittag und Spätnachmittag sodann jäh die Heilige Mitternacht herniedersinkt. Mit dem Feuchtigkeitsmesser ermitteln wir einen Feuchtigkeitsgehalt von den bereits erwähnten zwölf Glühwein und je zwei Maß irrtümlich eingenommener Marder- und Frostschutzflüssigkeit, unter der Blinkzipfelmütze lugen die Wischblätter hervor, und wir melden bei der Ankunft daheim, vorsichtshalber in eine Blinkwarnweste gehüllt, das Eintreffen von zwei Zügen, einem in unserer Kehle und einem Führerscheinent-Zug.

Wenn wir dann wie ein Weihnachtsengelein vom ersten Stock die Treppe nunterfliegen und auf dringenden Familienrat hin den Rest der Heiligen Nacht bei den Hirten am Felde verbringen sollen, dann treten der eigentlich für den Opa gedachte Unterbodenschutz und die Abdeckplane in Kraft. Und schon wieder neigt sich ein dank der schönen Geschenke in letzter Minute unvergesslicher Heiliger Abend dem Ende zu. Mit ersten Symptomen des Erledigungsanfalls, dass wir im nächsten Jahr aber ganz bestimmt unsere Weihnachtseinkäufe im August hinter uns bringen, streben wir dem ersten Feiertag und seinem traditionellen Frühschoppen zu.

Eine Überdosis Chantré

Je nachdem, zu welchem besinnlichen Zeitpunkt Sie dieses ziemlich eimwambfrei gelungene Büchla lesend und grübelnd in Händen halten, steht Weihnachten: 1. noch draußen vor der Tür (wo es ganz gut aufgehoben ist) oder breitet sich 2. bereits in der Wohnung aus mit seinen nadelnden Bäumlein, Abfenzkränzlein und abgekieften Gänseknöchlein oder befindet sich 3. bereits wieder auf der Flucht sowie beim Ummontieren auf silvesterliche Mittelstreckenraketen, Neujahrsempfang und Veitshöchheim. Aber wurschd, was für ein Datum wir haben – schöne Geschenke braucht man immer. Und jetzt vorläufig was ganz anderes (auf die Geschenke komme ich dann, nach dem nunmehr beginnenden, eleganten Bogen, gleich wieder zurück): Das Herstellen dieser und aller anderen

Zeitungen, das Verfertigen schwerwiegender Romane, das Rausschütteln aus dem dafür vorgesehenen Ärmel von Essays, Novellen, Gedichten, Poetry Schlamm, leitkulturellen Anleitungen unser Deutschdumm betreffend, 500-seitigen Lebenshilfen und so weiter, hebt, auch im momentanen Onlein-Zeitalter, stets mit was an? Genau – mit einer nervenzerrüttend vakuösen DIN-A4-Seite, welche der Auffüllung mit Buchstaben, Wörtern, ja oft sogar einigermaßen vollständigen Sätzen harrt.

In Erinnerung an mein früheres Dasein im Schoß einer Zeitung, dem vor Jahren dahingegangenem Nürnberger *8-Uhr-Blatt*, weiß ich, dass es auch damals immer täglich gegen 16 Uhr 30, nach Einnahme einiger Biere, *Chantrés, Steinhäger* plus Worschdweggla vom Schwarz, mit leeren Seiten begonnen hat. Meistens 24 Stück. Und zwei Stunden später, also gegen 18 Uhr 30, hat der sogenannte Layouter sich aus seinem Bürofensterla out gelayed und gelallt: »Kummd edzer a Text odder soll i neischeißn in die Seit'n?!« Niemals, soviel sei noch verraten, hat er in die Seiten hineinscheißen müssen, weil es wahrscheinlich beim Leser keine große Freude ausgelöst hätte. Es sei denn, es hätte sich um einen an Bio-Dünger stark interessierten Kleingärtner gehandelt.

Ist tatsächlich einmal kein Text erstellt worden, etwa im Zuge einer Überdosis *Chantré* (was höchstens alle ein, zwei Tage passiert ist), hat man halt die Bilder ein bisschen größer gemacht. Ein *Chantré* wird heutzutage kaum mehr verwendet, nicht einmal zum Zeitungmachen, aber das Problem der Weißheit (mit scharfem s) einer DIN-A4-Seite existiert immer noch. Was aber jetzt nicht bedeutet, dass ein Layouter inzwischen doch in sie hineinscheißt. Vielmehr behilft man sich heute bei der Füllung von Seiten häufig mit – ja, wie soll man es nennen?

Groben Unfug, Grambf & Grembl, Zeich & Woor oder wie? Hochdeutsch nennt man es Geschenktipps.

Jetzt Ende des eleganten Bogens und auszugsweise die eingangs erwähnten schönen Geschenke wahlweise für Weihnachten, Silvester, Neujahrsempfang, Ostern, Buß- und Bettag. Keine frei erfundenen Geschenktipps, sondern sämtlich jenen vormals unbedruckten DIN-A4-Seiten namhafter Zeitungen entnommen. So sollen Sie zum Beispiel Folgendes verschenken: Ein Paar Wollsocken!

Falls Sie jetzt nicht wissen, warum, verrät es Ihnen der beigefügte Text, welcher lautet: »Unser Geheimrezept für gute Laune – diese Herrensocken von *Paul Smith* tragen und dazu das Lied vom kleinen, grünen Kaktus anstimmen.« Heißt es in diesem hochnoblen Magazin wörtlich und ich hege den Verdacht, auch wenn ich jenen Paul Smith nicht näher kenne: Es wird scheint's doch wieder mehr *Chantré* eingepfiffen.

Nächste Preziose, irgendwas Grün-Weiß-Rot-Bambelndes, sehr schwer zu erkennen, wenn man nicht die Begleitzeilen liest: »Die Ohrringe des Mutter-Tochter-Unternehmens *Of Rare Origin* sind eine Hommage an die Großmutter der Familie, die gern Vögel fütterte.« Ja, dann.

Gleiche Seite, gleiches *ZEIT-Magazin*: Ein auf weißem Untergrund befindliches, verschmitzt lächelndes Kamel nebst dem Hinweis »Thirsty!«. Thirsty heißt natürlich nicht Donnerstag, sondern durstig, und man soll es immer dann schenken, »wenn das Glas mal wieder leer ist«. Denn dann »spendet der Anblick dieser lustigen Cocktailserviette Trost. Von *August Morgan*.« Sagt das *ZEIT-Magazin*. Es sagt leider nicht, ob es noch alle mit Chantré gefüllten Tassen im Schrank hat.

Jetzt könnte ich Ihnen noch Geschenktipps aufzählen, dass es Ihnen die Dampfsocken von *Paul Smith* auszieht und Sie schon anheben, das Lied vom kleinen, grünen Kaktus mit der Arschtrompete zu blasen. Zum Beispiel ein »Clutch mit gesticktem Postkartenmotiv von *Olympia Le Tan & Muzungu Sisters*«, ein »Be-Bop-Travel-Set von *paperandtea*«, einen »Bio-Parmesan von weißen Modenese-Kühen«, *Wary Meyers* buntgestreifte Seifen, womit wir jetzt bereits beim Magazin der Süddeutschen Zeitung angelangt wären, das mit dem voll humoristischen Hinweis »Augen zu und durch« die Schlafbrille »Pijama« von *goodhoodstore* wärmstens empfiehlt, sowie einen in einer Plastikflasche befindlichen, weißen Baadz, fränkisch Lebberi, einen »Sportwash«. Dieser tilgt, sagt das *SZ-Magazin*, Gerüche und Bakterien aus Sportbekleidung. Gut wär da natürlich auch ein Geschenktipps-Wash, der Geschenktipps aus Zeitungsseiten tilgt. Und apropos Plastik: Dringliche Empfehlung der *SZ*, sich umgehend den Papierüberzug Greco zu beschaffen. Er macht nämlich »aus Plastikflaschen wunderschöne Vasen«. Da taucht natürlich sofort die Frage auf, ob es woanders auch funktioniert: Dass die neulich in roten, aus Plastikflaschenmüll recycelten Trikots spielenden Schwanzkistn des FC Bayern München dann ebenfalls als wunderschöne Vasen daheim am Fensterbrettla rumstehen. Wär' gut gegen die Langeweile in der Bundesliga.

Was ich aber eigentlich sagen wollte: Es sind hiermit drei leere DIN-A4-Seiten mit vielen Wörten gefüllt, und der Layouter hat weder neischeißn, noch Geschenktipps abkupfern, und schon gar nicht einen oder fünf *Chantré* in sich hineinlaufen lassen müssen.

Bleibt mir nur noch zu wünschen: geschenktippfreie Weihnachten, a xund's neu's Jahr, viel Vergnügen in Veitshöchheim, frohe Ostern, schöne Pfingsten und einen kleinen, grünen Kaktus.

Weihnachtszeit im Top-Design

Höchstwahrscheinlich lauern Sie auch gerade in einem der zahlreichen Koffischobbs, lassen sich von Ihrem börsonäl Barrista gschwind einen Cranberry White Mocha Frappuccino, eventuell ice-flavored, zammandschn oder drei original katzngschissne Böhnchen freshly aufrösten und verspeisen dazu in der gebotenen weihnachtlichen Stadheit acht bis zehn frisch gekaute Fingernägel – vor lauter Zusammenbruch Ihres vegetativen wie auch notorisch motorischen Nervensystems, weil Sie traditionell noch lange nicht alle Weihnachtsgschenkla beinander haben. Auf exakte Zahlenangaben heruntergerechnet: Auf der Habenseite Ihrer Geschenkeinkaufsliste befinden sich genau 0 (in Worten: null) Präsente für unter den Grisbaum, welchen Sie auch noch eines Tages oder Nachts im Bannwald besorgen müssen.

Aber siehe da, wir können Ihnen in diesem Fall große Freude verkündigen in Verbindung mit einem schönen Gruß vom Nerzengel Gabriel, wie es schon im Hau-den-Lukas-Evangelium ganz richtig heißt, weil – wir haben in den letzten Tagen in weiser Voraussicht noch einige andere Evangelien gelesen, also halt die zu- und einschlägigen Journale und können Ihnen in den nun folgenden ca. 150 Druckzeilen, auch im Namen des Griskindleins, wunderbare Geschenktipps mitteilen.

Kaufen, dass der Schließmuskel von Ihrem Geldscheißer kracht, ist jetzt in diesen nicht nur staden, sondern auch verhältnismäßig heiligen Tagen Christenpflicht. Und da hätten wir zum Beispiel als Erstes einen an sich zunächst gänzlich stinknormal anmutenden Aschenbecher von *Hermès*, an dem jedoch was Bemerkenswertes dranpicht, nämlich das Preisbläbbala, auf welchem die

Zahl 475 in erhabener Kalligrafie eingestanzt ist. Die Zahl 475 will uns die weihnachtliche Freudenbotschaft verkündigen, die da lautet: »Ich Scheißdreeg von einem Aschenbecher koste fei bloß 475 Euro.« Bei dem Wort »Scheißdreeg« handelt es sich in diesem Fall natürlich um eine schonungslose Untertreibung, denn der Scherben bildet einen Porzellan-Designer-Aschenbecher aus einem gewissen Limoges mit dem Design »Armenische Gärten«. Da erübrigt sich natürlich die Frage, wer von Ihren Lieben nicht einmal für nur 475 Euro seine Kippe in armenischen Gärten ausdrücken möchte. Alle, auch die manischen Nichtraucher! Aber obacht – wenn der frischgebackene armenische Gärtner sein Weihnachtsgeschenk vor lauter Freude aus Versehen an die Wand prellt, sind knapp 500 Euro (früher 1.000 D-Mark) im Arsch.

Von längerer Dauer scheinen uns drei weitere sehr schöne Präsente, die wir in einem mattglänzenden Geschenkeheftlein für Sie entdeckt haben: Vergoldete Pumps von der oder dem weltberühmten Pumps-Vergolder *MinMin* zu 395 Euro, ein Kleid in Apricot mit einseitiger Raffung in der Taille des nicht minder weltberühmten Berliner Label *Liebig* zu 339 Euro (allein schon, dass der Liebig Label mit Vornamen heißt und in der Taille über eine einseitige Raffung verfügt, wird bei der Bescherung große Freude erzeugen), und dann noch eines unserer Lieblingsstücke, nämlich der silberne Designerhocker von *Oskar Zieta* zu 475 Euro. Wer der Oskar Zieta im Einzelnen ist, entzieht sich momentan unserer Kenntnis, nur so viel zu dem ebenfalls ziemlich labelhaften Hockerversilberer: Sollte er jemals eigenärschig auf seinem Silberhocker für längere Zeit gehockt haben, muss er – von der Bauweise der Sitzfläche her gesehen –

nunmehr über einen zitronenartig geformten Hintern verfügen. Aber sauer macht lustig, und 475 Euro für eine Schönheitsoperation am Gesäß sind ja fast geschenkt.

Dann können wir noch wärmstens, beziehungsweise kältestens was für die Füße empfehlen, falls jemand altchinesische Klumpfüße sein Eigen nennt: Die Sneakers von *Tod's* mit Gummisohle zu sage und schreibe nur 335 Euro. Schuhe, welche ein Label namens *Tod's* auf der Gummisohle haben, sind, wie es der formvollendete Konsum-Heuchtel nennt, ein Must-Have. Nicht zu verwechseln mit dem Must-Darm. Weitere sehr schöne Geschenk-Tipps dürfen wir einem ziemlich publikativen Organ entnehmen, welches im allgemeinen Designerwesen derartig auf der Höhe ist, dass sein Blick gar nicht mehr bis ganz auf uns verhältnismäßig unstylishe Erdenbewohner herunterreicht. Von dorten also möchten wir Ihnen dringend etwa die Schneeballzange des legendären Schneeballenzangenherstellers *Infactory* ans Herz legen. Wie der Name Schneeballzange schon zart andeutet, kann man mit ihr Schneeballn, beziehungsweise einen Schnee mit der Zange ergreifen und ihn, den Schnee, sodann zu einem Schneeballn formen. Die früher zum Schneeballnformen verwendeten Hände kann man aber ohne Weiteres am Arm dranlassen, man benützt sie seit der epochalen Erfindung der Schneeballzange halt zum Betätigen derselben. Falls heuer wieder kein Schnee fällt und an Weihnachten das Frühjahr mit seinen mannigfachen Arbeiten im Gmüsgärtla anhebt, können Sie mittels der Schneeballzange auch unachtsam breitgetretene Exkrementhäuflein auf dem Gehsteig zu Rossbolln formen, behufs Düngung Ihrer Rettichplantage.

Und zum Schluss noch ein wirklich empfehlenswertes Geschenk aus unserer ganz persönlichen Weihnachtsgaben-Prioritätenliste, und dort unangefochten die Number One: einige hauchzarte Plastikmüllsäcke des städtischen Unternehmens SÖR (Servicebetriebe Überflüssiger Ramsch). In diese Säcke allen oben aufgeführten Schutt rechtzeitig vor dem Fest neigwedschn und vor die Tür stellen. Da holt es dann das Christkind ab und bringt es dorthin, wo es hingehört, in die Schweinauer Müllverbrennung. Und gschwind noch eine wirklich allerallerletzte Empfehlung, und zwar jene aus dem altfränkischen Volksmund herrührende, in poetische Zeilen gefasste Referenz, die da ziemlich laut lautet: »Der Gabentisch ist öd und leer, die Kinder blicken blöd umher. Da lässt der Vater einen krachen, die Kinder fangen an zu lachen. So kann man auch mit kleinen Sachen den Kindern eine Freude machen.« Fröhliche Weihnachten!

O du fröhliche Betriebsweihnachtszeit

Falls Sie zu den Freunden und -innen der mittelfränkischen Betriebsweihnachtsfeier zählen sollten, so sind Sie hoffnungs- und trostlos veraltet, denn jene traditionsreiche Veranstaltung gehört der mindestens dritten Vergangenheit (Plusquamperfekt) an. Wenn es nicht so unheilig wäre, würde ich mit dem alteingessenen Nürnberger, Fürther, Schwabacher oder Rednitzhembacher sagen: Die bewährten Betriebsweihnachtsfeiern altfränkischer Prägung hom ihrn ledzdn Schieß brunsd. Jene Festlichkeiten also, die mit einem Gratisgetränk unserer Wahl angehoben und mit der berühmten Neigungsrede des Chefs (»Wieder neigt sich ein Jahr dem Ende zu …«) ihre Fortsetzung gefunden haben, die sodann in den Auftritt eines leibhaftigen, zipfelbemützten, voll rezitativen Weihnachtsmannes (»Von drauß vom Walde komm ich her, und ich muss Euch sagen, es dürstet mich sehr«) und in die Tombola gemündet sind. Nicht zu vergessen die ebenfalls kostenfrei servierte und aus Polen respektive Ungarn oder Rumänien selbständig hergelaufene und infolgedessen extrem bissfeste Goons.

Bereits während des verzweifelten Zertrümmerns von 120 Gänsschlegeln unter Zuhilfenahme von vorsorglich mitgeführten Taschenmessern, Nothämmern oder Nagelfeilen hat sich, analog zum Jahr, auch das erste Freibier seinem Ende zugeneigt und es sind ihm, auf nüchternen Magen, weitere gefolgt, sodass die feierliche, eineinhalbstündige Weihnachtsansprache vom Chef etwa alle drei Minuten, jeweils an den besinnlichsten Stellen, von der Bedienung unterbrochen wurde, und zwar mit dem lauten Ruf: »Wer gräichdn die Bumbermouß?!« Respektive das Helle oder das Dunkle oder das Hefeweizen oder den Willi, je nachdem. Durch derlei Zwischenrufe verlängerte sich die feierliche Weihnachtsansprache vom Chef um geschätzte weitere eineinhalb Stunden. Genügend Zeit also für weitere Bumbermoußn, helle und dunkle Biere, Hefeweizn oder Willi, je nachdem.

Unmittelbar nach der bereits erwähnten Tombola, bei der man schöne betriebseigene Geschenke gewinnen konnte wie etwa ein Fuchzger-Päcklein Schrauben, ein Dübelsortiment, einen Zentnersack Fertigbeton, handgeklöppelte Skimützen, Uvex-Brillen zweiter oder dritter Wahl, Plastikblockflöten, Dachlatten, Zahnstocher, Unkrautvernichtungsmittel, Topflappen und dergleichen mehr, nach der Tombola also wurden erst die jeweiligen

Tauschgeschäfte durchgeführt, dann begab man sich an die Bar. Dort, etwa nach dem siebten Hefeweizen plus Willi, bot man dem Chef in der gebotenen Leutseligkeit das Du an, nannte ihn also hinfort nicht mehr Herr Doktor Brunftmeier, sondern Gerch, und durfte anderntags nach der Begrüßung »Servus Gerch, alte Rauschkugl, bisd nu goud hammgrabbld gestern?« seine Abmahnung in Empfang nehmen, des Inhalts, dass es sich beim Gerch bitte immer noch und für alle ungewisse Zukunft um den Herrn Doktor Brunftmeier handele.

Und wer früh um vier im vermeintlich siebten Himmel mit leicht schwefligem Mundgeruch erwachte, links neben sich einen Zentnersack Fertigbeton, rechts einen Verkündigungsengel doppelten Gewichts, wurde bald dessen gewahr, dass es sich bei dem siebten Himmel um die Betriebsbesenkammer handelte und beim Verkündigungsengel um die Roomcleaning-Assistant-Facility-Managerin (früher Putzfrau), welche verkündigte, dass sie jetzt dann gleich eine Gehaltserhöhung möcherd, andernfalls erzähle sie ihren Besenkammerfund im ganzen Betrieb herum.

Bevor ich jetzt noch weiter ausfernd ins Schwelgen komm, muss ich die eingangs zart angedeutete Warnung wiederholen: Bar, Bumbermoußn, Besenkammern – diese Vorweihnachtsfreuden betrieblicher Art sind vorbei, out, over, dass es overer nicht mehr geht. Heutzutage dient eine Betriebsweihnachtsfeier, so sie überhaupt noch zur Durchführung gelangt, auf gar keinen Fall dem Löschen eines wenn auch noch so lechzenden Durstes nach Freebeer and Willi, nicht dem vorübergehenden Duzens eines Herrn Doktor Brunftmeier, nicht dem Gewinn eines Zentnersacks Fertigbeton, sondern allenfalls einem sogenannten Teambuilding im Rahmen mannigfacher

Evente, welche aber nie und nimmer in der weihnachtlich dekorierten Kantine, geschweige denn in der undekorierten Besenkammer stattfinden, sondern, gänsarschklar, in einer location. Falls wer nicht genau weiß, was eine location ist, wo man sie findet und warum man in ihr einen X-mas celebraten soll, der begebe sich dorthin, wo man heutzutage sowieso dauernd ist, nämlich in unser geliebtes Schwachsinns-Speikästla. Tippt man in dasselbe mittels seines Wurschdfingers den Begriff »Betriebsweihnachtsfeier« ein, so erhält man zunächst 45.700 (in Worten: fünfundvierzigtausendsiebenhundert) Ergebnisse. Ihnen gemäß begehen wir unsere Betriebsweihnachtsfeier mit: Digital Escape Gaming, Light Painting, Christkindl-Quizzen, X-mas-Rallye, Workout mit homemade Buffet, Fackel-Wandering, Fire-Show, mit Street Food oder Basic Cooking. Ich könnte Ihnen zusätzlich zu jenen zehn Vorschlägen noch 45.690 weitere Arten von X-mas-shicedrag hinschreiben, aber lighter longs the place not. Er langt nur noch für meinen innigen Wunsch nach einem möglichst peacefullen und vor allem eventfreien Weihnachtsfest.

Das Fest des Friedens

Nur für den Fall, dass Sie in Fürth im Dunstkreis der Finkenstraße wohnen: Es dünstet dort keinesfalls, vielmehr hört man vor allem tagsüber ein stetiges Raunen von Prozentzahlen. Es hängt damit zusammen, dass in jener Finkenstraße seit einiger Zeit erhebliche Beamte des Bayerischen Amtes für Statistik und Erbsenzählung eingelagert sind. Sie erheben sehr viel, etwa wie viel Prozent der alleinerziehenden Mütter in Bayern Frauen sind, wie viel Prozent Feinstaub sich in der bayerischen Luft befinden oder aber auch umgekehrt wie viel Prozent Luft der bayerische Feinstaub noch aufweist. Oder wie viel Prozent der deutschen Windräder auf Wunsch des Ministerpräsidenten auf bayerischem Boden errichtet werden sollen.

In der Windräderfrage ist man in der Finkenstraße bereits zu einem amtlichen Endergebnis gelangt: Handelt es sich bei den Windrädern um 200 Meter hohe, stromerzeugende Windkraftwerke, werden wir in Bayern auf knapp 0 (in Worten: null) Prozent kommen; sind jedoch die auf dem Oktoberfest, auf der Fürther Kärwa oder auf dem Nürnberger Volksfest handelsüblichen, 45 Zentimeter hohen, in der Regel keinen Strom erzeugenden Windrädla gemeint, verweist das Amt auf den stolzen Anteil von weit über 95 Prozent am bundesdeutschen Windrädlabestand.

Aber weg vom Windbeutelaufkommen im bayerischen Maximilianeum, hin zu wesentlich begreifbareren, handfesteren Prozentzahlen, welche in Fürth erforscht werden. So hat das Amt erst kürzlich nach lange währender Befragung der zwölf Millionen Gesamtmenschen und -menschinnen in Bayern bekannt geben dürfen, dass wir voneinander nichts mehr wissen wollen, indem wir ungefähr nach Abschluss der Halbreifeprüfung für den Rest unseres hiesigen Daseins mehrheitlich allein durchs Leben schreiten. 52 Prozent aller bayerischen Haushalte sind, so das bayerische Prozentrechnungsamt, Single-Haushalte. Man kann also davon ausgehen, dass Double-, Triple- oder gar Quartel-Haushalte in höchstens 30 Jahren dem Plusquamperfekt, also der dritten Vergangenheit, angehören werden.

Über die Ursachen der selbst gewählten Einsamkeit weiß das Amt trotz seiner teilweise futurologischen Orientierung vorläufig noch nichts. Aber wir ahnen es schon: Es hängt mit Weihnachten zusammen, dem Fest des Friedens. Und zwar des in zweisamkeitlichen Ehen üblicherweise schief hängenden Friedens. Nehmen wir nur den kalendarisch circa vier Wochen vor dem Fest anberaumten Kauf des Christbaums, welcher in einem Double-Haushalt in der Regel dem Ehemann obliegt. Dieser Ehemann wägt nach Erhalt des Christbaumbeschaffungsbefehls ab, ob er ihn wie einst zusammen mit den Kindlein im tief verschneiten Tann eigenhändig schlagen soll, was in seiner Erinnerung eine ungeheuere Romantik damals erzeugt hat sowie eine Geldstrafe seitens der Forstbehörde in Höhe von 50 D-Mark wegen Baumfrevel. Dieses Vorhaben scheitert an drei Dingen: 1. ist kein Tann da, da ihn die Forstbehörde mittels eines Tree-Harvesters im Rahmen eines freistaatlich verordneten Baumfrevels weiträumig abgeholzt hat, 2. sind die Kindlein mit ihren 35 Jahren der Romantik weitgehend entwachsen und wollen an Weihnachten lieber chillen oder eine Wasserpfeife rauchen und 3. liegt aufgrund der von uns mühselig, aber emsig erzeugten Erderwärmung kein Schnee. Also verschiebt der Ehemann das Heimwuchten des Ohtannenbaums um einige Tage.

Nach diesen einigen Tagen ist der Grisbaumhandel neben der Araltankstelle in Großreuth leergefegt, wie wenn dort der erwähnte Harvester der obersten bayerischen Forstbehörde schon tätig gewesen wäre, auch die Bio-Baumschule in Langwasser meldet ein fröhliches »Halleluja, ausverkauft!«, dito der als Geheimtipp geltende Christbaumhehler an der Stadtgrenze. Noch drei Tage bis zum Heiligen Abend.

Während der Heimfahrt von der Ärwerd ortet der fieberhaft nach Christbäumen fahndende Ehemann mitten auf dem Frankenschnellweg ein Bäumchen, welches vielleicht der Himmel gesandt hat oder das von einem Dachträger geflüchtet ist und halbstündig auf *Bayern 3* im Rahmen eines sogenannten Verkehrsupdates gesendet wird.

Seit Jahren herrscht dort am Frankenschnellweg zuverlässig ein Stau, bei dem man jederzeit in Ruhe aussteigen und Christbäume aufsammeln kann. An diesem Abend aber nicht. Warum, weiß auch das Verkehrs-Update nicht. Es naht der Heilige Vormittag.

An ihm hat der Ehemann die Wahl zwischen einer 60 Zentimeter hohen, nahezu völlig zweigfreien Krüppelkiefer, einem nach Art des Regenschirms aufspannbaren Plastikbäumleins beim *Butlers* oder aber einigen Tassen Glühweinschorle. Bei Glühweinschorle handelt es sich um *Gerstackers* original Nürnberger Grinskistlasglühwein, verdünnt mit einem doppelten Zwetschger. Der Ehemann wählt Letzteres und bringt, wie sich über die Stadt die Dämmerung herniedersenkt, noch fünf Glühweinpfandflaschen mit heim. An ihnen entzündet sich unmittelbar nach der Heimkehr unweigerlich das Ehegattensplitting. Da nützt auch die zur Herbeiführung des weihnachtlichen Friedens gedachte Bemerkung nicht mehr viel: »Sch…sch…schatzi, scha her, däi Dassn kommer doch sch…sch…schäi affernanderschdelln wäi an Grisbaum. Uuuund sie nadeln nedd suu arch, odder?«

Daraufhin kann das Landesamt für Statistik und Glühweintassenzählung in Fürth melden: Zwei frischgebackene Single-Haushalte in Bayern. Und muss diese dann nur noch in Prozent umrechnen.

Mein Wunschzettel

Liebes Griskind,

mein Weihnachtswunsch ist heuer ein bisschen kompliziert, und ich muss weit ausholen, teilweise sogar bis in die zweite Vergangenheit. Aber Du hast ja unendlich viel Zeit, oder? Und außerdem geht es in dem Wunschzettel ziemlich durcheinander, doch auch da vertraue ich Dir voll und ganz, denn Dein Reich ist das Chaos. Also, Obacht.

Vor langer, langer Zeit bin ich einmal in Afrika gewesen, und zwar in Äthiopien, und hab dort gesehen, wie der Hunger ausschaut. Ich kann Dir sagen: Gottserbärmlich ist gar kein Ausdruck. Zehn Tage sind wir mit einem Jeep zusammen mit dem Karlheinz Böhm von der Hilfsorganisation »Menschen für Menschen« durch ein von uns malträtiertes Land gefahren, das vor lauter Elend zum Himmel schreien würde, wenn es zum einen noch schreien könnte und zum anderen den Glauben an den Himmel nicht verloren hätte. Danach ist es mir so speiübel gewesen, dass ich in dem Hotel in Addis Abeba, wo wir die letzte Nacht verbracht haben, mein Gewissen mit einem dreifachen *Rémy Martin* ruhigstellen hab müssen. Mit dem Geld, das dort ein dreifacher *Rémy Martin* kostet, könnte eine äthiopische Bauernfamilie mit vier Kindern ungefähr ein halbes Jahr vollkommen durst- und hungerfrei leben.

Und wie ich Gott sei Dank dann wieder daheim war, hab ich das Buch *Die neuen Herrscher der Welt* von Jean Ziegler (dem ehemaligen Mitglied der UN-Menschenrechtskommission für das Recht auf Nahrung) gelesen. Dort steht, dass jeden Tag auf unserer schönen Erde 100.000 Kinder, Frauen und Männer den Hungertod sterben, meistens Kinder. Über 800 Millionen Menschen sind zudem chronisch und schwer unterernährt. Alle sieben Sekunden verhungert auf der Welt ein Kind unter zehn Jahren. Ein Kind, das von seiner Geburt an bis zum fünften Lebensjahr angemessene Nahrungsmittel entbehren muss, hat sein kurzes Leben lang an den Folgen zu leiden, seine Gehirnzellen haben bereits irreparable Schäden davongetragen. Man nennt diese Kinder auch »Von Geburt an Gekreuzigte«. Und: Zum ersten Mal in der Geschichte genießt die Menschheit einen Überfluss an Gütern. Die verfügbaren Güter übertreffen um ein Vieltausendfaches die nicht einschränkbaren Bedürfnisse der Menschen. Aber nur in den sogenannten entwickelten Ländern. In den unterentwickelten Ländern zerstören Hunger, Durst, Seuchen, Kriege jedes Jahr mehr Menschen, als es das Gemetzel des Zweiten Weltkriegs getan hat. Für die Dritte Welt ist der Dritte Weltkrieg in vollem Gang.

Du musst es unbedingt lesen, liebes Christkind, aber schau, dass Du dabei immer einen *Rémy* zur Hand hast, sonst hält man es nicht aus. Und dann gibt es noch eine Begebenheit aus der jüngeren Vergangenheit, die ich auch nicht aushalte. Ich weiß nicht, ob du weißt, dass Du auf unserer Welt einen Stellvertreter hast. In sehr stillen Stunden glaube ich, dass der uns die Sache mit der Stellvertretung nur weismacht, und dass Du davon überhaupt keine Ahnung hast. Ich denk da nur daran, wie diesem Stellvertreter seine Mitarbeiter manchmal mit schutzbefohlenen Kindern umgehen. Ich kann einfach nicht glauben, dass so was in Deinem Namen geschehen darf.

Aber wurscht – der Stellvertreter ist heuer im Spätsommer in Deutschland gewesen, drei Tage lang. Und da sind dann Zigtausende von Polizisten zu seinem Schutz in Marsch gesetzt, Städte in Belagerungszustand versetzt, Autobahnen und ganze Lufträume gesperrt, Gullydeckel verschweißt, Scharfschützen postiert, goldglitzernde Sonderaltäre errichtet worden. Was dieser dreitägige Ausflug von Rom nach Deutschland genau gekostet hat, ist uns, wahrscheinlich aus Pietätsgründen, verschwiegen worden. Aber man hat geschätzt, dass dabei alles in allem um die 150 Millionen durch die Weihrauchkessel geblasen worden sind, angeblich Dir zu Ehren. Und zwar nicht 150 Millionen Huuserknöpf, sondern Euro.

Und mein Wunsch, liebes Christkind, wäre jetzt, dass Du für Folgendes sorgst: Dein angeblicher Stellvertreter soll, wenn er wieder einmal Reisefieber hat, meinetwegen ein paarmal mit seinen roten Wanderstiefelchen um den Petersdom rumlaufen und ansonsten um Gotteswillen daheimbleiben. Und die Reisekosten an die Äthiopienhilfe »Menschen für Menschen«, gegründet von Karlheinz Böhm, überweisen: Stadtsparkasse München, Konto 18 18 00 18, Bankleitzahl 701 500 00. Und behüte bitte alle Kinder dieser Welt. Sonst wünsch ich mir heuer nix! Einen schönen Geburtstag wünscht Dir

Dein Klaus Schamberger

Noch ein Wunschzettel

Liebes Christkind,

obwohl Du nix vergisst, wie uns ganz früher im Religionsunterricht der Pfarrer Kübel von St. Lorenz in Nürnberg
immer im Rahmen einiger drümmer Schelln eingehäm-
mert hat, hast Du es vielleicht doch vergessen: Dass ich
Dir vor ungefähr fünf Jahren an dieser Stelle schon einmal
geschrieben hab. Damals wäre mein Wunsch gewesen,
dass dem einen oder anderen Extrem-Wachstumsdepp die
Weihnachtsgans bitte ein bisschen im Hals stecken bleiben
möge, oder der Truthahn oder die fünf Pfund Austern.
Und zwar hätten die Leckerbissen solang im Hals stecken
bleiben sollen, bis die Giergimbl sich besinnen und dahinter kommen, dass Milliarden andere auf der Welt hungern.
Und verhungern.

Leider hast Du mir damals meinen Wunsch nicht
erfüllt, und mein Glaube an Dich und Deine schönen
Geschichten von der Bergpredigt, von der Speisung der
Fünftausend oder von den Kindlein, die zu Dir kommen sollen, ist von Weihnachten zu Weihnachten immer
mehr geschwunden. Momentan ist es mit meiner Skepsis
ein bisschen besser. Weil – wirst Du ja wissen – weil
ich inzwischen ein Großvater bin und mich dieser Tage
meine zwei Enkelkinder gefragt haben, ob ich an das
Christkind glaube. Wenn nicht, haben sie mit großer
Ernsthaftigkeit hinzugefügt, soll ich es mir ganz schnell
anders überlegen, denn wer nicht ans Christkind glaubt,
dem werden seine Weihnachtswünsche nicht erfüllt.
Welcher liebende Großvater würde nicht auf seine Enkel
hören?! Also: Hand aufs Herz – ich glaub an Dich. Und
mein Wunsch hat wieder was mit Kindern zu tun. Es ist

allerdings ein bisschen kompliziert. Weil ich nämlich nicht ganz verstehe, warum Kinder, bevor sie der Storch bringt, dem Storch nicht sagen dürfen, wo er sie aufs Fensterbrett legen soll. Und in welchem Land sich dieses Fensterbrett vorzugsweise befinden möge.

Jetzt zum Beispiel die Kinder von einem in Franken lebenden, hochrangigen Politiker – die sind fein raus, beziehungsweise fein drin. Mitten in Europa. Aber vielleicht dreihundert Millionen andere Kinder, oder noch mehr, die sind nicht in Oberfranken auf die Welt gekommen, die sind in Afrika, in Indien, in den Slums von Südamerika, auf den Philippinen, in Afghanistan und so weiter und so weiter geboren. Um schon nach kurzer Zeit, die sie in Lehmhütten, in Elendsbaracken, in zerfetzten Zelten (da war Dein Stall in Bethlehem womöglich ein Luxushotel dagegen) oder unter freiem Himmel verbracht haben, wieder zu sterben. Und wenn jetzt die Eltern dieser Kinder vor der Wahl stehen: Entweder in einer Nussschale von Schiff über das Mittelmeer ab in dieses sagenhafte Europa oder aber bleiben und den eigenen Kindern beim Dahinsterben zuschauen, und sie entscheiden sich für die Nussschale von Schiff, kommen im ganz großen Glücksfall mehr tot als lebendig irgendwo in Italien, Griechenland, Malta, in der Türkei oder in Spanien an, und der oben erwähnte Politiker nennt sie sehr abschätzig »Wirtschaftsflüchtlinge«, womit er meint: sehr berechnende, durchtriebene Schnorrer – dann, liebes Christkind, verspüre ich den unchristkindlichen Wunsch, dem Herrn Politiker an die Gurgel zu gehen. Hilft tapfer mit, dass die Mittelmeerküsten mithilfe von Soldaten, Überwachungsdrohnen, Stacheldraht, Patrouillenbooten schärfer bewacht werden als alles Geld und Gold in Europa (bekanntlich unser höchstes, heiligstes Gut).

Weiß auch oder müsste wissen, dass die bitterste Armut in der sogenannten Dritten Welt seit Jahrhunderten bis heute ganz allein auf unser Konto geht. Und müsste (wie wir alle miteinander) nur auf einen ziemlich kleinen Teil seines oder unseres sehr unanständigen und maßlosen Überflusses verzichten, um Hunderten von Millionen Kindern ein halbwegs würdiges Leben zu ermöglichen. Liebes Christkind, was sagst'n jetzt dazu??

Ich wüsste schon, was ich dazu sagen müsste, aber ich trau's mich nicht hinschreiben. Und außerdem ahne ich: Recht viel besser als bei dem Politiker schaut es mit mir und meinem tätigen Christentum auch nicht aus.

So, jetzt hab ich ziemlich weit ausholen müssen, damit Du weißt, wie es auf Deiner und unserer Welt zugeht. Und wünschen würde ich mir zu Weihnachten also, dass sich die Kinder in Zukunft aussuchen dürfen, wo sie auf der Weltkugel abgesetzt werden. Oder aber Du sorgst dafür, dass jemand von Deinem irdischen Personal am besten sofort den Stacheldrahtverhau um unsere Seelen mit einem Bolzenschneider aufzwickt. In der Hoffnung, dass sich hinter dem Stacheldraht doch noch eine Seele befindet. Und ein Herz. Dir jetzt noch alles Gute zum Geburtstag, allen anderen eine gnadenbringende Weihnachtszeit, und wenn's irgendwie noch geht, mir bitte auch, hochachtungsvoll,

Dein Klaus Schamberger

Und das nicht nur zur Weihnachtszeit ...

Friede auf Erden? Goor
nedd amol suu schlecht –
rein vo der Idee her gseeng ...

Personenregister

Quellenverzeichnis

Neben den bisher unveröffentlichten Beiträgen sind einige bereits in Zeitungen, Magazinen oder anderen Medien erschienen:

S. 12 *Abendzeitung* 2002, S. 15 *ComödienZeitung* 2017, S. 18 *Straßenkreuzer* 2017, S. 21 *ComödienZeitung* 2017, S. 25 *Bayerischer Rundfunk, Studio Franken, »Freitagsgschmarri«* 2008, S. 28 *Abendzeitung* 2005

S. 56 *ComödienZeitung* 2017, S. 62 *Straßenkreuzer* 2016, S. 74 Vorwort zum Buch von Kathrin Rauber *Das Leben der Wirtin Jungfrau Kathrin*, o. O. 2015, S. 83 *Nürnberger Zeitung* 2014

S. 90 Gabi und Leo Loy, *Kochen Sie mir nach. Prominente und ihre Lieblingsrezepte*, Nürnberg 2006, S. 94 *Nürnberg Heute* 2006, S. 102 Mappe der Original Hersbrucker Bücherwerkstätte 2019, S. 103 *ComödienZeitung* 2018, S. 107 *Straßenkreuzer* 2015, S. 110 *Abendzeitung* 2010, S. 111 *ComödienZeitung* 2014, S. 113 *ComödienZeitung* 2008, S. 117 *Nürnberger Nachrichten* 2017

S. 124 Kurt Neubauer (Hrsg.), *Stadtgeheimnisse – Nürnberger Sagen neu erzählt*, Nürnberg 2007, S. 130 *Straßenkreuzer* 2019, S. 133 *Abendzeitung* 2012, S. 136 *Nürnberger Zeitung* 2019, S. 140 *Nürnberger Zeitung* 2018, S. 143 *Nürnberger Zeitung* 2019, S. 150 *Abendzeitung* 2012, S. 154 *Abendzeitung* 2005, S. 156 *Straßenkreuzer* 2018, S. 160 *Nürnberger Zeitung* 2019, S. 163 *Straßenkreuzer* 2013

S. 174 *Kicker* 2012, S. 182 *Abendzeitung* 2007, S. 185 *ComödienZeitung* 2016

S. 190 *Bierfest Zeitung* 2016, S. 193 *Bierfest Zeitung* 2015, S. 196 *Bierfest Zeitung* 2018, S. 199 *Bierfest Zeitung* 2017, S. 202 *ComödienZeitung* 2015, S. 205 *ComödienZeitung* 2016, S. 208 *Nürnberger Nachrichten* 2017, S. 212 *Abendzeitung* 1992

S. 216 *Straßenkreuzer* 2017, S. 219 *ComödienZeitung* 2017, S. 222 *Straßenkreuzer* 2014, S. 225 *Bayerischer Rundfunk, Studio Franken, »Freitagsgschmarri«* 2016, S. 227 *Straßenkreuzer* 2014, S. 230 *Straßenkreuzer* 2014, S. 233 *Straßenkreuzer* 2016

S. 238 *Abendzeitung* 2011, S. 240 *ComödienZeitung* 2016, S. 247 *ComödienZeitung* 2018, S. 250 *ComödienZeitung* 2014, S. 254 *Straßenkreuzer* 2011, S. 257 *Straßenkreuzer* 2013